5천만의 국어책

글쓰기가 쉬워지는 문법 공부 5천만의 국어책

ⓒ 이재성·이형진 2006

초판 1쇄	2006년 11월 25일
초판 10쇄	2014년 3월 21일
2판 1쇄	2024년 2월 23일

지은이	이재성
그린이	이형진

출판책임	박성규	**펴낸이**	이정원
편집주간	선우미정	**펴낸곳**	도서출판 들녘
기획이사	이지윤	**등록일자**	1987년 12월 12일
디자인진행	하민우	**등록번호**	10-156
편집	이동하·이수연·김혜민	**주소**	경기도 파주시 회동길 198
디자인	고유단	**전화**	031-955-7374 (대표)
마케팅	전병우		031-955-7381 (편집)
경영지원	김은주·나수정	**팩스**	031-955-7393
제작관리	구법모	**이메일**	dulnyouk@dulnyouk.co.kr
물류관리	엄철용		
ISBN	979-11-5925-830-5 (03800)		

글쓰기가 쉬워지는 문법 공부

5천만의 국어책

이재성 지음 · 이형진 그림

들녘

생각을 담아내는 그릇, 문장

　누구나 글을 잘 쓰고 싶어 하지만 자신이 쓴 글에 만족하는 사람은 드뭅니다. 글쓰기는 자신의 생각을 표현하는 아주 자연스러운 행위인데, 왜 생각만큼 글이 잘 써지지 않는 것일까요?

　우리, 글쓰기를 상차림에 비유해 볼까요? 여기 정성껏 잘 차려진 밥상이 있습니다. 음식들은 그릇에 담겨 있지요. 그 그릇은 꼭 비싼 그릇이 아니어도 됩니다(물론 비싸고 예쁜 그릇이면 더 좋겠지요). 그 그릇에 정갈하게 부족하지도 넘치지도 않게 음식이 담겨 있습니다. 여기서 밥상은 한 편의 글입니다. 글에서 생각을 담아내는 그릇은 무엇일까요? 바로 문장입니다. 만약 문장 하나하나에 자신의 생각을 정갈하게 부족하지도 넘치지도 않게 담아낼 수만 있다면 글 쓰는 일은 그토록 어려운 일은 아닙니다.

　저는 20여 년 넘게 학생들에게 글쓰기를 가르치고 있습니다. 대부분의 학생들이 자기가 말하고 싶은 생각을 문장으로 온전하게 표현하는 게 서툴러 제대로 글을 쓰지 못하지요. 누구나 먼저 문장을 제대로 만드는 방법을 익혀야 좋은 글을 쓸 수 있답니다.

　어떻게 해야 문장을 제대로 쓰는 방법을 익힐 수 있을까요? 답은 하나입니다. 문법을 알아야 합니다.

사람들이 말을 통해 서로의 생각을 주고받는다는 것은 알고 있지요? 말을 통해 이렇게 할 수 있는 것은 말에는 일정한 규칙이 있기 때문입니다. 그리고 이런 말의 규칙이 바로 문법이고요. 그러니까 문법은 말을 어떻게 사용해야 하는지를 알려주는 매뉴얼이지요.

새로 핸드폰을 샀을 때 이것저것 눌러 보다 보면 기본적인 몇 가지 기능은 금방 알 수 있어요. 그러나 새 핸드폰이 갖고 있는 여러 기능을 제대로 사용하려면 반드시 매뉴얼을 보고 익혀야 합니다. 마찬가지로 우리말을 제대로 사용하고 싶으면 우리말 사용 매뉴얼인 문법을 꼭 익혀야 합니다. 문법을 익혀야 문장을 자유자재로 만들어 낼 수 있고, 또 문장을 자유자재로 만들어 낼 수 있어야 멋진 글쓰기를 잘할 수 있으니까요.

저는 이 책, 『5천만의 국어책』에서 문장부터 이야기할 거예요. 한 개의 문장은 하나의 생각을 담고, 두 개의 문장은 두 개의 생각을 담아요. 문장은 생각을 담는 가장 기본이 되는 그릇입니다. 우리 모두 단어가 아니라 문장으로 말하고 있으니까요.

그런데 아직도 문법은 익히기 싫다고요?

제대로 된 문장은 쓰고 싶은데, 문법 공부는 지겨울 것 같다고요?

그럼 일단 이 책을 천천히 읽어 나가세요. 설대로 외우려고 하지 말고 읽어 나가세요. 문법은 규칙이므로 하나를 이해하면 열을 알 수 있어요. 그러나 규칙 자체만을 외우게 되면 그 규칙 하나만 겨우 알게 됩니다. 그다음 열을 알지 못하게 되는 거예요. 그러니까 문법 규칙을 외우는 것은 바보짓입니다. 문법을 익힌다는 것은 외우는 게 아니라 이해하는 거예요. 이 점을 꼭 명심하세요.

그리고 이 책에서는 일상의 예를 가지고 문법을 설명하였습니다. 저는 문법이 힘들게 공부해야 하는 것이 아니라는 것을 꼭 알려 주고 싶어요. 일상생활에서 일어나는 여러 가지 일들도 일정한 법칙이 있는 것처럼, 문법도 일상적인 법칙에 따라 설명될 수 있다는 것을 알았으면 합니다. 혹시 이 책에서 설명한 일상의 예가 마음에 들지 않는다면 자기만 알고 있는 다른 일상의 예를 생각하면서 읽어 나가도 됩니다. 그게 문법을 이해하는 첫걸음입니다. 그렇게 하면 자기에게 꼭 맞는 문법을 얻을 수 있어요!

첫 장부터 순서대로 읽지 않아도 좋아요. 중간중간 보고 싶은 부분부터 보아도 됩니다. 맨 앞에 나오는 문장의 문법(통사론)만 보아도 괜찮아요. 그러나 글을 정확하게 쓰는 방법을 배우고 싶다면 문장의 종류와 문법 범주는 꼭 읽어 보아야 합니다.

또 이 책은 문법을 쉽게 끝내고 싶은 중·고등학교 학생들, 대학에서 국어학을 전공하려는 학생들, 그리고 외국인에게 한국어를 가르치려는 학생들에게 크게 도움이 될 겁니다. 이 책을 다 읽으면 국어학 전반에 대한 밑그림을 그릴 수 있기 때문이지요. 이 책은 문법이라는 여행지를 한눈에 볼 수 있도록 아주 쉽게 그린 지도 한 장입니다.

다른 언어의 문법, 특히 영문법이 어렵다고 느끼는 사람들도 이 책에서 도움을 받을 수 있습니다. 모든 언어는 공통점이 있기 때문입니다. 영어를 잘하려면 먼저 한국어를 잘해야 한다는 말을 들어본 적이 있지요? 영어는 거울에 비친 우리말이라고 생각하면 됩니다. 거울에 비춰 보면 오른손이 왼손이 되고 왼손이 오른손이 되는 것처럼, 영어는 우리말과 반대 모습을 하고 있을 뿐이에요. 영문법을 공부하기 전에 이 책을 정독해서 우리말 문법을 정확하게 알면 영문법도 쏙쏙 눈에 들어올 거예요.

다시 한 번 강조하지만, 문장을 제대로 쓰려면 반드시 문법을 알아야 해요. 국어 문법은 우리나라 사람들이 어떠한 문장으로 자신의 생각을 담아내는지를 알려 줍니다. 그리고 어떤 순서로 말을 하는지 알려 주지요. 또한 무엇을 중요하게 생각하며, 그 중요한 것을 어떻게 글에 표시하는지도 알려 줍니다.

끝으로, 글은 잘 쓰고 싶지만 지금 이 순간에도 문법이란 말만 들으면 골치가 아프다는 사람들에게 한마디 할게요.

"제발 외우려고, 공부하려고 하지 마세요!"

2024년 초봄
이재성

차례

서법

글쓰기 Tip 잘못 쓰는 형용사

피사동법

글쓰기 Tip 능동문이 무조건 능사는 아니다

글쓰기 Tip 사동 표현 두 번 쓰기

부정법

글쓰기 Tip 부정부사 띄어쓰기

글쓰기 Tip 서술어가 동사일 때, '안'과 '못' 구별해서 쓰기

외워야 한다면
문법이 아니다!

문법은 사람들이 쓰는 말을 꼼꼼히 살펴서 일정한 규칙을 찾아내 정리한 것입니다. 그러니까 한국어 문법이란 한국 사람들이 서로의 생각을 잘 소통하기 위해 보편적으로 말을 하는 방법을 말합니다.

춘향이는 아침마다 광한루 아래에서 달리기를 합니다. 오늘은 몽룡이랑 방자랑 같이 뛰기로 했습니다. 그런데 방자가 웃기는 바람에 춘향이는 발을 헛디뎌 발목을 삐었어요. 몽룡이와 방자는 얼른 춘향이를 데리고 병원에 갔습니다. 숨이 턱에 닿아 병원에 도착한 몽룡이와 방자는 어디로 가야 할지를 놓고 말다툼을 했습니다. 몽룡이는 바보같이 살갗 안쪽에 문제가 있으니까 내과로 가야 한다고 했고, 방자는 발목이 부었으니까 외과로 가야 한다고 했습니다.

이처럼 병원에 가면 사람 몸을 다루는 분야에 따라 진료과목이 외과, 내과로 구분되어 있듯이, 말도 다루는 분야가 나누어져 있습니다. 문법 책을 보면 음운론, 형태론, 통사론이라고 나누어져 있는 것을 볼 수 있는데, 이런 음운론, 형태론, 통사론이 말을 다루는 분야입니다. 음운론은 뭐고, 형태론은 뭔지 어렵게 들리겠지만 사실 별거 아니니까 걱정하지 말아요.

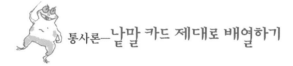 통사론─낱말 카드 제대로 배열하기

통사론에는 문장을 대상으로 정리한 규칙이 들어 있어요. 문장이 어떻게 만들어지는지, 문장에는 어떤 종류가 있는지와 같은 것을 알려 주지요. 문장은 단어들을 나열해서 만드는데, 이들 단어가 어떤 순서로 배열되어야 제대로 알아들을 수 있는 말이 되는지에 대한 방법을 가르쳐 줍니다. 예전 국민학교, 그러니까 초등학교 1학년 교실에 가 보면 교실을 가로질러 빨랫줄 같은 것에 낱말 카드를 걸어 놓은 것을 볼 수 있었습니다(아주 옛날이야기지요). 말이 되게 낱말 카드를 배열해서 문장 만들기를 배우는 것인데, 이게 바로 통사론이에요. 정말 별거 아니지요? 그러니까 '춘향이, 거울, 가, 을, 봅니다'라는 다섯 개의 낱말을 '춘향이-가-거울-을-봅니다.'나 '거울-을-춘향이-가-봅니다.'로 배열해야 말이 된다는 것을 알려 주는 게 통사론입니다. 통사統辭라는 말이 조금 어렵게 들리지만, 사실 단어(辭)를 줄지어(統) 놓는다는 뜻이랍니다.

 형태론—단어의 모양을 요리조리 뜯어보면?

형태론에는 단어를 대상으로 정리한 규칙이 들어 있어요. 단어가 어떻게 만들어지는지, 단어에는 어떤 종류가 있는지를 알려 주지요. 예를 들면, '개나리'는 '개'와 '나리'로 조각나고, '개나리'는 나리와 비슷한 꽃이지만 다른 꽃이며, '나리'라는 단어에 '개'라는 말조각을 붙여서 생겨난 말이니까 파생된 단어(파생어)에 속한다는 그런 것입니다. 여기서 '형태'란 뜻을 가진 일정한 모양(글자들의 모임으로 이루어진 모양)을 말합니다. 그냥 글자들의 모임을 알아보자고 하지 왜 형태론이라는 어려운 말을 썼을까요?

통사론과 형태론을 단어의 입장에서 살펴보면, 통사론은 단어가 문장이라는 큰물에서 다른 단어들과 어떻게 관계를 맺으며 노는지를 살펴보는 것이고, 형태론은 단어 자체가 무엇으로 구성되어 있고, 어떻게 만들어졌으며, 어떤 종류에 속하는지에 대해서 살펴보는 거예요.

다시 말해, 춘향이가 방 안에서 혼자 이 옷 저 옷을 입어 보며 놀고 있는 것을 형태론에 비유한다면, 통사론은 춘향이가 밖에 나가 사람들과 어울리면서, 향단이하고 있으면 향단이 친구가 되고, 몽룡이와 있으면 몽룡이 애인이 되고, 월매하고 있으면 딸이 되기도 하는 것에 비유할 수 있습니다.

 음운론_소리와 소리가 부딪히면 어떤 소리가 나나?

음운론에는 소리 하나하나, 즉 자음과 모음을 대상으로 정리한 규칙이 들어 있어요. 소리들의 관계는 어떤지, 소리와 소리가 만나면 어떤 변화가 생기는지 등을 살펴보는 것이지요. 예를 들면, '굳이'는 [구지]로 소리 납니다. 다시 말해, /ㄱ/-/ㅜ/-/ㄷ/-/ㅣ/의 소리(글자) 배열이 [ㄱ]-[ㅜ]-[ㅈ]-[ㅣ]로 바뀌어 소리가 나는 것이에요. 이처럼 [ㄷ]이 [ㅣ]와 만나면 [ㅈ]으로 바뀌는 것과 같이 소리의 규칙적인 현상에 대한 정보가 들어 있는 것이 음운론입니다. 여기서 '음운'이란 자음이나 모음과 같은 '음소'와 긴소리, 짧은소리, 높은 소리, 낮은 소리와 같은 것을 나타내는 '운소'를 합친 말입니다.

자, 그러면 통사론, 형태론, 음운론이 어떤 건지 단숨에 정리해 볼까요.

훈장님께서 춘향이와 몽룡이와 방자에게 '국물'이라는 글자를 보여 주고, 쓰고 싶은 것을 아무거나 쓰라고 하셨습니다. 춘향이는 '국물'이라는 글자를 가지고 '국물-이-뜨겁다.'는 말이 되는데, '국물-이-공부한다.'는 말이 안 된다고 썼고, 몽룡이는

'국물'은 '국'과 '물'을 합해서 만든 말이라고 썼습니다. 방자는 글자는 '국물'인데 소리는 [궁물]로 나는 걸 보니까 [ㅁ]은 [ㄱ]을 싫어하고 [ㅇ]을 좋아하는 것 같다고 썼습니다.

춘향이와 몽룡이와 방자는 같은 글자를 보고 각각 다르게 답을 썼습니다. 답안지를 보신 훈장님께서는 세 명 모두에게 백 점을 주셨습니다.

왜 그랬을까요?

세 사람은 각각 다른 측면에서 정확한 답을 썼기 때문이에요. 즉, 춘향이는 통사론, 몽룡이는 형태론, 방자는 음운론의 측면에서 답을 쓴 거예요.

이제 여러분도 문법책에 나오는 통사론, 형태론, 음운론이 무엇인지 어렴풋하게나마 알겠지요?

이 책을 읽기 전에 버려야 할
4가지 선입견

 ## 글이 말보다 더 중요하다?

소리와 글자 중에서 어느 것이 중요할까요?

우리나라 말은 사람들이 이 땅에 모여 살면서부터 있었으니까 단군 할아버지 때부터만 쳐도 최소한 반만년은 넘었겠지요? 그러면 우리가 쓰는 한글은 어떨까요? 한글의 모태가 되는 훈민정음이 조선시대 세종대왕 때(1443년) 만들어졌으니까 아무리 길게 잡아도 아직 600년이 채 안 되었네요. 설총이 만들었다는 이두는요? 그건 신라시대 때니까 한 천오백 년쯤 전이겠네요. 이처럼 말이 먼저 있고 나중에 글이 생겼습니다. 글이 생긴 이유는 말이 가지고 있는 시간적·공간적 제약을 극복하기 위해서였어요.

그럼 글이 없고 말만 있었을 때는 제멋대로 말했을까요? 아닙니다.

그러면 서로가 무슨 말을 하는지 몰랐을 테니까요. 말만 있었을 때도 말하는 법칙, 곧 어법, 다른 말로 문법이 있었습니다. 우리는 거의 모두 문법은 글을 쓸 때 필요한 것이라고 생각합니다. 물론 틀린 말은 아닙니다. 그러나 반드시 맞는 말도 아닙니다.

'어~, 내가 알기로는 맞춤법 같은 거 할 때 문법 얘기하던데?'
'맞춤법은 글자에 관한 거잖아?'

이런 생각이 들지요? 맞아요. 맞춤법은 글자에 관한 거예요. 그런데 가만히 생각해 보세요. 무엇을 글자로 쓰는 걸까요? 말소리를 글자로 쓰는 겁니다.

이상하다고요? 생각을 글자로 쓰는 것 같다고요? 그래요. 하지만 우리 생각이라는 것도 사실은 입으로 소리를 내지 않을 뿐이지 소리를 이용하는 거랍니다. 마치 소리 내지 않고 책을 읽는 것처럼요.

그러니까 말소리에 대해 정확하게 알아야 맞춤법을 제대로 익힐 수 있습니다. 우리말 맞춤법은 말소리를 그대로 글자로 표기하고, 그 글자를 보고 누가 소리를 내더라도 똑같이 소리 낼 수 있는 방법을 적어 놓았답니다.

말을 알아야 글을 쓸 수 있습니다.

우리말은 한글로 쓰고 영어는 알파벳으로 쓰지만, 반드시 그래야 하는 것은 아닙니다. 지하철역 표지판을 볼까요? '종로 3가'라고 쓰여 있고 그 밑에 'Jongno 3ga'라고 쓰여 있지요? 이것은 우리가 [종노삼가]라고 말하는 소리를 한글로는 '종로 3가'라고 써 놓은 것이고, 알파벳으로는 'Jongno 3ga'라고 써 놓은 것이에요. 그래야 한국 사람 미국 사람 모두 [종노삼가]라고 소리 낼 수 있으니까요. 영어는 어떨까요? 여러분도 중학교 영어시간에 선생님께서 영어책을 읽어 보라고 시킬까 봐 'There is a school.' 밑에 한글로 '데얼 이즈 어 스쿨'이라고 연필로 써 놓은 기억이 있지요?

이렇게 우리말이건 미국말이건 한글이나 알파벳으로 표기할 수가 있어요. 둘 다 소리글자이기 때문이에요. 우리말을 알파벳으로 표기했다고 해서 우리말 문법이 달라질까요? 그렇지 않아요. 그러니까 우리가 문법이라고 하는 게 실은 글의 문법이 아니라 말의 문법인 거예요.

이제 알겠지요? 글보다 말이 더 중요하다는 사실을요. 이 사실만 잊지 않으면 문법을 이해하기가 아주 쉬운데, 많은 사람들은 자꾸 이 사실을 잊어버리고 글자를 더 중요하게 생각하네요.

 한글은 네모 칸 안에 들어가게 쓴다?

한글이나 알파벳은 모두 말소리를 글자로 표기하는 소리글자입니다. 그런데 영어와 우리말은 표기하는 방법이 달라요. 영어는 소리를 나타내는 글자를 하나하나 옆으로 죽 늘어놓지만, 우리말은 두서너 글자를 모아서 네모 칸 안에 들어가게 씁니다. 예를 들어, [펜]이라는 소리를 영어에서는 소리를 나타내는 글자인 알파벳 'p, e, n'을 옆으로 늘어놓아 'pen'으로 쓰지만, 우리말에서는 그 소리를 나타내는 글자인 한글 'ㅍ, ㅔ, ㄴ'을 보이지 않는 네모 안에 모아서 '펜'이라고 씁니다.

원래 소리글자는 소리를 글자로 나타내기만 하면 되니까 영어처럼 옆으로 죽 늘어 쓰면 됩니다. 굳이 우리글처럼 모아서 쓸 이유가 없지요. 글자를 모아서 쓰지 않으면 사실 맞춤법도 쉬워집니다. [더우기]라는 소리를 영어처럼 소리 나는 대로 쓰면 'ㄷㅓㅜㄱㅣ'가 됩니다. '더우기'가 맞춤법에 맞는 표기인지 '더욱이'가 맞는 표기인지 고민할 필요가 없어집니다. 그런데도 한글은 마치 한자처럼 네모 안에 꼭 들어가게 씁니다. 이건 아마도 훈민정음을 만들 때 우리나라가 한자를 쓰고 있었기 때문일 겁니다. 네모반듯하게 규격화되어 있는 한자의 글자꼴에 이미 익숙해져 있었기 때문에 훈민정음도 한자처럼 네모나게 모아서 쓰게 된 것 같아요.

여기서 문법(문법 중에서도 소리에 대한 음운론)을 공부하기 위해 중요한 것 한 가지를 반드시 기억해야 합니다. 비록 한글이 글자를 모아서 쓰는 방식을 취하고 있지만, 한글은 소리글자이기 때문에 실제로는 영어처럼 글자(소리)를 옆으로 죽 늘어놓은 것이라고 생각해야 소리의 현상을 이해하기 쉽다는 점입니다. 다시 말해, '책상'은 '책' 다음에 '상'이라는 말이 오는 것이 아니라 'ㅊ' 다음에 'ㅐ', 그다음에 'ㄱ', 그다음에 'ㅅ', 그다음에 'ㅏ', 그다음에 'ㅇ'이 오는 거죠. 절대로 잊지 마세요.

 ## 소리가 모여 단어가 되고, 단어가 모여 문장이 된다?

흔히 'ㄱ, ㄴ, ㄷ ……; ㅏ, ㅑ, ㅓ, ㅕ ……'가 모여 단어가 만들어지고, 단어가 모여 문장이 만들어진다고 생각합니다. 그래서 문법을 배운다고 하면, 먼저 소리에 관한 법칙들, 예를 들면 비음화, 설측음화, 구개음화 등등을 먼저 배운 다음에 동사, 명사, 부사 같은 것을 공부합니다. 그런 뒤에 문장에 대해 배웁니다.

그런데 사실은 거꾸로입니다. 우리 주변에서 사람들이 하는 말을 가만히 들어 보세요. 전부 문장으로 이야기하지요? 우리는 문장을 가지고 말을 하고 있습니다. 문장이 자기 생각을 나타내는 가장 작은 단위이기 때문이에요. 언어생활의 기본단위는 문장입니다.

그러면 단어나 소리들은 무엇일까요? 단어나 소리는 문장들을 서로 비교·대조하여 드러나는 차이들입니다. 예를 들어 볼까요?

"춘향이가 감옥으로 들어갔다."
"춘향이가 방으로 들어갔다."

다른 것은 다 같은데 '감옥'과 '방'이 서로 다르지요? 그렇게 비교해서 서로 다른 '감옥'과 '방'을 찾아내는 겁니다.

소리도 마찬가지예요.

"불"
"물"

두 단어를 서로 비교해 보면 'ㅂ'과 'ㅁ'이 다르지요? 그렇게 해서 'ㅂ'과 'ㅁ'을 인식하는 겁니다.

아직도 'ㅁ'과 'ㅂ'이 먼저 있고, 나중에 '물'과 '불'이 생기는 것 같은가요?

그러면 이거 한번 생각해 보세요.

몽룡이가 혼자서 배낭여행을 가다가 비행기가 고장이 나서 아프리카 오지에 불시착했어요. 몽룡이는 거기에서 친절한 아프리카 원주민을 만났어요. 서로 말이 안 통하니까 답답하기 그지없었지요. 그래서 몽룡이가 원주민의 말을 배우기로 했어요. 얼마 지나지 않아 몽룡이는 원주민과 간단한 이야기를 주고받을 수가 있었어요. 몽룡이는 어떻게 원주민의 말을 배웠을까요?

아프리카 원주민이 몽룡이에게 '항아리'를 가리키며 말했어요.
"칸타비루니길라레"
고개를 갸우뚱하는 몽룡이에게 원주민은 '숟가락'을 가리키며 말했어요.
"칸타또띠니길라레"

몽룡이는 처음에는 무슨 말인지 몰라 어리둥절했지만 금방 알아차립니다. 아프리카 원주민이 한 말을 가만히 비교해 보니까, 다 똑같은데 '비루'하고 '또띠'만 다른 거예요. 그래서 아하! '비루'는 항아리이고, '또띠'는 숟가락인 걸 알아차렸습니다.
이렇게 문법은 문장을 비교해서 그 차이를 찾아 구, 어절, 단어, 형태

소, 음소 등등으로 정리한 거예요.

잊지 마세요! 문법은 말을 더해서 문장을 만드는 방법을 알려주는 것처럼 보이지만, 사실 문법은 문장을 비교해서 그 차이를 통해 말이 어떻게 만들어져 있는지를 밝힌 거라는 사실을!

 ## 학교에서 배운 국어 문법은 진리이다?

몽룡이는 교보문고에서 여러 가지 지도를 구경하다가 세계지도가 한 가지가 아니라는 것을 알게 되었습니다. 우리가 흔히 보던 세계지도는 태평양이 가운데 있는데, 미국에서 만든 세계지도에는 대서양이 가운데 있었습니다. 그리고 또, 어떤 세계지도를 가지고 이야기하느냐에 따라 우리나라에 대한 설명이 달라지는 것도 알게 되었습니다. 태평양을 가운데 놓은 세계지도를 보면 우리나라가 '세계의 중심인 대한민국'인데, 대서양을 가운데 놓은 세계지도를 보면 '극동(동쪽 끝)에 위치한 대한민국'이 되니까요.

문법도 마찬가지입니다. 말을 어떻게 보느냐에 따라 문법이 달라집니다. 크게는 우리나라 문법과 북한 문법, 그리고 조선족 문법이 다르고, 작게는 우리나라에서도 국어학자들마다 각각 주장하는 문법이 다릅니다. 이렇게 문법이 제각각인 것은 아마도 우리 인간이 말의 체계를 완벽하게 설명할 수 있는 능력이 부족하기 때문일거예요.

그렇기 때문에 학교에서 배운 문법만이 옳다거나 그것밖에 없다고 생각해서는 안 됩니다. 우리가 학교에서 배우는 문법을 '학교 문법'이라고 하는데, '학교 문법'은 학생들에게 설명하기 쉽게 만든 문법이에요.

그러다 보니 다양하게 설명할 수 있는 현상을 어느 하나로만 설명하든가 설명하기 복잡한 것은 '그냥 그렇다고 치고' 외워야 하는 것들이 있습니다. 외워야 한다는 것은 규칙으로 간결하게 설명할 수 없다는 뜻이지요. 문법은 규칙인데 규칙으로 설명할 수 없다는 것은 모순입니다. 규칙만으로 말을 명확히 설명할 수 있어야 제대로 된 문법이라고 할 수 있어요(그런데 규칙만으로 100% 말을 명확하게 설명하는 건 불가능합니다).

문법은 문장 한 세트를
가지고 노는 게임!

춘향이는 몽룡이와 방자랑 보드게임 방에 가서 '젠가(jenga)'를
하기로 했습니다. 춘향이와 몽룡이와 방자는 나무 블록을 가지
고 게임을 시작했습니다. 그런데 몽룡이가 손이 투박해서 그런
지 쌓은 나무 블록을 자꾸만 무너뜨리네요. 짜증이 난 몽룡이가
신경질을 내면서 '젠가'는 그만하고 '원카드'를 하자고 떼를 씁
니다. 춘향이와 방자는 어이없어하면서도 '원카드'를 하기로 했
습니다. 몽룡이는 얼른 젠가 할 때 썼던 나무 블록을 갖다 두고
트럼프 카드 한 세트를 가져왔습니다.

보드게임을 하려면 게임 도구가 있어야 합니다. '젠가' 게임을 하려
면 여러 개의 나무 블록들이 들어 있는 나무 블록 한 세트가 필요하고,
'원카드'를 하려면 트럼프 카드 54장 한 세트가 필요합니다.

　　문법도 마찬가지입니다. 문법도 보드게임의 일종이라고 할 수 있습

니다. '문법'이라는 게임을 즐기려면 '말(언어) 한 세트'가 있어야 합니다. 말 한 세트는 바로 '문장'입니다. 다시 말해 문법은 어절, 단어 따위로 이루어진 문장 한 세트를 가지고 노는 보드게임이에요! 정말 별거 아녜요. 그냥 게임 한 판 한다고 생각하면 지긋지긋하던 문법책이 사랑스러워질 것이고, 결국 아주 멋진 글을 쓸 수 있을 거예요!

통사론 1

문장의 정체는 뭐지?

 한 문장에는 하나의 생각만 담긴다!

문장이란 말하는 사람의 생각을 온전하게 나타내는 말의 묶음 중에서 가장 작은 단위입니다. 생각을 온전하게 나타내기 위해서는 말이 완결되어야 하는데 문장 끝에 있는 마침표나 물음표, 느낌표가 말이 완결되었다는 것을 나타내지요.

추석날 용돈을 두둑하게 받은 몽룡이는 신이 났어요. 몽룡이는 춘향이에게 말했지요. "부모님 몰래 읍내 포목전에 가서 새로 나온 비단 사 줄게." 둘은 손을 꼭 잡고 산을 두 개나 넘어 읍내 포목전에 갔습니다. 커다란 모란이 그려진 중국 비단을 본 몽룡이는 "와, 이거 정말 멋있는걸." 하며 눈을 떼지 못했어요. 그러나 춘향이는 "이거 너무 촌스럽지 않아?"라며 고개를 저었습니다.

몽룡이와 춘향이가 한 말은 모두 하나의 문장입니다.

모란이 그려진 새로 나온 '중국 비단'에 대해 몽룡이는 '멋있다'는 자신의 생각을 "이거 정말 멋있는걸."이라고 온전히 나타냈고, 춘향이는 '촌스럽다'는 자신의 생각을 "이거 너무 촌스럽지 않아?"라고 온전히 나타냈기 때문이지요. 몽룡이의 말은 마침표로, 춘향이의 말은 물음표로 마무리 표시가 되어 있습니다. 문장에는 반드시 이런 마무리 표시가 있는데, 이런 마무리 표시는 말하는 사람의 생각이 온전하게 나타났다는 걸 나타냅니다.

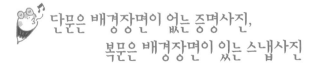

단문은 배경장면이 없는 증명사진, 복문은 배경장면이 있는 스냅사진

온전한 하나의 생각은 '무엇이 −어찌한다.' '무엇이 −어떠하다.' '무엇이 −무엇이다.'와 같이 '주어−서술어'로 표현됩니다. 그런데 문장에는 '주어−서술어'가 단 한 개만 들어 있는 것도 있고, 두 개 이상 들어 있는 것도 있습니다. '주어-서술어'가 단 한 개만 들어 있는 문장을 '단문'이라고 하고, 두 개 이상 들어 있는 문장을 '복문'이라고 합니다.

그런데 여기서 의문이 생기지요?

하나의 '주어-서술어'로 된 문장(단문)이 온전한 하나의 생각을 나타낸다고 했는데, 그렇다면 '주어-서술어'가 두 개 이상 들어 있는 문장(복문)도 하나의 생각을 나타내는 걸까요? 아니면 두 가지의 생각을 나타내는 걸까요?

복문도 하나의 문장이니까 두 가지의 생각을 나타낼 리가 없겠지요? 복문도 하나의 생각을 나타내는 거라면, 여러 개의 '주어-서술어' 중에서 어느 것이 하나의 생각을 나타내는 것일까요?

우리말에서는 복문 안에 있는 여러 개의 '주어-서술어' 중에서 맨 뒤에 있는 '주어-서술어'가 문장에서 말하려는 하나의 생각을 나타냅니다. 그러니까 그 앞에 오는 나머지 '주어-서술어'는 배경장면이라고 보면 됩니다. 마치 영화에서 배경음악이나 배경장면처럼요.

몽룡이와 방자는 춘향이 집에 놀러 가 춘향이 사진을 보았어요.
두 사람은 춘향이에게 사진을 한 장씩 달라고 했어요. 몽룡이는
바닷가에서 놀고 있는 춘향이 스냅사진을, 방자는 얼굴이 크게
나온 춘향이 증명사진을 달라고 했어요.

방자가 가지고 간 증명사진에는 배경장면은 없고 파란 배경에 춘향이만 찍혀 있고, 몽룡이가 가지고 간 스냅사진에는 춘향이 뒤로 바닷가 풍경이 배경장면으로 찍혀 있었습니다. 몽룡이와 방자가 가져간 사진은 모두 춘향이 사진입니다. 두 사진 모두 춘향이를 찍은 사진이기 때문

입니다. 배경장면이 있든 없든, 배경장면이 산이든 바다이든 상관이 없습니다.

문장도 마찬가지예요.

춘향이만 있고 배경장면이 없는 증명사진이 '주어-서술어'가 하나만 있는 단문이라면, 춘향이가 바닷가를 배경으로 찍은 스냅사진은 '주어-서술어'가 두 개인 복문입니다.

(1) 춘향이가 몽룡이를 만났다.

(2) (춘향이가) 향단이와 놀다가 춘향이가 몽룡이를 만났다.

(1)도, (2)도 하나의 생각을 나타내는 하나의 문장입니다. (1)과 (2)에서 나타내는 하나의 생각은 모두 '춘향이가 몽룡이를 만났다.'입니다.

그러나 두 문장은 서로 다른 문장입니다. 어떻게 다를까요? 두 문장은 배경장면이 있는가 없는가 하는 차이가 있어요. (1)은 증명사진처럼 배경장면이 없이 '춘향이가 몽룡이를 만났다.'는 생각 하나만을 나타내지만, (2)는 스냅사진처럼 '춘향이가 향단이와 놀다가'를 배경장면으로 깔고 '춘향이가 몽룡이를 만났다.'는 생각을 나타내는 겁니다. 사진을 찍을 때 배경장면에 따라 '똑같은 사람이 달리 보이는 경험을 한 적이 있지요? 배경장면에 따라 어떤 사진은 무척 모범생 같아 보이는데, 어떤 사진은 그렇지 않고 그렇잖아요? 이렇게 문장에서도 같은 생각(주어-서술어)이 배경장면(주어-서술어)에 따라 그 느낌이 달라진답니다. 우리말 복문에서 문장 맨 뒤의 '주어-서술어' 앞에 오는 나머지 '주어-서술어' 들은 모두 배경장면들입니다.

단문 두 개로 쓸까, 복문 하나로 쓸까?

글 A: 춘향이는 향단이와 놀았다. 춘향이는 몽룡이를 만났다.
글 B: 향단이와 놀다가 춘향이는 몽룡이를 만났다.

글 A와 글 B는 같은 내용을 쓴 글인 것 같지만 전혀 다른 글입니다. 글 A는 '춘향이는 향단이와 놀았다.'는 생각과 '춘향이는 몽룡이를 만났다.'는 두 가지 생각을 표현한 글이고, 글 B는 '춘향이는 몽룡이를 만났다.'는 한 가지 생각을 표현한 글입니다.

글은 처음에 쓴 문장에 따라 그다음 문장의 내용이 결정됩니다. 잠시 딴 일을 하다가 글을 다시 쓸 때, 자기가 쓴 글을 처음부터 다시 읽으며 써야 하는 것도 이런 이유 때문입니다. 글 A에서는 두 문장이 무슨 관계인지 알 수 없습니다. 그러나 '춘향이는 향단이와 놀았다.'와 '춘향이는 몽룡이를 만났다.'는 두 가지 생각 사이를 몇 개의 문장으로 메워 준다면 훌륭한 글이 될 수 있습니다.

글 A의 두 문장 사이를 메워 볼까요?

춘향이는 향단이와 놀았다. 춘향이는 매일 향단이와 재미있게 놀았지만 뭔가 허전했다. 봄빛이 흐드러져 꽃이 피고 새가 지저귀자 마음은 더욱 싱숭생숭해졌다. 그날 오후 춘향이는 광한루에 올라가 그네에 몸을 실었다. 저 멀리 발아래 펼쳐진 풍경을 보며 '내 님은 어디 계실까?' 하고 곰곰이 생각했다. 그때 그네를 밀어 주던 향단이가 갑자기 커다랗게 소리를 질렀다. "방자야!" 춘향이는 깜짝 놀라 향단이를 쳐다보았다. 향단이는 아주 잘생긴 도령을 향해 다시 "방자야!" 하고 불렀다. 그때 도령의 몸종으로 보이는 젊은이가 향단이를 향해 달려왔다. "아씨 저 애가 방자예요!" 향단이가 춘향이에게 말했다. 그러나 춘향이는 향단이의 말이 귀에 들어오지 않았다. 춘향이는 무엇에 홀린 듯이 도령을 바라보았다. 바로 그날이었다. 춘향이는 몽룡이를 만났다.

그러니까 글 A는 사실 문장 두 개로 완성되는 글이 아니라 여러 개의 문장이 있어야 하는 긴 글 중 일부입니다.

이에 비해 글 B는 하나의 문장이기 때문에 그 뒤를 이어 계속 문장을 써 나가면 됩니다.

향단이와 놀다가 춘향이는 몽룡이를 만났다. 몽룡이를 처음 본 그 순간, 춘향이는 몽룡이에게 반해버렸다. ……

이렇게 말이지요

하나의 생각을 담은 문장은 그다음 생각을 결정합니다. 그것이 '주어-서술어'가 한 개 있는 단문이든 두 개 이상 있는 복문이든 마찬가지입니다. 그렇기 때문에 두 개의 주어-서술어를 단문 두 개로 쓰느냐, 아니면 복문 한 개로 쓰느냐에 따라 글이 전개되는 내용이 달라집니다.

내 마음은 네 근!

우리들의 느닷없는 끝말 잇기

우리말 문장의 종류는 겨우 일곱 개

통사론 2

 손잡고 갈래, 내 등에 업혀 갈래?

앞에서 하나의 온전한 생각을 나타내는 문장을 '주어-서술어'가 하나인 단문과 '주어-서술어'가 두 개 이상인 복문, 두 종류로 나누어 보았습니다.

그럼 단문과 복문은 더 나눌 수 없는 걸까요?

단문은 '주어-서술어'가 하나밖에 없으니까 더는 구분할 수가 없겠지만, '주어-서술어'가 두 개 이상인 복문은 배경장면이 되는 '주어-서술어'가 어떻게 배경장면이 되는지에 따라 다시 두 가지로 나누어질 수 있어요.

아! 저기 춘향이와 몽룡이가 함께 걸어가네요. 몽룡이는 오른쪽에 춘향이는 왼쪽에 서 있어요. 손을 잡고 다정히 걸어가는 걸 보니 둘이 사귀는 게 분명하네요. 큰길가로 나서자 몽룡이는 춘향이하고 자리를 바꾸어 자기가 길가 쪽에 서서 걷네요. 춘향이를 보호하려는 몽룡이의 마음이 느껴져요. 길가 쪽으로 자리를 바꾼 몽룡이가 얼른 다시 춘향이의 손을 잡고는 행복해하고 있어요. 몽룡이가 춘향이를 무척 좋아하는 것 같아요.

어! 몽룡이 혼자 뒤뚱뒤뚱 걸어오네요. 아까 같이 갔던 춘향이는 어디에 있는 걸까요? 이런~, 몽룡이 등에 춘향이가 업혀 있군요. 춘향이가 넘어져서 발목을 다친 모양이네요. 춘향이가 몽룡이 등에 업혀 있어서 몽룡이 혼자 오는 것처럼 보인 거군요.

춘향이와 몽룡이 두 사람이 길을 가는데, 손을 잡고 갈 때와 업혀 갈 때의 모습이 서로 다릅니다. 손을 잡고 갈 때는 두 사람인 걸 금방 알 수 있지만, 업혀 갈 때는 춘향이가 몽룡이에 가려 두 사람인 걸 구별하기가 쉽지 않아요.

그리고 두 사람이 나란히 손을 잡고 갈 때는 서로 자리를 바꾸어도 손을 잡고 갈 수 있어요. 그런데 업혀 갈 때는 발목을 다친 춘향이는 몽룡이한테 업혀 갈 수 있지만, 반대로 멀쩡한 몽룡이가 다친 춘향이한테 업혀 갈 수는 없지요.

이렇게 손을 잡고 가는 춘향이와 몽룡이를 문장에 비유하면, '접속문 (대등접속문)'이 됩니다. '주어-서술어'와 '주어-서술어'가 마치 손을 잡고 있는 것처럼 나란히 접속되어 있어서 붙은 이름이지요. 접속문(대등접속문)은 춘향이와 몽룡이가 손을 잡고 가는 것처럼 앞뒤에 있는 '주어-서술어'가 서로 자리를 바꿀 수 있어요.

향단이는 노래를 부르고, 방자는 북을 친다.

앞뒤를 바꿔 볼까요?

방자는 북을 치고, 향단이는 노래를 부른다.

어때요? '향단이는 노래를 부르-'와 '방자는 북을 치-'가 서로 손잡고 가는 것처럼 자리를 바꿀 수 있지요? 이렇게 서로 자리를 바꿀 수 있는 것은 앞뒤에 있는 '주어-서술어'가 서로 대등하기 때문이에요.

접속문(대등접속문)의 특징이 하나 더 있는데 알아볼까요?

앞에 있는 '주어-서술어'는 뒤에 있는 '주어-서술어' 안으로 들어갈

수 없답니다. 그러니까 '향단이는 노래를 부르고'가 '방자는 북을 친다' 사이로 들어가서

　방자는 향단이는 노래를 부르고 북을 친다.

　가 되면 무슨 말인지 모르는 말이 되어 버린답니다.
　생각해 보면 당연한 일이지요. 서로 똑같이 대등한데 누가 누구 안으로 들어갈 수 있겠어요? 이렇게 앞뒤에 있는 '주어-서술어'가 대등한 접속문을 '대등접속문'이라고 부른답니다
　아, 참! 접속문(대등접속문)과 비슷해 보이지만 성질이 전혀 다른 문장이 있어요. 우선 그것에 대해 알아보지요.

　향단이가 자꾸 장난을 치니까 방자가 화를 냈다.

　앞에서 살펴본 접속문이랑 비슷하지요? 그래서 접속문이라고 부르기도 해요. 그런데 사실은 전혀 달라요. 어떻게 다른지 볼까요?
　앞에 있는 '향단이가 자꾸 장난을 치니까'를 '방자가 화를 냈다' 사이로 옮겨 볼게요.

　방자가 향단이가 자꾸 장난을 치니까 화를 냈다.

　어때요? '향단이가 자꾸 장난을 치니까'가 '방자가 화를 냈다' 사이로 들어가도 말이 되지요? 앞에서 본 대등접속문은 이렇게 들어갈 수 없는데 말이에요.

이 문장은 '방자가 화를 냈다' 안에 '향단이가 자꾸 장난을 치니까'가 들어가서 내포되어 있기 때문에 내포문(부사절 내포문)이라고도 불러요 이번에는 앞뒤에 있는 두 개의 '주어-서술어'를 서로 바꾸어 볼게요.

방자가 화를 내니까 향단이가 자꾸 장난을 친다.

앞뒤에 있는 '주어-서술어'를 서로 바꾸니까 엉뚱한 말이 되지요?
이렇게 앞에 있는 '주어-서술어'와 뒤에 있는 '주어-서술어'의 자리를 서로 바꿀 수 없어요. 이러한 두 가지 특성은 내포문의 특성이랍니다. 그래서 겉모습은 접속문의 모습을 하고 있고, 특성은 내포문의 특성을 가진 이런 문장을 종속접속문이라고 합니다.

절이 뭐지?

문장 중에서 단문은 하나의 '주어-서술어'로 이루어져 있어요.
그래서 한 개의 '주어-서술어'가 바로 '문장'이 됩니다. 그런데
'주어-서술어'가 두 개 이상 있는 복문도 '문장'이라고 하지요?
그래서 문제가 생겼습니다. 복문 안에 있는 '주어-서술어'를 또
문장이라고 할 수가 없기 때문이지요. 그래서 복문 안에 들어
있는 '주어-서술어'를 '절'이라고 구분해서 부릅니다. 앞에 있
는 '주어-서술어'를 선행절, 뒤에 있는 '주어-서술어'를 후행
절, 이렇게요. 그 밖에 '절'에는 뒤에서 살펴볼 명사절, 관형절,
부사절, 서술절, 인용절 등이 있어요.

접속문에서 앞뒤 '주어-서술어'의 자리를 바꾸면?

대등접속문은 앞에 있는 '주어-서술어'와 뒤에 있는 '주어-서
술어'가 서로 자리를 바꿀 수 있다고 했습니다. 두 개의 '주어-서

술어'가 대등하기 때문입니다.

　글 A: 향단이는 노래를 부르고, 방자는 북을 친다.
　글 B: 방자는 북을 치고, 향단이는 노래를 부른다.

　글 A와 글 B를 보면 서로 의미 차이가 없는 것처럼 보입니다. 하나의 문장만 놓고 보면 그렇습니다.

　그러나 엄밀히 말해서 글 A와 글 B는 서로 다른 문장입니다. 글 A는 '방자는 북을 친다.'는 생각을 나타내고, 글 B는 '향단이는 노래를 부른다.'는 생각을 나타내기 때문입니다. 복문에서는 뒤에 있는 '주어-서술어'가 중심 생각입니다. 그러니까 이 두 문장은 내용은 같다고 할 수 없습니다. 그래서 긴 글을 쓸 때, 글 A와 글 B 다음에는 각각 전혀 다른 내용의 글이 전개됩니다.

　글은 처음 문장이 그다음 문장을 제한한다고 했지요? 처음 문장에서 어떤 내용을 썼느냐에 따라 다음 문장의 내용이 정해집니다. 글 A 다음에는 '방자가 북을 친다.'에 관련된 문장이 이어져야 하고, 글 B 다음에는 '향단이는 노래를 부른다.'에 관련된 문장이 이어져야 합니다. 그러니까 글 A와 글 B는 각각 다른 글로 전개되어 나가겠지요?

　잊지 마세요! 우리말은 복문에서 뒤에 있는 주어-서술어가 중심 생각이므로, 그다음에 나오는 문장도 그것과 관련된 내용이 이어져야 합니다.

등에 업혀 가는 다섯 가지 방법

그럼 이제 발목을 삔 춘향이가 몽룡이한테 업혀 있는 것을 문장에 비유해 볼까요? 몽룡이가 춘향이를 업고 있는 것처럼 하나의 '주어-서술어'가 다른 '주어-서술어'를 업고 있는 문장을 '내포문'이라고 합니다. 배경장면이 되는 '주어-서술어'가 그렇지 않은 '주어-서술어' 안으로 들어가 마치 업혀 있거나 안겨 있는 것처럼 내포되어 있어서 붙은 이름이에요. '내포內包'라는 말이 '안(內)에 포함하고 있다(包)'는 뜻이거든요.

내포문에서는 배경장면이 되는 '주어-서술어'와 그렇지 않은 '주어-서술어'가 서로 자리를 바꿀 수 없어요. 마치 발목을 다친 춘향이가 멀쩡한 몽룡이를 업을 수 없는 것과 마찬가지예요.

내포문은 내포되는 '주어-서술어'를 그렇지 않은 '주어-서술어' 안에 어떻게 넣는가에 따라 다섯 가지로 구분합니다.

먼저, 문장 하나를 만들어 볼까요?

춘향이가 몽룡이를 기다린다.

　여기에 다른 '주어-서술어'로 배경을 깔거나 장식을 하려고 합니다. 배경이 되는 '주어-서술어'가 들어갈 자리가 어디 어디일지 짚어 볼까요?

　우선 '춘향이가'와 '몽룡이를' 사이, 다음은 '몽룡이를'하고 '기다린다' 사이, 그리고 '춘향이가' 앞.

　그러면 '기다린다' 뒤는? 얼핏 봐도 여기는 아닌 것 같네요. '기다린다' 다음에 마침표(.)가 있잖아요? 마침표는 '여기서 끝!'이라는 표시니까 다른 것이 들어갈 자리가 없겠죠?

　이제 다 됐나요?

　아뇨, 그렇지 않아요. 들어갈 자리가 더는 없지만, 다른 걸 밀어내고 들어갈 수도 있거든요. 뻐꾸기가 알을 낳을 때 다른 새의 둥지에 있는 알을 둥지 밖으로 밀어내고 자기 알을 낳는 것처럼요.

　그럼, 밀어내고 들어갈 수 있는 자리는 어디 어디일까요?

　먼저, '춘향이'를 밀어낼까요. 그리고 또, '몽룡이'도 밀어내 봐요.

　음~, 그럼 하나 남은 '기다린다'도 밀어낼 수 있겠죠?

　자, 이제 정리해 볼까요? 하나의 문장에 배경이나 장식이 되는 '주

어-서술어'가 들어갈 수 있는 자리는,

1) '춘향이가'와 '몽룡이를' 사이
2) '몽룡이를'하고 '기다린다' 사이
3) '춘향이가' 앞
4) '춘향이' 자리
5) '몽룡이' 자리
6) '기다린다' 자리

이렇게 여섯 군데네요.

그런데 우리말에는 우리말만 가지고 있는 특징이 하나 있어요. 어떤 말을 장식하고 싶을 때, 장식하는 말은 장식하고 싶은 말 앞에 옵니다. 다시 말해, 우리말에서 꾸며 줄 때는 언제나 앞에서 뒤로 꾸며 준답니다. 절대로 뒤에서 앞으로 꾸며 주지는 못합니다. 그러니까 위에 있는 1)에서 **춘향이가**와 **몽룡이를** 사이는 '몽룡이를' 앞과 같은 말이고, 2)에서 **몽룡이를**하고 **기다린다** 사이는 '기다린다' 앞과 같은 말이 되겠지요?

그럼 그렇게 바꾸어 볼까요?

1) '몽룡이를' 앞
2) '기다린다' 앞
3) '춘향이가' 앞
4) '춘향이' 자리
5) '몽룡이' 자리

6) '기다린다' 자리

좀 더 간결해졌지요? 처음에는 '~ 사이', '~ 앞', '~ 자리' 그랬는데,
이제는 '~ 앞'과 '~ 자리' 두 종류만 남았잖아요.

이제 다시 같은 것끼리 묶어 볼까요?

먼저, 1) **몽룡이를** 앞이나 3) **춘향이가** 앞은 '몽룡이'와 '춘향이'
가 명사니까 둘 다 똑같이 **명사 앞**이라고 할 수 있겠지요.

다음으로, 2) '기다린다' 앞은 기다린다가 동사니까 **동사 앞**이라고
할 수 있겠네요.

그러면 자동으로, 4) '춘향이' 자리와 5) '몽룡이' 자리는 **명사 자리**,
6) '기다린다' 자리는 **동사 자리**가 됩니다.

그럼 다시 정리해 볼까요?

　1) 명사 앞

　2) 동사 앞

　3) 명사 자리

　4) 동사 자리

한결 더 간결해졌지요? 문법은 말의 법칙입니다. 법칙은 이렇게 복잡
한 것을 간결하게 만들어 가는 과정에서 생겨난 거예요.

그런데 '~ 앞'과 '~ 자리'도 한 가지로 통일할 수는 없을까요? 사실
'~ 앞'도 '자리'의 일종이잖아요?

그럼 '명사 앞'은 무슨 자리일까요? 명사 앞에는 명사를 꾸며 주는 관
형사가 오는 자리니까 '관형사 자리'가 되겠네요. '동사앞'은요? 동사

앞에는 부사가 오니까 '부사 자리'가 되겠고요.

이제 깔끔하게 정리가 되었습니다.

1) 관형사 자리
2) 부사 자리
3) 명사 자리
4) 동사 자리

우리말에서 하나의 문장에서 배경이나 장식이 되는 '주어-서술어'가 들어갈 수 있는 자리는 이 네 군데뿐입니다.

자~, 이제 우리가 찾아낸 이 네 군데 자리에 배경이나 장식이 되는 '주어-서술어'가 들어간 문장에 이름을 붙여 줘야 할 텐데, 뭐라고 이름을 붙여 주면 좋을까요?

먼저, 배경이나 장식이 되는 '주어-서술어'가 그렇지 않은 '주어-서술어'에 들어가는 것을 내포라고 했고, 또, '주어-서술어'가 두 개 이상 있는 복문에서 '주어-서술어'를 절이라고 부른다고 한 것 기억나나요?

그럼 관형사 자리에 '주어-서술어'인 절이 내포되는 문장을 관형(사)절 내포문이라고 부르면 되겠네요.

그러면, 명사 자리에 절이 내포되는 복문은?

명사절 내포문!

부사 자리에 절이 내포되는 복문은?

부사절 내포문!

어때요? 자동이지요? 문법은 이렇게 자동이랍니다.

그러면 마지막으로, 동사 자리에 절이 내포되는 복문은?

동사절 내포문!

땡! 아니에요. 동사 자리에 절이 내포되는 복문은 동사절 내포문이라고 하지 않고 서술절 내포문이라고 합니다. 서술절 내포문이라는 이름은 잘못 지었어요. 명사절, 관형(사)절, 부사절과 같은 층위가 아니잖아요. 이렇게 처음에 잘못 지어 놓으니까 규칙에서 벗어나는 문제가 생겼어요. 그러니 동사 자리에 절이 내포되는 복문은 동사절 내포문이라고 하지 않고 서술절 내포문이라고 하는 것을 잊지 마세요.

이렇게 내포문은 배경이나 장식이 되는 '주어-서술어'가 어느 자리에 들어가느냐에 따라 명사절 내포문, 관형절 내포문, 부사절 내포문, 서술절 내포문으로 구분합니다. 그리고 들어가는 자리에 상관없이 '주어-서술어'를 직접 인용하거나 간접 인용한 복문이 하나 더 있는데, 이런 복문을 인용절 내포문이라고 부릅니다.

그래서 우리말 문장은 다음과 같이 구분할 수 있습니다.

이제 이 다섯 가지 내포문 하나하나에 대해 알아볼까요?

춘향이는 몽룡이가 어서 돌아오기를 기다린다

명사 자리에 들어가는 절(주어-서술어)을 명사절이라고 해요. 명사절이 들어가 복문이 된 문장을 '명사절이 내포된 복문', 즉 '명사절 내포문'이라고 하고요.

춘향이가 몽룡이를 기다린다.

이 문장을 보면, 춘향이가 기다리는 것은 '몽룡이'입니다. 아마 몽룡이랑 만나기로 약속했는데 게으른 몽룡이가 늑장을 부리다가 늦는 모양이에요.

그런데 춘향이가 기다릴 수 있는 것이 몽룡이와 같은 사람뿐일까요?

춘향이는 그네 타기를 무척 좋아합니다. 그런데 밤이라 너무 깜깜해 그네를 타러 나갈 수 없네요. 그래서 춘향이는 빨리 아침이 되었으면 하고 기다립니다.

그러면 여기서 문제를 하나 내 볼게요. 춘향이가 기다리는 것은 무엇일까요?

"빨리 아침이 되다."

맞아요! 춘향이가 기다리는 것은 '빨리 아침이 되다.'예요. 아까 몽룡이와 만나기로 약속한 춘향이가 기다린 것은 몽룡이였지만, 그네를 타고 싶은 춘향이가 기다리는 것은 '빨리 아침이 되다.'입니다 그러니까 '몽룡이'하고 '빨리 아침이 되다.'는 같은 거겠네요? 그럼 '몽룡이' 자리에 '빨리 아침이 되다.'를 넣어 볼까요?

춘향이가 빨리 아침이 되다를 기다린다.

말이 이상하지요? 주어-서술어가 명사 자리에 들어가려면 특수한 부품이 필요하기 때문입니다. 그 부품으로 갈아 끼우고 들어가야 하는데 그냥 들어가서 이상한 말이 됐어요.

주어-서술어가 명사 자리에 들어갈 때 필요한 부품은 -기, -음, -는 것 이렇게 세 가지입니다.

위 문장에는 이 세 가지 부품 중 하나인 '-기'를 붙여 볼까요? 서술어 끝에 있는 '-다'를 떼어 내고 붙여 주면 됩니다.

춘향이가 빨리 아침이 되기를 기다린다.

어때요? 제대로 된 문장이 되었지요? 이렇게 '주어-서술어'가 명사 자리에 들어가려면 서술어 끝에 있는 '-다'를 떼어 내고 '-기'나 '-음', '-는 것'을 붙여 주면 됩니다.

몽룡이는 춘향이가 자기와 만나주기를 바랐다.
몽룡이는 춘향이가 떠났음을 알았다.
몽룡이는 춘향이가 예쁘다는 것을 안다.

별거 아니죠?

춘향이는 뒷모습이 멋있는 몽룡이를 좋아한다

관형사 자리에 들어가는 절(주어-서술어)은 관형절이겠지요? 관형절이 들어가 복문이 된 문장을 '관형절이 내포된 복문', 즉 '관형절 내포문'이라고 합니다.

왕이 나오는 영화를 보면 왕은 늘 왕관을 쓰고 있습니다. 특히, 영국 중세를 다룬 영화를 보면 정말 여러 가지 다양한 모양의 왕관을 볼 수 있습니다.

관형사는 명사가 쓰는 왕관입니다. 관형사의 '관冠'이라는 글자는 왕관의 '관'과 같은 글자입니다. '형形'이라는 글자는 형용사의 '형'과 같은 글자로, 모양을 뜻합니다. 그러니까 관형사는 명사 앞에 붙어 명사의 모양을 장식해 주는 왕관입니다.

춘향이가 몽룡이를 좋아한다.

'춘향이가 몽룡이를 좋아한다.'는 말에 몽룡이에 대해 좀 더 설명을 붙이고 싶을 때, 다시 말해 '몽룡이'를 장식해 주고 싶을 때, '몽룡이' 앞에 관형절을 넣으면 됩니다.

그러면 몽룡이를 장식해 줄 수 있는 설명에는 어떤 것들이 있을까요? 몽룡이 뒷조사를 해 볼까요?

몽룡이는 늘 늑장을 부립니다.
몽룡이는 덩치가 컸습니다.
몽룡이는 뒷모습이 멋있습니다.

몽룡이는 어제 방자와 싸웠습니다.
몽룡이는 나중에 암행어사가 될 겁니다.

몽룡이에 대한 이런 설명들을 몽룡이 앞에 넣어 볼까요?

춘향이가 몽룡이는 늘 능청을 부립니다 몽룡이를 좋아한다.
춘향이가 몽룡이는 덩치가 컸습니다 몽룡이를 좋아한다.
춘향이가 몽룡이는 뒷모습이 멋있습니다 몽룡이를 좋아한다.
춘향이가 몽룡이는 어제 방자와 싸웠습니다 몽룡이를 좋아
한다.
춘향이가 몽룡이는 나중에 암행어사가 될 겁니다 몽룡이를 좋
아한다.

몽룡이에 대한 설명을 문장 그대로 넣으니까 이상하지요? 그럼 이상
하지 않게 만들어 볼까요?
먼저, 몽룡이에 대해 설명을 덧붙여 주는 건데, 설명하는 부분에도
'몽룡이'가 있으니까 이상합니다. 설명하는 부분에 들어 있는 '몽룡이
는'을 빼는 게 좋겠어요.

내포문에서 두 개의 '주어-서술어'에 같은 부분이 중복될 때는
배경이 되거나 장식이 되는 '주어-서술어'에 들어 있는 반복 부
분이 생략됩니다. 이것이 바로 내포문의 특성입니다.

다음으로 '주어-서술어'가 관형사 자리에 들어가야 하니까 부품을 바꿔 끼워야겠지요? 아까 명사절 내포문에서 보았던 것처럼 서술어 끝에 있는 '-다'를 떼어 내고 그 자리에 관형사 자리에 들어갈 수 있게 만들어 주는 특수한 부품을 갈아 끼우는 거예요. '주어-서술어'를 관형절로 바꾸어 주는 부품은 -는, -은, -을, -던이 있습니다. 이렇게 딱 4개뿐이니까 잊지 마세요.

그럼 특수 부품으로 갈아 끼워 볼까요?

춘향이가 늘 능장을 부리는 몽룡이를 좋아한다.
춘향이가 덩치가 컸던 몽룡이를 좋아한다.
춘향이가 뒷모습이 멋있는 몽룡이를 좋아한다.
춘향이가 어제 방자와 싸운 몽룡이를 좋아한다.
춘향이가 나중에 암행어사가 될 몽룡이를 좋아한다.

어때요? 자연스러운 문장이 됐지요?

춘향이는 구슬픈 피리 소리가 들려오자 눈물을 흘렸다

부사 자리에 들어가는 절(주어-서술어)을 부사절이라고 하지요. 이런 부사절이 들어가 복문이 된 문장을 '부사절이 내포된 복문', 즉 '부사절 내포문'이라고 합니다.

부사절 내포문은 어떤 건지 살펴볼까요?

춘향이 혼자 방 안에 누워 풀벌레 소리를 듣고 있었는데 어디선 가 자꾸 구슬픈 피리 소리가 들려오자 춘향이가 어깨를 들썩이 며 눈물을 흘립니다.

이런 상황을,

춘향이가 눈물을 흘린다.

라고만 하기에는 너무 밋밋하지요? 그래서 춘향이가 눈물을 흘리는 것을 조금 더 설명해서 장식해 주었어요.

그럼 눈물을 흘리는 것 이외에 또 무슨 일이 있었는지 볼까요?

춘향이가 혼자 방 안에 누웠다.
춘향이가 풀벌레 소리를 듣는다.
구슬픈 피리 소리가 들려온다.
춘향이가 어깨를 들썩인다.

위의 상황을 살펴보니까 춘향이가 눈물을 흘리는 것 이외에 이런 네 가지 모습들이 있었네요. 이런 네 가지 모습들로 '춘향이가 눈물을 흘린다.'에 장식을 하거나 배경이 되는 설명을 붙여 볼까요?

춘향이가 춘향이가 혼자 방 안에 누웠다 눈물을 흘린다.
춘향이가 춘향이가 풀벌레 소리를 듣는다 눈물을 흘린다.
춘향이가 구슬픈 피리 소리가 들려온다 눈물을 흘린다.
춘향이가 춘향이가 어깨를 들썩인다 눈물을 흘린다.

장식이나 배경이 되는 '주어-서술어'를 문장 형태 그대로 집어넣으니까 이상하지요? 자연스럽게 만들어 볼까요?

먼저, 장식이나 배경이 되는 '주어-서술어'에 같은 말이 들어 있는 경우에는 중복되니까 당연히 빼야겠지요?

그리고 장식이나 배경이 되는 '주어-서술어'를 부사 자리에 넣기 위해서 서술어 끝에 있는 '-다'를 부사 자리에 들어갈 수 있게 만드는 특수 부품으로 갈아 끼우면 되겠지요.

한번 해 볼까요?

먼저 중복되는 '춘향이가'를 빼고, 적합한 부품으로 갈아 끼우면,

춘향이가 혼자 방 안에 누워서 눈물을 흘린다.
춘향이가 풀벌레 소리를 듣다가 눈물을 흘린다.
춘향이가 구슬픈 피리 소리가 들려오자 눈물을 흘린다.
춘향이가 어깨를 들썩이면서 눈물을 흘린다.

아주 자연스러운 문장이 되었지요?

장식이나 배경이 되는 '주어-서술어'를 부사 자리에 들어갈 수 있게 만드는 특수한 부품은 무척 많습니다. 위에서 본 것처럼 '-어서, -다가, -자, -면서'가 있고 그 밖에 '-는데, -니까, -자마자' 등등이 있습니다.

부사는 문장 안에서 이리저리 자리를 옮겨 다닐 수 있습니다. 그래서 부사절도 문장 안에서 이리저리 자리를 옮겨 다니지요. 위에 있는 여러 부사절 내포문 중에서 하나만 가지고 자리를 옮겨 볼까요?

춘향이가 구슬픈 피리 소리가 들려오자 눈물을 흘린다.
구슬픈 피리 소리가 들려오자 춘향이가 눈물을 흘린다.
춘향이가 눈물을 구슬픈 피리 소리가 들려오자 흘린다.

어때요? 부사절이 마치 부사처럼 문장 안을 이리저리 옮겨 다니지요? 그런데 위에서 두 번째 문장을 보세요. 어디서 많이 본 것 같지요? 맞아요. 앞에서 살펴본 종속접속문과 같은 구조예요. 종속접속문이 내포문의 성격을 가진다고 했지요? 종속접속문은 부사절 내포문의 다른 모습입니다. 다른 부사절 내포문도 마찬가지니까 한번 이리저리 옮겨 보세요.

'-아/어, -게, -지, -고'의 진실

옛날에는 '-아/어, -게, -지, -고'를 '주어-서술어'를 부사 자리에 집어넣을 때 쓰는 특수한 부품(부사형 전성어미)이라고 생각했습니다. 그런데 그렇지 않아요.

부사절은 부사의 특성을 가집니다. 부사절은 부사 대신에 들어간 것이니까요. 원래 부사는 꾸며 주는 말이기 때문에 있으면 좋고 없어도 그만입니다. 그러니까 부사절은 없어도 되고, 있어도 되는 거지요.

만일 '-아/어, -게, -지, -고'가 '주어-서술어'를 부사 자리에 집어넣을 때 쓰는 특수한 부품이라면, 장식이나 배경이 되는 '주어-서술어' 끝에 '-다'를 빼고 '-아/어, -게, -지, -고'를 붙이면 부사절이 되겠지요?

한번 만들어 볼까요?

몽룡이는 송편을 먹어 보았다.
몽룡이는 송편을 먹게 되었다.
몽룡이는 송편을 먹지 않았다.
몽룡이는 송편을 먹고 싶었다.

잘 만들었나요?
그런데 부사절은 없어도 되는 거니까 이번에는 부사절을 빼 볼까요?

몽룡이는 보았다.

몽룡이는 되었다.

몽룡이는 않았다.

몽룡이는 싫었다.

말이 되지 않지요? 무슨 뜻인지도 모르겠지요? 위 문장에서 '-
아/어, -게, -지, -고'가 붙은 '먹다'는 빼 버릴 수 있는 게 아니
에요. 그러니까 '-아/어, -게, -지, -고'가 '주어-서술어'를 부
사절로 만드는 부품이 아니라는 걸 알 수 있겠지요?

'-아/어, -게, -지, -고'는 합성동사나 보조동사를 만들 때 동사
와 동사를 연결해 주는 역할을 하는 연결 부품(연결어미)입니다.

부사절 부품을 정확하게 쓰는 방법

부사절을 만드는 부품은 여러 가지가 있습니다. 그래서 그 부품
들에 대해 정확히 알고 있어야 자기가 쓰고 싶은 문장을 마음대로
만들 수 있습니다. 특히 부사절 내포문은 '주어-서술어' 사이의 논

리 관계를 나타내기 때문에 더욱 그렇습니다.

그런데 부사절을 만드는 부품을 정확히 알기란 쉬운 일이 아닙니다.

글 A: 오늘은 해가 떠서 내일도 해가 뜰 거야. (X)
글 B: 오늘은 해가 떴으니까 내일도 해가 뜰 거야.

똑같이 이유나 원인으로 배경을 깔아 줄 때 글 A와 글 B처럼 '-(아)서'와 '-니까'라는 부품을 사용합니다. 그런데 이 두 부품은 다른 것이거든요. 그러니까 이것을 구별해서 써야 하는데, 혼동해서 잘못 쓰는 경우가 있습니다. 글 A는 잘못 쓴 글이고, 글 B는 제대로 쓴 글입니다. 글 A가 왜 잘못된 글인지 잘 모르겠다면 아직 부사절을 만드는 부품의 쓰임을 정확하게 모르고 있는 거예요.

다음 글을 읽어 볼까요?

월매는 훤히 열려 있는 대문 밖을 향해 실성한 사람처럼 허허 웃으면서 볼 위로는 눈물 줄기가 타 내렸다.

어떤가요? 무슨 말인지 알듯 말듯 하지요? 위의 글은 두 가지 일로 구성되어 있습니다.

하나: 월매는 훤히 열려 있는 대문 밖을 향해 실성한 사람처럼 허허 웃었다.
둘: 볼 위로는 눈물 줄기가 타 내렸다.

이 두 가지 일이 동시에 일어난 것이므로, 위에 있는 글에서는

'-면서'를 써서 부사절 내포문을 만들었습니다. '-면서'는 두 가지 일이 동시에 일어날 때 부사절로 만드는 부품 가운데 하나이거든 요. 바로 이렇게요.

향단이는 노래를 부르면서 춤을 추었다.

'-면서'를 쓰니까 두 가지 일이 동시에 일어나는 것을 나타낼 수 있지요?

그런데 처음 글에서는 두 가지 일이 동시에 일어나지만 '-면서' 를 쓸 수가 없습니다. 동시에 일어나는 일이면서 주어가 같을 때만 '-면서'를 쓸 수 있는데 여기서는 주어가 각각 '월매는'과 '눈물줄 기가'로 서로 다르기 때문에 '-면서'를 쓸 수 없는 거예요.

이럴 때는 관형절 내포문으로 만들면 해결됩니다. 어디 한번 해 볼까요?

훤히 열려 있는 대문 밖을 향해 실성한 사람처럼 허허 웃는 월매 의 볼 위로 눈물 줄기가 타 내렸다.

어때요? 제법 그럴듯한 글이 되었지요?

이렇게 내포절을 만드는 부품들 하나하나가 어떤 상황에서 쓰이 는 것인지를 정확하게 알고 싶으면 소설책을 많이 읽는 것이 하나 의 방법이 될 수 있습니다. 소설에 나오는 다양한 상황에서 쓰인 여 러 문장을 읽다 보면 자기도 모르는 사이에 내포절 만드는 부품의 정확한 쓰임을 저절로 익히게 된답니다.

글을 쓸 때 부사절 내포문을 쓰는 요령

부사절 내포문은 부사절이 문장 안에 들어가 있는 것이 원래 모양입니다.

춘향이가 몽룡이가 마구 놀리니까 울었다.

이렇게 말이지요.

그런데 어때요? 쉽게 읽히지 않지요? 주어인 '춘향이가'와 '몽룡이가'가 연달아 나오니까 이해가 잘 안 되죠? 이렇게 단순한 문장도 이런데 복잡한 문장에서는 더욱더 이해가 안 갈 거예요. 그래서 원래는 부사절이 문장 안에 들어가는 것이지만, 일반적으로 문장 맨 앞으로 옮겨 놓습니다. 부사절은 부사처럼 문장 안에서 이리저리 자리를 옮길 수 있기 때문이지요. 이렇게 하면 문장을 이해하기가 훨씬 쉬워집니다.

몽룡이가 마구 놀리니까 춘향이가 울었다.

아까보다 이해하기가 훨씬 쉽지요?
그럼 다음 문장을 한번 읽어 볼까요?

러시아 정부가 쿠릴 열도 4개 도서 반환 문제는 여론이 노르웨이, 스웨덴, 중국이 진행한 국경 문제 회담이 20여 년 동안 계속된 점을 상기시키자 서두르지 않는 것이 유익하다는 견해를 밝혔다.

무슨 말인지 금방 이해할 수 없지요? 위 문장에는 크게 두 가지 이야기가 들어 있습니다.

하나: 러시아 정부가 쿠릴 열도 4개 도서 반환 문제는 서두르지 않는 것이 유익하다는 견해를 밝혔다.

둘: 여론이 노르웨이, 스웨덴, 중국이 진행한 국경 문제 회담이 20여 년 동안 계속된 점을 상기시켰다.

위 문장은 이 두 이야기를 부품 '-자'를 써서 부사절 내포문으로 만든 것입니다. 그런데 '-자'가 붙은 부사절이 문장 가운데 들어가 있으니까 무슨 말인지 이해하기 어려운 글이 되어 버렸습니다. 이 문장에서 '-자'가 붙은 부사절을 앞으로 옮겨 볼까요?

여론이 노르웨이, 스웨덴, 중국이 진행한 국경 문제 회담이 20여 년 동안 계속된 점을 상기시키자 러시아 정부가 쿠릴 열도 4개 도서 반환 문제를 서두르지 않는 것이 유익하다는 견해를 밝혔다.

아주 쉽게 읽히고 금방 이해되는 문장이 되었지요?

춘향이가 속눈썹이 길다

서술어 자리에 들어가는 절(주어-서술어)을 서술절이라고 합니다. 이런 서술절이 들어가 복문이 된 문장을 '서술절이 내포된 복문', 즉 '서술절 내포문'이라고 하고요.

춘향이가 예쁘다.

무척 간단하지요? 이 문장에서 '예쁘다'가 서술어입니다. 서술어인 '예쁘다' 자리에 '주어-서술어'를 넣어 볼까요? '속눈썹이 길다.'는 문장을 넣어 보세요.

춘향이가 속눈썹이 길다.

서술어 '예쁘다' 자리에 '속눈썹이 길다'라는 '주어-서술어'를 넣으니까 말이 됩니다.

그런데 여기서는 명사절이나 관형절, 부사절과는 달리 특수한 부품이 필요 없습니다.

일반적으로 서술절 내포문에서 서술어 앞에 오는 두 개의 말은 의미적으로 뒷말이 앞말에 포함되는 특성이 있습니다.

춘향이가 속눈썹이 길다. ⇒ 춘향이의 속눈썹이 길다.

명사절, 관형절, 부사절과는 다른 족속인 서술절

서술절이 앞에서 살펴보았던 명사절, 관형절, 부사절과는 좀 다르다는 것을 느꼈을 거예요.

먼저, 명사절, 관형절, 부사절은 명사, 관형사, 부사 다음에 '절'을 붙여 이름을 만들었는데 서술절은 '서술어'라는 말 다음에 '절'을 붙여 이름을 만들었잖아요?

명사, 관형사, 부사에 쓰이는 '~사'라는 말은 단어를 가리키는 이름인데, 서술어, 주어, 목적어에 쓰이는 '~어'는 어절(글에서 띄어쓰기는 어절과 어절 사이에 합니다.)을 가리키는 이름이거든요. 그러니까 서로 균형이 맞지 않습니다.

또, '주어-서술어'를 명사절, 관형절, 부사절로 만들 때는 특수한 부품이 필요했는데, 서술절을 만들 때는 그런 것이 필요 없어요. 그냥 원래 모습 그대로 들어가도 말이 됐어요.

이렇게 서술절은 다른 명사절, 관형절, 부사절과 다르기 때문에 서술절을 인정해야 한다, 인정할 수 없다면서 문법책마다 싸움을 벌이고 있습니다.

이중주어문

서술절 내포문은 형식상 특징 때문에 다르게 볼 수도 있습니다. 서술절 내포문의 구성을 보면,

'-이/가 -이/가 서술어'.

이렇게 주어가 두 개 나오는 형식을 띠고 있습니다. 그래서 서술절 내포문을 인정하지 않는 사람들은 주어가 두 개라서 그냥 '이중주어문'이라고 부르기도 합니다. 서술절 내포문을 이중주어문으로 보면, 복문이 아니라 단문이 됩니다.

몽룡이는 춘향이가 좋다고 말했다

문장 안에 다른 말을 인용해서 집어넣을 때, 인용되어 들어가는 '주어-서술어'를 인용절이라고 합니다. 그리고 인용절이 들어가는 복문을 '인용절 내포문'이라고 불러요.

인용되는 '주어-서술어'는 큰따옴표를 찍어서 있는 그대로 보여 주는 '직접 인용'과 들었던 말을 자기말로 바꾸어 인용하는 '간접 인용'이 있어요.

어제 있었던 일입니다. 몽룡이가 방자에게 넌지시 말했어요. 몽룡이는 머뭇머뭇하다가 조그만 목소리로 방자에게 말을 했지요.

"춘향이가 좋아."

"하지만 춘향이는 나한테 관심이 없나 봐."

"어떻게 하면 춘향이의 관심을 끌 수 있을까?"

"좀 도와 줘."

몽룡이가 춘향이를 좋아하게 되었군요. 방자도 몽룡이가 가슴 앓이를 하는 것이 답답한 나머지 어제 몽룡이가 한 말을 향단이에게 털어놓았습니다.

방자가 어제 몽룡이가 한 말을 향단이에게 전하는 방식은 두 가지가 있습니다. 하나는 '그 시대 그 언어'로 몽룡이가 한 말을 그대로 전하는 방식이고, 다른 하나는 몽룡이 말을 방자가 자기 말로 바꾸어 전하는 방식이지요.

먼저, '그 시대 그 언어' 그대로 전해 볼까요?

몽룡이는 "춘향이가 좋아."라고 말했다.

몽룡이는 "하지만 춘향이는 나한테 관심이 없나 봐."라고 말했다.

몽룡이는 "어떻게 하면 춘향이의 관심을 끌 수 있을까?"라고 말했다.

몽룡이는 "좀 도와줘."라고 말했다.

여기에서 순수하게 방자가 한 말은 '몽룡이는 말했다.'뿐이에요. 몽룡이가 한 말을 토씨 하나 빼놓지 않고 방자가 자기 말에 집어넣었습니다. 이런 것을 '직접 인용'이라고 합니다.

그런데 이렇게 직접 인용하는 방식에는 두 가지 특징이 있습니다. 앞에 있는 문장을 보세요. 먼저, 몽룡이가 한 말에 큰 따옴표(" ")가 붙어 있지요? 그리고 큰따옴표로 따온 말 뒤에 '-라고'가 붙어 있습니다. 이 '-라고'가 있어야만 인용절이 문장 안으로 들어갈 수 있습니다.

그런데 앞서 보았던 명사절, 관형절, 부사절과는 다른 점이 있습니다. 명사절, 관형절, 부사절에서는 '주어-서술어'에서 서술어 끝에 있는 '-다'를 떼어 내고 각각에 맞는 특수한 부품을 갈아 끼웠잖아요? 하지만 인용절에서는 떼어 내는 것은 없고 인용하는 '주어-서술어' 뒤에 그냥 '-라고'라는 부품을 붙이기만 하면 됩니다. 명사절, 관형절, 부사절에서 떼어 낸 '-다'가 '어미'이기 때문에 갈아 끼우는 특수한 부품도 '어미'였는데 인용절에서는 '-라고'가 그냥 붙었습니다. 이렇게 서술어 뒤에 그냥 붙는 것은 '조사'밖에 없습니다. 일반적으로 조사는 명사 뒤에 붙는 것인데, 이렇게 '주어-서술어' 뒤에 붙는 조사가 있어요. 이런 조사를 특수조사라고 부릅니다. 이처럼 인용할 때 붙이는 '-라고'도 특수조사 중 하나이고 특별히 '인용조사'라고 말합니다.

　이젠 몽룡이의 말을 방자가 자기 말로 바꾸어서 전하는 것을 살펴볼까요? 말하는 사람이 다음처럼 자기 말로 바꾸어 전하는 방식을 '간접 인용'이라고 합니다.

　몽룡이는 춘향이가 좋다고 말했다.
　몽룡이는 하지만 춘향이가 자기한테 관심이 없나 보다고 말했다.
　몽룡이는 어떻게 하면 춘향이의 관심을 끌 수 있겠느냐고 말했다.
　몽룡이는 좀 도와 달라고 말했다.

　어떤가요? 직접 인용이었을 때보다 조금 복잡한 것처럼 보입니다. 몽룡이의 말이 바뀐 부분이 있거든요.

　먼저 직접 인용과 비교해 보면, 큰따옴표가 없고 인용되는 '주어-서술어' 뒤에 인용조사가 '-라고'가 아닌 '-고'가 붙어 있네요.

　그리고 굉장히 이상한 부분이 있어요. 인용절의 '주어-서술어'에서 서술어 끝부분이 다 바뀌었어요. '좋아'가 '좋다'로, '없나 봐'가 '없나 보다'로, '있을까'가 '있겠느냐'로, 그리고 '줘'는 아예 '달라'로 완전히 바뀌었습니다. 이렇게 간접 인용 방식을 쓸 때는 인용절의 서술어 모양이 바뀝니다.

또 하나 바뀐 것이 있지요? 두 번째 인용절 내포문을 보면 '나한테' 가 '자기한테'로 바뀌었습니다. 간접 인용은 들은 말을 말하는 사람의 말로 바꾸어서 말하는 것이니까 '나'라고 하면 말하는 사람이랑 혼동이 오겠지요? 그래서 다른 말로 바꾸는 거예요.

지금까지 우리나라 사람들이 자신의 생각을 표현하는 기본틀 일곱 가지를 알아봤습니다. 주어-서술어가 한 개인 단문, 주어-서술어가 두 개 이상인 대등접속문, 종속접속문(부사절 내포문), 명사절 내포문, 관형절 내포문, 부사절 내포문(종속 접속문), 서술절 내포문, 인용절 내포문, 이렇게 우리나라 사람들은 일곱 가지 종류의 문장으로 자기의 생각을 나타냅니다.

자, 그럼 책상 위에 있는 아무 책이나 한 권 펼쳐 볼까요? 페이지마다 숨이 막힐 정도로 수많은 문장으로 가득 차 있지요? 그리고 문장들의 길이도 천차만별이고요. 심한 경우에는 한 단락이 한 문장으로 되어 있기도 하지요? 그렇지만 두려워하지 마세요. 어떤 문장이든 우리가 지금까지 살펴본 일곱 가지 문장 중 하나랍니다. 그러니까 기본틀이 되는 일곱 가지 문장이 어떻게 만들어지고 어떤 특성을 가지며, 다른 문장과 어떻게 결합되는지만 알면 무궁무진한 문장을 만들어 낼 수 있답니다.

기본 문장 7가지로 글쓰기

글쓰기가 쉽지 않게 느껴진다면 글을 쓸 때 복잡하게 쓰지 말고 기본틀이 되는 일곱 가지 종류로만 문장을 만들어 글을 써 보세요. 그러면 어느 순간 자기도 모르게 자신의 문장이 좋아진 것을 느낄 수 있습니다.

글쓰기를 처음 시작할 때는 문장을 짧게 쓰는 것이 좋습니다. 하나의 문장 안에 들어 있는 '주어-서술어'가 3개가 넘어가면 문법적으로 잘못된 문장을 쓰기가 쉽습니다. 그래서 글쓰기를 처음 배울 때 짧게 쓰라고 하는 겁니다. 그리고 문장을 짧게 쓰면 상황 묘사가 치밀해집니다. 단절된 문장과 문장 사이의 의미를 메우는 연습을 할 수 있기 때문입니다.

이렇게 일곱 가지 종류의 문장으로 글을 써 보면 자기가 일곱 가지 종류의 문장 중에서 몇 가지 종류만 쓰고 있다는 사실을 느끼게 됩니다. 좋은 글쓰기 습관이 아니겠지요? 마치 우리가 음식을 먹을 때 입 한쪽으로만 씹어 먹는 게 좋은 습관이 아닌 것처럼요. 그래서 기본틀이 되는 일곱 가지 문장으로 글쓰기 연습을 하면 제한적인 몇몇 개의 틀로만 글을 쓰는 습관을 고칠 수 있답니다.

다 들통났다!

네가 알바를?

너 혼자?

아뇨. 엄마ㅏㅏ.

향단이랑 둘이서 해요.

무슨 알바!

뭐야? 우유 배달해서 받은 돈을 누구한테 보낸다고?

너무 심려 마옵소서. 걔네들이 이자에 곱빼기를 쳐서 갚겠다고 했걸랑요.

어머, 몽룡아.

몽룡이라고?

그래, 춘향아. 난 공부 열심히 하고 있어.

이리 내놔.

별일은 아니고 너한테서 입금이 안 돼서 말이야...

뭐야? 춘향이가 왜 입금해? 네가 왜 춘향이 돈으로 공부하냐고ㅇㅇ!!

그게... 저, 실은...... 춘향이가 핸드백을 사 보내라고 해서요......

그럼 네 학비는?

그거야 당근 저희 집에서 보내 주시죠. 모자라는 건 제가 알바로 ....헤헤.

아, 그렇구나...

야ㅡ, 곱빼기 이자가 어쩌구 어쩌ㅐ?

튀어라

그분이 오셨다

춘향아, 우린 위해
그분이 오셨다.

안녀세요! 투자 관리, 결혼 관리
퍼펙트 매니저, 번이온시다.

특히, 낭자들의 미래를
먼저 책임지고 싶은
간절한 마음!

필요없어요

같이 노는 애들이 있걸랑요

무시!

그럼요!
인생은 기회잖습니다~

어머니의 재산이 100배가
될 때까지!
낭자들의 미팅이 100번은
넘을 때까지!

아자!

아자

짝

아자

이건 아닌데....

어느덧 수개월이 지나고...

아, 지친다.

어쩜 미팅갈 때마다
개구리가 나오냐!

엄마, 100번이나
나갔는데 되다
꽝이야.

에구, 이 에미 쪽도 마찬가지!
100군데 투자 했는데
되다 꽝이야.

혹시.....

걔, 사기꾼 아니야?

설마~

따르릉~

오, 번 매니저?
응? 중간 결산이
나왔다고....

크허

이제껏 너희들 미팅 비용에
내 전 재산을 다 썼단다.
아이고~

앙앙

안 돼요!
마님~

쿵

띄어쓰기가 어렵다고?

통사론 3

어절은 한눈에 척 보인다

모든 문장의 끝에는 마침표나 느낌표 또는 물음표가 있습니다. 문장이 끝났다는 표시입니다. 이처럼 글에서 구분해야 하는 곳에는 일정한 표시가 있습니다. 그런데 문장 안을 들여다보면 여기저기 빈칸들이 눈에 띕니다. 빈칸으로 글자와 글자를 구분해 놓습니다. 우리는 이것을 '띄어쓰기'라고 합니다. 띄어 쓴 빈칸도 마침표나 마찬가지로 무언가를 구분하는 표시입니다. 무엇과 무엇을 구분하는 표시일까요?

춘향이가 향단이와 함께 광한루에 갔다.

이 문장에서 띄어쓰기가 되어 있는 말의 덩어리들을 어절이라고 합니다. 그러니까 띄어 쓴 빈칸은 어절과 어절을 구분해 주는 겁니다.

그러면 위에 있는 문장에서 어절은 무엇 무엇일까요?

 춘향이가, 향단이와, 함께, 광한루에, 갔다

이렇게 5개가 어절이겠지요?

위에 있는 어절을 가만히 살펴보세요.

춘향이가, 향단이와, 광한루에는 춘향이, 향단이, 광한루라는 명사에 조사 **가, 와, 에**가 붙어서 어절이 됐고요, **함께**와 **갔다**는 단어 그대로가 어절입니다.

이처럼 어떤 경우에는 단어가 바로 어절이 되고, 또 어떤 경우에는 단어에 조사가 붙어서 어절이 되기도 하지요.

이제 문장을 보고 어절을 구분할 수는 있겠는데, 어절이 무슨 역할을 하는지는 궁금하지요? 문장에서 뭔가 중요한 역할을 하니까 띄어쓰기로 일정한 표시를 한 것일 텐데 말이에요.

어절은 문장을 구성하는 중요한 성분입니다. 그래서 어절을 **문장성분**이라고 부릅니다.

춘향이가 몽룡이, 향단이, 방자를 데리고 사또놀이를 합니다. 춘향이가 사또를 하기로 했고, 향단이가 이방을, 방자가 형방을, 그리고 몽룡이가 범인을 하기로 했습니다. 춘향이는 각자의 역할을 이름표에 적어 가슴에 붙여 주었습니다.

형방 이름표를 단 방자는 회초리로 범인 이름표를 단 몽룡이를 마구 때려 주었습니다. 죄를 실토하라고 때리고, 반성하지 않는다고 때리고, 잉잉 운다고 때리고, ……. 몽룡이는 화가 나서

"나 범인 안 해. 내가 형방할래." 하면서 방자가 달고 있던 형방 이름표를 떼어서 자기 가슴에 달았습니다. 그리고 자기가 달고 있던 범인 이름표를 억지로 방자 가슴에 달아 주었습니다.

그다음에 방자가 어떻게 되었을지는 다 아시겠죠?

이처럼 사또놀이를 하려면 사또, 이방, 형방, 범인 등이 있어야겠지요? 사또, 이방, 형방, 범인은 사또놀이를 구성하는 중요한 성분입니다. 그런데 위에서 보았던 것처럼 반드시 몽룡이가 범인 역할을 해야 하는 것은 아닙니다. 몽룡이가 사또 역할을 맡을 수도 있고, 이방 역할을 맡을 수도 있습니다.

문장에서도 사또놀이와 마찬가지로 문장을 구성하는 성분들이 있습니다. 주어, 목적어, 서술어, 보어, 관형어, 부사어, 독립어가 바로 그것 이지요. 이런 것들 모두가 어절의 이름입니다. 어절이 문장에서 어떤 역할을 맡았는지에 따라 붙인 이름이지요.

그러니까 주어는 주체 역할을 맡은 어절의 이름이고, 목적어는 목적 (대상)의 역할을 맡은 어절의 이름입니다. 서술어는 서술의 역할을 맡은 어절이고, 보어는 보충하는 역할을 맡은 어절입니다. 그러면 관형어는 무슨 역할을 맡은 어절일까요? 관형 즉, 명사 앞에서 왕관처럼 장식해 주는 역할을 맡은 어절입니다. 부사어는 서술어에 뜻을 부가해 주는 역할을 하고요.

형방 역할을 방자가 맡고 범인 역할을 몽룡이가 맡았듯이, 주어나 목적어와 같은 역할은 단어가 맡습니다. 그런데 방자가 형방이고, 몽룡이가 범인인 걸 어떻게 알 수 있었나요? 춘향이가 방자와 몽룡이 가슴에 달아 준 이름표를 보고 알 수 있었지요? 이름표가 역할을 나타내는 표시가 되었습니다.

마찬가지로 문장에서 어떤 어절이 주어인지, 목적어인지는 단어 끝에 붙은 조사로 알 수 있어요. 문장에서 조사는 사또놀이를 할 때 역할을 적은 이름표와 같은 기능을 합니다. 몽룡이가 방자가 달고 있던 형방 이름표를 빼앗아 달고서 형방 역할을 할 수 있었던 것처럼요.

그럼 문장을 가지고 살펴볼까요?

방자가 몽룡이를 때렸다.

이 문장에서 때린 사람은 방자이고, 맞은 사람은 몽룡이예요. 왜 몽룡이가 맞을 수밖에 없나 하면 방자는 '-가'라는 표시를 달고 있고, 몽룡

이는 '-를'이라는 표시를 달고 있기 때문이에요. '-가'를 단 방자는 '방자가'가 되어 때리는 역할을 맡은 어절이 되었고, '-를'을 단 몽룡이는 '몽룡이를'이 되어 주어가 때리면 맞아야 하는 역할을 맡은 어절이 되었기 때문이에요.

그럼 이제 방자와 몽룡이의 이름표를 바꾸어 볼까요?

몽룡이가 방자를 때렸다.

처음과는 반대로 때리는 사람은 몽룡이이고, 맞는 사람은 방자가 되었어요.

'-가'와 '-를'이 바뀌는 바람에 때리고 맞는 역할이 서로 바뀌었어요. 위의 두 문장을 자세히 보세요. 방자나 몽룡이가 때리는 사람이 되기도 하고, 맞는 사람이 되기도 하는 것은 무엇 때문인가요? 방자건 몽룡이건 '-가'가 붙으면 때리는 사람이 되고, '-를'이 붙으면 맞는 사람이 되지요? 이렇게 '-가'나 '-를'이 붙으면 문장 안에서 '-가'나 '-를'이 나타내는 역할을 하게 됩니다. 이렇게 문장 안에서 일정한 역할을 하는 말의 단위가 바로 어절이에요.

명쾌한 글의 조건

명쾌한 글이 되려면 두 가지 조건이 필요합니다. 글에서 전달하려는 글쓴이의 생각이 무엇인지 분명해야 하고, 문장이 한 가지로만 분명하게 해석되게 써야 합니다. 이 두 번째 조건을 만족시키기 위해서는 조사를 정확하게 써야 합니다.

신임 축구대표팀 감독은 선수들이 지녀야 할 첫째 조건을 지칠 줄 모르는 강한 정신력으로 꼽았다.

위 문장은 조금 어색하지요? 왜 그럴까요?
이 문장에서 신임 축구대표팀 감독이 꼽은 대상은 '정신력'입니다. 그래서 '정신력'에 대상임을 나타내는 목적격조사 '-을'을 붙여 줘야 합니다. 그리고 문장의 의미를 더해 주는 '첫째 조건'에는 부사어를 만들어 주는 부사격조사 '-으로'를 붙여 주고요.

신임 축구대표팀 감독은 선수들이 지녀야 할 첫째 조건으로 지칠 줄 모르는 강한 정신력을 꼽았다.

어떤가요? 단지 조사만 바꾸었을 뿐인데, 무슨 말인지 처음 문장보다 분명하지요?

아, 그런데 '구'는 뭐야?

우리가 가지고 노는 문장 안에는 여러 가지 요소들이 들어있어요. 우리는 이미 문장과는 다른 '절'이 있다는 것을 알아요. 또 '어절'이라는 것이 무엇인지도 알게 되었어요.

그런데 '구'라는 것은 무엇일까요? '구'는 어절과 같거나 그보다 더 큰 단위인데, 어떤 경우에는 하나의 어절이 구가 되고, 어떤 경우에는 몇 개의 어절이 묶여서 구가 됩니다. 구는 이름을 붙일 때, 명사구, 동사구처럼 품사 이름 뒤에 '구'를 붙여 부른답니다. 예를 들어 볼까요?

춘향이가 노래를 시작했다.
춘향이가 의자에 앉았다.

이 책 처음에서 언어는 말을 서로 비교해서 그 차이점과 공통점을 밝혀내면서 실체를 알아내는 것이라고 했지요?

위의 두 문장을 비교해 보면 같은 부분은 **춘향이가**이고 다른 부분은 **노래를 시작했다**와 **의자에 앉았다**입니다. 같은 부분은 문장의 주가 되는 부분이고, 다른 부분은 서술하는 부분입니다. 그러니까 이것을 묶어서 부르는 말이 필요하겠지요? 예전에는 주가 되는 부분을 '주부', 서술하는 부분을 '술부'라고 불렀습니다. 그렇다면 위 두 문장에서 **춘향이가**는 주부, **노래를 시작했다**와 **의자에 앉았다**는 술부가 되겠지요.

그러나 요즘에는 주부, 술부라는 말을 잘 쓰지 않습니다. 그 대신 '구'라는 말을 씁니다. 위 두 문장에서 **춘향이가**를 명사구, **노래를 시작했다**와 **의자에 앉았다**를 동사구라고 부릅니다.

그런데 좀 헷갈리지 않나요? 어절이 두 개인 **노래를 시작했다**와 **의자에 앉았다**를 동사구라고 부르는 것은 이해가 가는데, 한 개의 어절인 **춘향이가**를 명사구로 부르는 것은 좀 이상하죠? 춘향이가는 띄어쓰기가 되어 있는 어절이고, 또 문장에서 주체의 역할을 하니까 주어가 아닌가요? 맞아요. **춘향이가**는 주어입니다. 그러나 명사구이기도 합니다.

춘향이가 노래를 시작했다.

이 문장을 놓고 어절 단위로 분석하면,

춘향이가 노래를 시작했다.
　주어　　목적어　　서술어

가 됩니다.

그러나 이 문장을 구 단위로 분석하면,

<u>춘향이가</u> <u>노래를 시작했다.</u>
　　명사구　　　　동사구

가 됩니다.

이름은 같은 수준에서 붙여 줘야 합니다. 그래서 같은 말이 이렇게도 불리고 저렇게도 불리는 거예요.

구에는 명사구, 동사구 이외에 관형사구, 부사구, 형용사구 등등이 있습니다.

 어절, 네 역할이 뭐니?

어절은 문장에서 일정한 역할을 맡아 문장을 구성하는 문장 성분입니다. 그러면 문장에서 필요한 역할들은 무엇 무엇이 있을까요?

춘향이가 새 저고리를 아주 좋아한다.

어절은 띄어쓰기가 되어 있는 부분이니까, 위 문장에서 어절은 **춘향이가, 새, 저고리를, 아주, 좋아한다**이지요. 이들 어절이 어떤 역할을 하는지 하나하나 살펴볼까요?

먼저 **춘향이가**는 문장에서 '주체'의 역할을 하는 어절이니까 '주어'이겠고, **저고리를**은 '객체'의 역할, 즉 목적이 되니까 '목적어'이고, **좋아한다**는 문장 전체의 내용을 서술해 주니까 '서술어'입니다.

다음으로 **새**는 모자(관)처럼 명사인 저고리 앞에서 그 모습을 장식해(형) 주는 역할을 하므로 '관형어'이고, **아주**는 서술어에 내용을 덧붙이는 역할을 하므로 '부사어'가 됩니다.

정리해 볼까요?

춘향이가　새　저고리를　아주　좋아한다.
　주어　　관형어　목적어　부사어　서술어

일반적으로 대부분의 문장에서 어절은 이렇게 다섯 가지 중 하나의 역할을 맡아요.

위 문장은 **새**(관형어)나 **아주**(부사어)가 없어도 완전한 문장이에요. 그러나 **춘향이가**(주어)나 **저고리를**(목적어), **좋아하다**(서술어)가 없으면 완전한 문장이 되지 않지요. 이렇게 없어도 완전한 문장이 되는 어절들을 문장의 부속성분(또는 수의성분)이라고 하고, 없으면 문장이 되지 않는 어절들을 문장의 주성분(또는 필수성분)이라고 부릅니다.

다음 문장을 볼까요?

춘향이가 죄인이 되었다.

이 문장은 세 개의 어절로 구성되어 있습니다. **춘향이가**는 주어, **되었다**는 서술어인 것은 알겠지요?

그런데 **죄인이**는 무슨 역할을 하는 어절일까요? 주어나 서술어는 이미 있으니 아닐 테고, '을'이 붙지 않았으니까 목적어도 아닌 것 같고⋯⋯. 그렇다고 관형어나 부사어도 아니지요? 관형어나 부사어라면 장식하는 말이니까 없어도 완전한 문장이 되어야 하는데 **죄인이**를 빼면 완전한 문장이 안 되잖아요.

빼면 문장이 안 되기 때문에 꼭 있어야 하는 어절인 것은 분명한데, 이처럼 주어나 목적어, 서술어가 아닌 것을 가리켜 '보어'라고 합니다. 보어는 문장이 완전해지도록 보충해 주는 역할을 하지요. 그러니까 보어도 문장의 주성분(필수성분)이겠지요?

춘향이가 죄인이 되었다.
　주어　　보어　　서술어

이제 끝으로 문장 두 개만 더 살펴볼까요.

그러나 춘향이가 변 사또를 안 좋아했다.
춘향아, 변 사또가 너를 찾아.

이 두 문장에서 다른 어절들은 무슨 역할을 하는지 다 알겠는데 **그러나**와 **춘향아**는 모르겠지요? 그러나와 같은 접속사나 춘향아와 같이 부르는 말은 문장과 직접적인 관련이 없는 어절이기 때문에 '독립어'라고 불러요.

독립어는 없어도 문장이 된다는 점에서 관형어나 부사어와 같지만, 관형어와 부사어와는 달리 다른 어절을 꾸며 주지도, 다른 어절과 관련을 맺고 있지도 않은 어절이지요. 그래서 독립어는 '독립성분'이라고 불러요.

그러면 이 두 문장에서 어절들이 어떤 역할을 맡고 있는지 알아볼까요?

그러나 춘향이가 변 사또를 안 좋아했다.
독립어 주어 목적어 부사어 서술어

향단아, 춘향이가 너를 찾아.
독립어 주어 목적어 서술어

이제 우리말에서 문장을 구성하는 문장성분은 다 살펴본 셈이에요. 끝으로 문장성분을 총정리해 볼까요?

춘향이가 새 저고리를 아주 좋아한다.
주어 관형어 목적어 부사어 서술어

춘향이가 죄인이 되었다.
주어 보어 서술어

그러나 춘향이가 변 사또를 안 좋아했다.
독립어 주어 목적어 부사어 서술어

어절들은 주어, 목적어, 서술어, 보어, 관형어, 부사어, 독립어라는 역할을 맡아서 문장을 구성하는 문장성분이 됩니다. 이 중에서 주어, 목적어, 서술어, 보어는 없으면 완전한 문장이 되지 않기 때문에 주성분(또는 필수성분)이라고 하고, 관형어나 부사어는 없어도 되는 것이기 때문에 부속성분(또는 수의성분)이라고 합니다. 또 독립어는 문장과 직접적인 관련을 가지고 있지 않기 때문에 독립성분이라고 합니다.

그럼 인제 문장성분 하나하나에 대해서 알아볼까요?

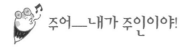 ## 주어—내가 주인이야!

주어의 계급장

주어는 문장에서 주체 역할을 하는 어절입니다. 어떤 말이 문장에서 주어 역할을 맡으려면 주어임을 나타내는 일정한 표시를 달아야 해요. 군대에서 군인들이 계급에 따라 일정한 표시인 계급장을 다는 것처럼요. 그 표시가 바로 조사이지요.

춘향이가 광한루에 나타났다.
사람들이 그네 타는 춘향이를 바라보았다.

우리가 잘 알고 있는 조사 '-이/-가'가 주어를 나타내는 표시입니다. 모음으로 끝나는 **춘향이**와 같은 말 다음에는 '-가'가 붙고, 자음으로 끝나는 **사람들**과 같은 말에는 '-이'가 붙습니다. 어떤 말에 '-이/-가'가 붙어 있으면 거의 대부분 주어이지요.
'-이/-가' 말고는 또 없을까요?

훈장님께서 몽룡이에게 칭찬을 해 주셨다.

존댓말을 쓸 때는 '-이/-가' 대신에 '-께서'를 씁니다. 그러니까 '-께서'도 주어를 나타내는 표시입니다.

남원시에서 성춘향전 공연을 기획했다.

'-에서'도 주어를 나타내는 표시 가운데 하나예요. '-이/-가'나 '-께 서'가 주어를 나타내는 조사라는 것은 이해가 가지만, '-에서'도 주어 를 나타내는 조사라는 건 몰랐을 거예요.

'-에서'는 언제나 주어를 나타내는 조사일까?

그것은 아닙니다.

조선프로덕션이 남원시에서 성춘향전 공연을 기획했다.

이 문장에서 주어는 '조선프로덕션'입니다. '성춘향전을 공연하 는' 주체는 '조선프로덕션'이기 때문이지요. 그러면 남원시에서 는 무엇일까요? 부사어는 생략해도 완전한 문장이 됩니다.

조선프로덕션이 성춘향전 공연을 기획했다.

남원시에서를 빼도 완전한 문장이 되지요. 그러니까 이 문장에 서 남원시에서는 장소를 나타내는 부사어예요.

여기에서 잊어서는 안 되는 아주 중요한 사실 하나를 다시 짚고 넘어

가지요. 말이 생길 때 문법도 같이 생긴 것이 아니라는 사실! 문법은 사람들이 하는 말을 나중에 이리저리 분석해서 정리한 거예요.

앞의 문장에서 '성춘향전 공연을 기획하는' 주체는 **남원시**입니다. 그런데 주체인 **남원시**에 조사 '-이/-가'가 아닌 '-에서'가 붙어 있습니다. 사람들이 하는 말을 비교해 보니까 '춘향이가'나 '훈장님께서'와 마찬가지로 '남원시에서'도 주어 역할을 합니다. 그래서 '-에서'도 주어를 나타내는 표시라는 걸 알게 된 겁니다. '-에서'는 **남원시**와 같이 단체를 나타내는 명사에 붙어 주어임을 나타내는 표시예요.

이렇게 어떤 말이 주어임을 나타내는 조사는 '-이/-가', '-께서', '-에서'가 있어요.

그런데 조금 이상하다는 생각이 들지 않나요? 주어를 나타내는 조사가 '-이/-가/-은/-는'이라고 배웠던 것 같은데 여기서는 '-은/-는'은 주어를 나타내는 조사라고 하지 않으니 말이에요.

왜 그럴까요? '-은/-는'은 주어를 나타내는 조사가 아니기 때문이에요.

춘향이가 몽룡이를 좋아한다.

이 문장에서 **춘향이가**는 주어, **몽룡이를**은 목적어입니다. 여기에 '-은/-는'을 붙여 보겠습니다.

춘향이는 몽룡이를 좋아한다.
춘향이가 몽룡이는 좋아한다.

이렇게 '-은/-는'은 주어에도 붙을 수 있고, 목적어에도 붙을 수 있어요. 어떤 표시가 주어에도 붙고 목적어에도 붙으면 어떤 역할을 나타내는 표시인지 알 수가 없겠지요? '-은/-는'만으로는 그 어절이 주어인지 목적어인지 알 수가 없어요. 그래서 '-은/-는'은 주어를 나타내는 표시가 아니랍니다.

격조사와 보조사

조사 중에서 '-이/-가, -께서, -에서'처럼 주어를 나타내는 표시(조사)를 주격조사라고 합니다. '-을/-를'은 목적어를 나타내는 표시(조사)니까 목적격조사라고 합니다. 이렇게 어떤 말에 붙어 문장에서 일정한 역할을 나타내는 표시가 되는 조사를 **격조사**라고 하죠. 즉, 일정한 자격을 주는 조사라는 뜻이에요.

그런데 '-은/-는'처럼 문장에서 담당하는 역할과 상관없이 여기저기 붙을 수 있으면서 특별한 뜻만 더해 주는 조사도 있어요. 이런 조사는 **보조사**라고 부릅니다. 뜻만 보조해 주는 조사라는 의미입니다.

춘향이가 몽룡이를 좋아한다.

는 문장을

춘향이는 **몽룡이를 좋아한다.**

로 바꾸어 쓰면, 다른 사람은 모르겠지만 춘향이가 몽룡이를 좋아한다는 뜻을 나타냅니다. 문장을 다시

춘향이가 몽룡이는 **좋아한다.**

로 바꾸어 쓰면 춘향이가 다른 사람은 모르겠지만 몽룡이만큼은 좋아한다는 뜻을 나타냅니다.
이렇게 '-은/-는'이 붙으면 '다른 것은 모르겠지만 그것'이라는 뜻이 더해지게 됩니다.
그런데 여기서 주의 깊게 보아야 할 것이 있습니다.
격조사는 일반적으로 단어 바로 뒤에 붙는데, 보조사는 단어와 조사가 붙어 만들어진 어절에 붙는다는 것이지요.

춘향이가 남원에서는 **인기가 높다.**

이 문장에서 남원에서는 부사어입니다. 남원에서가 없어도 완전한 문장이 되지요? '-에서'는 '남원'이라는 단어에 부사어라는 역할을 표시하는 부사격조사입니다. 부사어인 남원에서에 보조사 '-는'을 붙이면 남원에서는이 됩니다. 이렇게 보조사는 격조사 다음에 붙습니다.
그런데 다음 문장을 보면 보조사 '-는'이 춘향이가라는 어절이 아니고 **춘향**이라는 단어에 바로 붙어 있지요?

춘향이는 몽룡이를 좋아한다.

단어에 바로 붙는 것은 격조사가 아닌가요?

그리고 '-는'은 격조사가 아니라고 했잖아요?

이게 어떻게 된 일일까요?

여기서도 보조사는 어절 뒤에 붙어 있는 것입니다. 주어나 목적어처럼 문장의 필수성분들은 보조사가 붙을 때 그 역할을 나타내는 주격조사나 목적격조사가 탈락된답니다.

그러니까 사실은 이렇게 변한 거예요.

춘향이가는 몽룡이를 좋아한다.

⇒ 춘향이는 몽룡이를 좋아한다.

춘향이가 몽룡이를는 좋아한다.

⇒ 춘향이가 몽룡이는 좋아한다.

'-는/-도/-만'은 언제 쓰나

우리들이 글을 잘못 이해하는 이유 중에 하나는 글쓴이가 조사나 어미를 잘못 썼기 때문이에요. 조사나 어미는 문장의 논리 관계를 나타내기 때문에 이것들을 정확하게 쓰지 않으면 글쓴이의 의도를 어느 누구도 읽어 낼 수 없게 되지요.

예를 들면 보조사 '-는/-도/-만'은 그 의미가 전혀 다릅니다.

춘향이는 춤을 잘 춘다.
춘향이도 춤을 잘 춘다.
춘향이만 춤을 잘 춘다.

이 문장들을 보면 알 수 있듯이, 보조사 '-는', '-도', '-만'이 내포하고 있는의미가 아주 다릅니다. 보조사 '-도'에는 '다른 사람들도 그렇다.'는 의미가 내포되어 있습니다. 그러나 '-는'과 '-만'은 그렇지 않습니다. '-는'은 '다른 사람은 모르겠지만'이라는 의미가 내포되어 있고, '-만'은 '다른 사람은 그렇지 않다.'는 의미가 내포되어 있습니다.

내포되는 의미를 넣어 문장을 만들어 볼까요?

다른 사람은 모르겠지만 춘향이는 춤을 잘 춘다.
다른 사람도 그렇지만 춘향이도 춤을 잘 춘다.
다른 사람은 그렇지 않지만 춘향이만 춤을 잘 춘다.

이제 구분이 되지요?

특히, '-는'과 '-만'의 차이를 구분하지 못하는 경우가 많으니까 글을 쓸 때 주의하세요.

주격조사는 생략할 수 있다

주격조사는 문장에서 어떤 말이 주어의 자격을 가지고 있는지를 나타내는 조사입니다. 다시 말해 주격조사가 붙어 있어야 그 말이 주어라는 것을 알 수 있다는 말이지요. 그런데 간혹 주어에 주격조사가 붙어 있지 않는 경우도 있습니다.

몽룡이가 춘향이 집에 놀러 가서 월매에게 물었습니다.
"춘향이 집에 있어요?"
"아니, 춘향이 아까 향단이랑 놀러 나갔어."

위 대화에서 주격조사 '-가'가 붙어 있지 않은데도 춘향이가 주어라는 것을 알 수 있습니다. '집에 있는' 것도 춘향이이고, '아까 향단이랑 놀러나간' 것도 춘향이이기 때문입니다. 이렇게 굳이 주격조사를 붙이지 않아도 주어임을 알 수 있는 경우에는 주격조사를 붙이지 않아도 됩니다. 즉, 문장에서 어떤 말이 주어라는 것이 명백해서 혼동될 염려가 없다면 굳이 주격조사가 필요 없다는 말이지요.

보조사와 결합할 때도 생략한다

보조사가 어절에 어떤 특별한 의미를 보조해 주는 조사라는 것은 이미 알고 있지요? 앞에서 나온 문장을 다시 한 번 볼까요?

춘향이가 몽룡이를 좋아한다.

주어에 보조사를 결합시켜 볼까요? 대표적인 보조사로는 '-는/-도/-만'이 있습니다.

춘향이(가)는 몽룡이를 좋아한다.
춘향이(가)도 몽룡이를 좋아한다.
춘향이(가)만 몽룡이를 좋아한다.

주어에 보조사가 자연스럽게 붙지요? 이렇게 주어 같은 필수성분에 보조사가 붙을 때는 격조사가 탈락됩니다.

'-께서'와 선어말어미 '-시-'는 짝꿍

선어말어미란 어말어미 앞(先)에 오는 어미를 말합니다.
선어말어미 중에는 주체 존대를 나타내는 '-시-'가 있습니다. 주체 존대라는 이름에서도 알 수 있듯이, '-시-'는 문장의 주체인 주어를 존대하는 기능을 가진 어미예요. 그러니까 말하는 사람 처지에서 주어가 존대를 받아야 하는 사람이라면 주어에 존대를 나타내는 주어 표시 '-께서'를 붙이는 것뿐만 아니라 서술어에 선어말어미 '-시-'를 붙여 주어야 해요.

어간과 어미, 어말어미와 선어말어미

도대체 어말어미는 뭐고 선어말어미는 무엇인가요? 말이 조금 어려운 것 같지만 별거 아니에요. 먼저 다음 문장을 살펴봅시다.

춘향이가 비단 치마를 입었다.
춘향이가 비단 치마를 입으니까,
춘향이가 비단 치마를 입었더라.
춘향이가 비단 치마를 입는다.
춘향이가 비단 치마를 입었겠다.

위 문장에서 서술어를 찾아볼까요?

입었다, 입으니까, 입었더라, 입는다, 입었겠다

이 단어들을 보면 바뀌지 않는 부분과 바뀌는 부분이 있어요.

'입'은 바뀌지 않는데 그 뒤에 오는 말들이 바뀌는군요. 바뀌지 않는 부분을 어간, 바뀌는 부분을 어미라고 부릅니다. 우리가 사전에서 동사나 형용사를 찾을 때도 바뀌지 않는 어간에다가 '-다'를 붙여서 찾습니다. 어간 뒤에 하도 다양한 어미가 붙으니까 '-다'가 모든 어미를 대신하는 겁니다.

그런데 어미라고 다 같은 어미는 아니에요.

춘향이는 예쁘다.

춘향이는 예쁘겠다.

춘향이는 예뻤니?

춘향이 어머니는 예쁘시다.

위 문장의 서술어인 형용사도 바뀌지 않는 부분인 어간 '예쁘'와 바뀌는 부분인 어미로 구성되어 있습니다. '예쁘' 뒤에 붙어 있는 어미를 자세히 보세요. 맨 뒤에 있는 어미인 '-다'와 '-니'를 빼 볼까요?

춘향이는 예쁘.

춘향이는 예쁘겠.

춘향이는 예뻤?

춘향이 어머니는 예쁘시.

무슨 말인지 전혀 모르겠지요? 이렇게 맨 뒤에 있는 어미가 없으면 문장이 마무리가 되지 않아요.

이번에는 어간인 '예쁘'하고 맨 뒤에 있는 어미('-다'와 '-니')
사이에 있는 것들을 빼 볼까요?

춘향이는 예쁘다.
춘향이는 예쁘니?
춘향이 어머니는 예쁘다.

어때요? 맨 뒤에 있는 어미를 뺐을 때는 말이 안 됐는데, 이번에
는 의미만 약간 바뀌었을 뿐, 말은 되지요?
이렇게 어미 중에는 반드시 있어야 하는 어미가 있는 반면, 없
어도 말이 되는 어미가 있습니다. 반드시 있어야 하는 어미는
어미 중에서 맨 뒤에 옵니다. 그래서 어말어미라고 해요. 서술
어의 맨 끄트머리에 오는 어미라는 말이지요. 그리고 없어도 말
이 되는 어미는 어말어미 앞에 옵니다. 그래서 어말어미 앞(先)
에 오는 어미, 선어말어미라고 부릅니다.

춘향이네 집에서는 몽룡이를 무척 좋아합니다. 춘향이는 물론이고, 춘향이 어머니, 춘향이 동생 모두가 몽룡이를 좋아합니다.

이런 사실을 춘향이의 친구인 방자의 입장에서 하나하나 이야기해 볼까요?

춘향이가 몽룡이를 좋아한다.
춘향이의 어머니께서 몽룡이를 좋아하신다.
춘향이의 동생이 몽룡이를 좋아한다.

방자의 입장에서 친구인 춘향이나 춘향이 동생에게는 존대하지 않고 말을 할 수 있지만, 춘향이 어머니에게는 존대해야겠지요? 그래서 주어를 나타내는 표시를 '-이/-가'가 아닌 '-께서'를 달았습니다. 그런데 그것만으로는 부족하지요. 서술어인 좋아하다에 주체 존대를 나타내는 선어말어미 '-시-'도 함께 붙여 써야 합니다.

이렇게 주어에 주격조사 '-께서'가 붙으면 반드시 서술어에 선어말어미 '-시-'가 붙어 있어야 합니다. 주격조사 '-께서'와 주체 존대 선어말어미 '-시-'는 서로 친한 짝꿍이니까요.

'자기'는 언제 쓸까?

한 문장에 동작의 주체가 되는 명사와 똑같은 명사가 나오면, 그 명사를 재귀대명사로 바꾸어 씁니다. 한 문장에 같은 단어가 두 개 있으면 역할이 헷갈리니까요.

춘향이가 춘향이 옷을 잘 정리한다.

'춘향이'라는 말이 두 번 반복되니까 어딘가 이상하지요? 마치 다른 춘향이가 또 있는 것처럼요. 이렇게 주어와 같은 단어가 한 문장에 또 있으면, 이것을 '자기'로 바꾸어 씁니다.

춘향이가 자기 옷을 잘 정리한다.

주어와 주체

우리말에는 한 문장에서 주체와 같은 말은 '자기'로 바꾸어 쓴다는 특징이 있기 때문에 '자기'가 들어 있는 문장을 보고 거꾸로 어떤 말이 주체가 되는 말인지를 알아낼 수 있습니다.

이게 무슨 말이냐고요? 문장에서 주격조사가 붙은 것은 주어이고 주어는 주체인데, 굳이 힘들게 '자기'가 나타내는 단어를 알아내서 문장의 주체가 무엇인지 알아야 할 필요가 있냐고요?

우리말에서 주어만 주체가 되는 것은 아닙니다. 물론 주어는 문장의 주체입니다. 그러나 문장의 주체가 반드시 주어는 아닙니다.

춘향이가 몽룡이를 자기 집으로 데려갔다.

위 문장에서 자기 집은 누구네 집일까요?

가장 먼저 떠오르는 것은 춘향이네 집일 겁니다. 그런데 가만히 생각해 보면 몽룡이네 집도 됩니다.

이렇게 위 문장은 '춘향이가 몽룡이를 춘향이네 집으로 데려갔다.'와 '춘향이가 몽룡이를 몽룡이네 집으로 데려갔다.'는 두 가지 해석이 다 가능해요. 이처럼 두 가지로 해석될 수 있는 이유는 춘향이도 문장의 주체이고, 몽룡이도 문장의 주체이기 때문입니다.

주체라는 것은 행동의 주체를 의미합니다. 위 문장에서 춘향이는 '데려가는' 행동의 주체이고, 몽룡이는 '가는' 행동의 주체입니다. 주어는 문법적인 것이기 때문에 문장에 명시적으로 드러나지만, 주체는 의미적인 것이기 때문에 문장에 명시적으로 잘 드러나지 않습니다.

주어는 문장 맨 앞에 온다

문장에서 주어의 원래 위치는 문장의 맨 앞입니다.

우리말은 영어와 달리 문장 안에서 어절들이 거의 자유롭게 자리를 바꿀 수 있습니다.

춘향이가 몽룡이를 광한루에서 만났다.

이 문장에서 어절들의 자리를 바꿔 볼까요.

몽룡이를 춘향이가 광한루에서 만났다.
몽룡이를 광한루에서 춘향이가 만났다.
광한루에서 춘향이가 몽룡이를 만났다.
광한루에서 몽룡이를 춘향이가 만났다.

이렇게 어절이 자리를 바꿀 수 있는 것은 어절에 그 역할을 나타내는 격조사가 붙어 있기 때문입니다. 위 문장에서 주어인 **춘향이**가는 문장 안에서 어디에 위치하든지 문장에서 주어 역할을 하는데, 이는 **춘향이**가에 주어임을 나타내는 주격조사 '-가'가 붙어 있기 때문이지요.

그런데 사실 각각의 어절은 원래 자기 위치가 정해져 있습니다. 주어의 원래 위치는 문장의 맨 앞입니다.

몽룡이 춘향이 좋아한다.

이 문장은 각 어절에 각자의 역할을 나타내는 격조사가 붙어 있지 않습니다. 그러나 문장 맨 처음에 있는 어절인 **몽룡이**가 주어 역할을 하는 것을 금방 알 수 있어요.

어절의 순서를 바꾸어 볼까요?

춘향이 몽룡이 좋아한다.

순서가 바뀌니까 이번에는 **춘향이**가 주어로 인식되지요? **춘향이**가 문장 맨 앞에 있기 때문입니다. 격조사가 없을 때는 문장의 맨 앞에 있는 어절이 주어 역할을 합니다. 이는 주어의 원래 위치가 문장의 맨 앞이기 때문이에요.

주어가 두 개일 때도 있다

원래 하나의 문장에는 주어가 하나만 있어야 합니다. 그런데 아무리 보아도 주어가 두 개인 것 같은 문장도 있어요.

춘향이가 얼굴이 예쁘다.

이 문장을 보면 주격조사 '-이/-가'가 붙은 어절이 두 개 있지요? '-이/-가'가 붙어 있으면 주어라고 했으므로 **춘향이가**와 **얼굴이**가 모두 주어처럼 보입니다. 이런 문장을 이중주어문이라고 한다고 했는데 기억이 가물가물한가요?

이중주어문은 앞뒤에 있는 두 개의 주어가 포함관계를 가진다는 특징이 있지요. 즉, 이 문장은

춘향이의 얼굴이 예쁘다.

와 같은 의미입니다.

이중주어문은 서술어가 하나이니까 당연히 단문입니다.

이중주어 문장을 이중주어문이라고 보지 않고, 서술절 내포문으로 볼 수도 있어요. 앞에서 공부한 문장의 종류에서 이미 설명했는데 기억이 나나요?

춘향이가 얼굴이 예쁘다.

이 문장은 '춘향이가 어떠하다'는 문장에서 서술어 자리인 '어떠하다'에 '얼굴이 예쁘다.'는 서술절을 넣어 만든 문장으로 볼 수도 있어요. 이렇게 본다면 이 문장은 복문이 되겠지요?

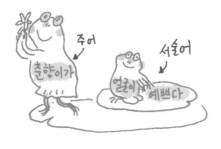

주어가 생략될 때

주어가 없으면 완전한 문장이 되지 않아요. 주어는 문장의 필수성분이기 때문입니다. 그러나 문장의 앞뒤 맥락으로 보아 주어가 무엇인지 알 수 있으면 생략해도 되지요.

> 몽룡이: 춘향이가 어디 갔니?
> 방자: 향단이랑 광한루에 갔어.

방자의 말에서 향단이랑 광한루에 간 주체는 **춘향이**입니다. 문장을
완전하게 나타내려면 '춘향이가 향단이랑 광한루에 갔어.'라고 해야 합
니다. 그러나 앞서 몽룡이가 한 말에서 **춘향이가**가 주어로 전제되어 있
으므로 방자는 주어를 생략하고 말했습니다. 이렇게 문장의 앞뒤 맥락
에서 주어가 무엇인지 알 수 있으면 주어를 생략합니다.

주어가 없는 문장

불이야!

도둑이야!

주어가 무엇인지 찾아낼 수 있나요? 이런 문장을 주어가 없는 문장, 즉 무주어문이라고 합니다.

서술어를 따라가는 아주 특별한 주어

주어와 서술어는 다른 어절들과는 달리 서로 밀접한 관계를 가지고 있기 때문에 특별한 주어가 와야 하는 경우도 있어요.

춘향이가 책을 읽다가 울고 있습니다. 몽룡이가 이 모습을 보고 놀라서 향단이에게 말했습니다.

향단아, 춘향이가 슬프다.
향단아, 춘향이가 슬퍼한다.

두 문장 중에서 어느 것이 맞을까요? 어때요? '춘향이가 슬프다.'는 좀 느끼하지 않은가요? 맞습니다. 두 문장 중에서 '춘향이가 슬퍼한다.'는 맞는 말이지만, '춘향이가 슬프다.'는 엄밀하게 말해 옳은 문장이라고 할 수 없습니다.

춘향이가 책을 읽다가 울고 있습니다. 몽룡이가 이 모습을 보고 놀라서 춘향이에게 다가가서 말했습니다.
"춘향아! 왜 그래?"
그러자 춘향이가 대답했습니다.

"몽룡아, 나 슬퍼."

'슬프다'라는 말은 느낌을 나타냅니다. 느낌이라는 감정은 자기 자신만이 직접 느낄 수 있습니다. 춘향이가 슬픈 것을 제3자인 몽룡이가 느낄 수는 없겠지요. 그래서 느낌을 나타내는 서술어는 반드시 '나'라는 일인칭 주어하고만 짝이 됩니다. 서술어에 따라 주어가 제한되는 경우는 또 있어요. 한 가지 예를 더 들어 볼게요.

몽룡이가 방자와 이야기하다가 말귀를 못 알아듣는 방자에게 짜증이 났습니다. 그런 몽룡이가 방자에게 말했습니다.
"너 집에 가."

상대방에게 무엇을 하라고 시키는 명령문에서 주어는 반드시 말을 듣는 상대방인 '너'만 쓸 수 있습니다.

이럴 때도 있어요

'슬프다'와 같이 느낌을 나타내는 서술어는 반드시 '나'라는 일인칭 주어하고만 짝이 된다고 했습니다. 그런데 실제로는 그렇지 않은 경우도 있어요. 다음 문장을 볼까요.

의사 선생님! 아기가 많이 아파요.

이 문장에서 서술어는 느낌을 나타내는 '아프다'입니다. 그러니까 주어는 일인칭인 '나'만 되어야 하는데 이 문장에서는 삼인칭인 '아기'입니다. 그렇다면 이 문장은 틀린 문장이어야 하는데 그렇지가 않습니다.

이 문장은 엄마가 아기와 동일시해서 이야기하는 것이기 때문에 맞는 문장으로 봅니다. 제3자가 보았을 때 엄마와 아기의 관계처럼 처지를 대변해 줄 수 있는 관계라면 느낌을 나타내는 서술어에 예외적으로 삼인칭 주어가 올 수도 있어요. 이것을 '시점 옮기기'라고 합니다.

 목적어—원하는 게 뭐야?

목적어는 주어와 마찬가지로 어떤 말 다음에 격조사가 붙어서 만들어집니다. 그렇기 때문에 목적어를 나타내는 격조사만 다를 뿐이지 그 특징은 주어와 매우 비슷해요.

목적어의 계급장

목적어는 문장에서 목적(대상)의 역할을 하는 어절입니다. 목적이란 주체가 행동할 때 그 대상이 되는 것을 말하지요.

춘향이가 풀벌레 소리를 듣는다.

이 문장에서 **춘향**이라는 주체가 듣는 행동을 할 때, 듣는 대상이 되는 것은 **풀벌레 소리**입니다. 그러므로 **풀벌레 소리**는 이 문장에서 목적의 역할을 하고 있지요.

어떤 말이 주어 역할을 할 때 주어라는 표시를 달아 주어야 하는 것처럼 어떤 말이 목적어 역할을 할 때 목적어라는 표시를 달아 주어야 해요.

몽룡이가 변 사또를 굴복시켰다.
몽룡이가 춘향을 구했다.

목적어를 나타내는 표시는 우리가 잘 아는 대로 '-을/-를'뿐입니다. 모음으로 끝나는 사또와 같은 말 다음에는 '-를'이 붙고, 자음으로 끝나는 춘향과 같은 말에는 '-을'이 붙지요.

목적격조사도 생략할 수 있다

목적격조사도 주격조사와 마찬가지로 생략되어 문장에 표시되지 않을 수도 있어요. 물론 목적격조사가 생략되는 경우는 생략되어도 그 말이 목적어임이 명백할 때뿐입니다.

춘향이가 몽룡이에게서 선물 받은 비단 치마를 향단이에게 자랑했습니다. 예전부터 비단 치마를 입고 싶었던 향단이는 몹시 부러워하면서 춘향이에게 부탁했습니다.
"춘향아, 나한테 그 비단 치마 좀 빌려 주면 안 될까?"

위 문장에서 **비단 치마**는 춘향이가 향단이한테 빌려 주는 대상이 되는 물건이므로 목적어입니다.

이 문장에 나오는 춘향이, 나, 비단 치마 중에서 빌려 주는 대상이 될 수 있는 것은 **비단 치마**밖에는 없지요. 이렇게 목적이 되는 말이 분명할 때는 목적어임을 나타내는 목적격조사가 생략될 수 있어요.

보조사와 결합할 때도 생략한다

주어를 설명할 때 보조사는 어절에 어떤 특정한 뜻을 보조해 주는 조사라고 했지요? 목적어도 어절이므로 보조사가 붙을 수 있어요.

춘향이가 몽룡이를 좋아한다.

이 문장의 목적어에 대표적인 보조사 '-는/-도/-만'을 결합시켜 볼까요?

춘향이가 몽룡이(를)는 좋아한다.

춘향이가 몽룡이(를)도 좋아한다.

춘향이가 몽룡이(를)만 좋아한다.

주어에 보조사를 결합시켰을 때와 마찬가지로 목적어에서도 목적격 조사 '-을/-를'이 생략되고 보조사 '-는/-도/-만'이 붙지요? 목적어도 주어와 마찬가지로 필수성분이기 때문이에요.

목적어의 위치는 서술어 앞

문장에서 목적어의 원래 위치는 서술어 앞입니다.

몽룡이 춘향이 좋아한다.

앞서 주어의 위치를 설명할 때 봤던 문장이지요? 몽룡이와 춘향이 다음에 격조사가 붙어 있지 않아 누가 주체이고 누가 대상인지를 한눈에 알 수 없습니다. 그러나 읽어 보면 서술어 앞에 있는 **춘향이**가 목적역할을 하는 목적어임을 금방 알 수 있어요. 어절의 순서를 바꾸어 볼까요?

춘향이 몽룡이 좋아한다.

순서가 바뀌니까 이번에는 **몽룡이**가 목적어가 됩니다. 격조사가 있었다면 어절의 순서가 바뀌어도 문장의 주어와 목적어가 바뀌지 않았을 거예요. **몽룡이**가 목적어로 인식되는 것은 **몽룡이**가 서술어 앞에 있기 때문입니다. 이는 목적어의 원래 위치가 서술어 앞이라는 것을 뜻하지요.

이중목적어

목적어도 주어와 마찬가지로 한 문장에 두 개가 들어갈 수 있어요. 바로 이렇게요.

방자가 막걸리를 세 잔을 마셨다.

이 문장은 주어와 서술어는 하나인데, 목적격조사 '-을/-를'이 붙은 어절이 '막걸리'하고 '세 잔' 이렇게 두 개가 있습니다. 두 어절 모두 '마시다'의 목적어이지요. 즉, '방자가 **막걸리를** 마셨다.'도 맞고, '방자가 **세 잔을** 마셨다.'도 맞습니다. 이렇게 주어-서술어가 하나인 문장 안에 목적어가 두 개 들어 있는 문장을 '이중목적어문'이라고 합니다. 목적어가 이중으로 두 개 들어 있어서 이중목적어문이라는 이름을 붙인 것이지요.

이중목적어도 이중주어와 마찬가지로 앞뒤에 있는 두 개의 목적어가 포함관계를 가집니다. 앞 문장은

방자가 세 잔의 막걸리를 마셨다.
방자가 막걸리 세 잔을 마셨다.

와 의미가 같지요?

그런데 이중목적어 관계는 이중주어 관계와 조금 다릅니다. 이중주어는 '춘향이의 손'처럼 앞에 있는 말에 '-의'가 붙는데, 이중목적어는 '세 잔의 막걸리'처럼 뒤에 있는 말에 '-의'가 붙어요.

목적어가 생략될 때

목적어도 주어와 마찬가지로, 없으면 완전한 문장이 되지 않는 필수 성분입니다. 그러나 문장의 앞뒤 맥락에서 전제되면 생략합니다.

춘향이: 방자야, 내 비단 치마 못 봤니?
방자: 아까 향단이가 입고 있던데.

원래 방자는 '아까 향단이가 비단 치마를 입고 있던데.'라고 말해야
하는데, 이미 그 전에 춘향이가 한 말에서 비단 치마가 전제되었기 때문
에 방자는 목적어인 비단 치마를 생략하고 말했어요. 주어가 생략되는
것과 마찬가지로 문장의 앞뒤 맥락에서 목적어가 무엇인지 전제되어
있으면 목적어를 생략해요.

서술어—지배자는 나야!

서술어는 문장에서 가장 중요한 문장성분입니다. 서술어가 문장에
있는 모든 어절(독립어, 관형어는 빼고)과 일 대 일로 관계를 맺으면서 이
들을 직접 지배하기 때문이지요.

독립어와 관형어는 서술어와 직접 관련이 없다

모든 어절이 서술어와 일 대 일로 직접적인 관계를 맺는데, 감
탄사와 같은 독립어와 명사를 꾸미는 관형어는 그렇지 않아요.
독립어는 독립어라는 어절 이름에서 알 수 있듯이 형식적으로
는 하나의 문장 안에 들어가지만 문장의 다른 성분들과는 관련
이 없는 독립된 어절입니다.

춘향이가 그네에 걸터앉아 있습니다. 몽룡이가 살금살금 다가
가 춘향이의 댕기를 잡아당겼습니다. 춘향이는 깜짝 놀라서 소
리를 질렀습니다.
"어머나, 깜짝이야."

보통 어머나와 같은 독립어는 쉼표를 찍어 문장의 다른 성분과
구분해 놓습니다. 그러나 독립어의 독립성이 강할 때는 쉼표를
쓰지 않고 마침표나 느낌표를 사용하여 아예 완전히 다른 문장
으로 분리시키기도 하지요.

"어머나! 깜짝이야."

관형어는 뒤에 오는 명사를 꾸며 주는 역할을 하는 말이에요. 그래서 관형어는 뒤에 오는 명사하고만 직접적인 관련을 맺지요.

몽룡이는 춘향이의 손을 잡았다.

어절 사이에 직접적인 관련을 맺는다는 것은 직접적인 관련이 있는 두 어절을 이어 말을 만들 수 있다는 뜻입니다. 각 어절들이 서술어 '잡았다'와 직접 관련이 있는지 살펴볼까요?

몽룡이는 잡았다.
손을 잡았다.
춘향이의 잡았다. (X)
→ 춘향이의 손

위에서 보듯이 서술어와 직접 관련이 있는 어절은 주어인 **몽룡이는**하고 목적어인 **손을**입니다. **춘향이의**는 서술어와 이어져 말을 만들지 못합니다. 관형어인 **춘향이의**는 그 뒤에 오는 명사 **손**과만 직접적인 관련을 맺습니다. 그러나 관형어 **춘향이의**는 목적어 **손을**을 매개로 서술어 **잡았다**와 간접적으로 관계를 맺고 있습니다.

이처럼 독립어는 서술어와 전혀 관련이 없는데 반해, 관형어는 자기가 직접 꾸며 주는 명사가 포함된 어절을 통해 서술어와 간접적인 관계를 맺고 있습니다.

서술어가 필수성분을 결정한다

문장에는 주어, 목적어, 보어, 서술어와 같이 반드시 있어야 완전한 문장이 되는 어절이 있다고 했습니다. 이런 어절을 문장의 필수성분이라고 했지요? 서술어는 문장에 필요한 필수성분이 무엇인지를 결정합니다.

춘향이, 몽룡이, 방자, 향단이가 다른 사람들 몰래 함께 놀려고 계곡 숲에 모였습니다. 각자 필요한 것을 준비해 오기로 했지요. 춘향이는 빵과 우유와 김밥을 가져왔고, 향단이는 과자와 과일을, 방자는 깔개와 음료수를 가져왔습니다. 그런데 몽룡이는 달랑 수저만 하나 가져왔습니다.

춘향이, 몽룡이, 방자, 향단이가 각각 먹고 노는 데 꼭 필요하다고 생각하는 음식들을 가져왔지만 모두 똑같지는 않습니다. 이처럼 문장에서도 문장마다 필요한 필수성분이 다 다릅니다. 서술어는 필수성분이 무엇인지 결정하는 역할을 합니다.

향단이가 과일을 깎았다.
춘향이가 웃는다.
방자가 몽룡이에게 막걸리를 주었다.

깎다는 주어와 목적어가 있어야 완전한 문장이 됩니다. 웃다는 주어만 있으면 되고, 주다는 주어, 목적어, 필수 부사어(원래는 보어)가 있어야 완전한 문장이 됩니다. 이렇게 서술어마다 필요한 어절의 개수가 다른데, 이 필요한 어절의 개수를 문법에서는 서술어의 자릿수라고 말합니다.

깎다는 주어와 목적어 두 개가 있어야 하니까 두 자리 서술어, 또는 2항 서술어라고 하고, 웃다는 주어 하나만 있으면 되니까 한 자리 서술어, 또는 1항 서술어라고 합니다. 주다는 주어, 목적어, 필수 부사어(원래는 보어) 이렇게 세 개가 있어야 완전한 문장이 되니까 세 자리 서술어, 또는 3항 서술어라고 하지요.

이처럼 서술어의 자릿수는 우리말 문장의 기본 문장 형식(줄여서 '기본 문형')을 정하는 밑바탕이 됩니다.

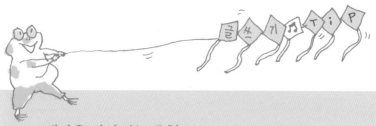

생각을 담아내는 문형

생각은 말이나 글을 통해 전달됩니다. 이때 말이나 글은 문장이라는 틀에 담겨서 표현되는데, 이 문장이라는 틀은 하나만 있는 게 아니에요. 그렇다고 수없이 많은 것도 아니고요. 이런 문장의 틀을 문형이라고 합니다. 우리는 수없이 많은 말을 하지만 이 말들은 많아야 일이십여 개의 문형으로 구분할 수 있습니다.

좋은 문장을 쓰려면, 좋은 문형을 알고 있어야 합니다. 좋은 책을 많이 읽으면 좋은 문형을 자기 것으로 만들 수 있지요. 그리고 좋은 문형을 많이 익히면 굳이 문법을 따로 공부할 필요도 없고요.

좋은 문형을 익히는 방법을 알려 줄까요? 먼저 서점에 가서 여러 사람(가능하면 유명 작가)의 단편소설이나 수필을 모아 놓은 책을 사서 죽 읽어 보세요. 막히지 않고 술술 잘 읽히는 글을 찾아 그 글의 작가가 누군지 확인합니다. 그다음에 그 작가가 쓴 글을 구해 열심히 읽으면 됩니다. 같은 글을 여러 번 읽어도 좋고, 그 작가가 쓴 다른 글을 돌려 가며 읽어도 좋습니다. 그냥 죽 읽어 나가기만 하면 됩니다. 아주 조금이라도 하루에 자신이 낼 수 있는 시간만큼 이렇게 매일 하루도 빠지지 말고 100일 동안만 읽어 보세요. 그러면 그 작가가 사용하는 문형을 익힐 수 있을 거예요.

물론 자신이 선택한 작가가 쓴 문형이 반드시 좋은 문형이 아닐 수도 있어요. 그러나 최소한 다른 사람에게 자신의 생각을 전할 수 있는 보편적인 문형이기는 하겠지요?

서술어가 단어를 선택한다

문장 안에서 서술어는 각 어절과 직접적인 관련을 맺는다고 했지요? 어떤 어절이든 서술어와 직접적인 관련을 맺으려면 의미적으로 자연스럽게 연결되어야 합니다. 서술어는 이렇게 자기하고 자연스럽게 의미가 연결될 수 있는 단어들을 선택할 수 있는 권한이 있거든요. 이를 서술어의 선택 제약이라고 합니다.

춘향이가 과일을 먹었다.
몽룡이가 막걸리를 먹었다.

먹었다의 목적어에 **과일**이나 **막걸리**가 오는 것은 당연합니다. 과일이나 막걸리는 먹었다가 선택할 수 있는 영역 안에 들어 있는 단어이기 때문이죠.

위 문장에서 서술어 먹었다를 마시다로 바꾸어 볼까요?

춘향이가 과일을 마셨다. (X)
몽룡이가 막걸리를 마셨다.

어떤가요? '막걸리를 마셨다.'는 말이 되는데 '과일을 마셨다.'는 말이 안 되지요? 막걸리는 마셨다가 선택할 수 있는 영역 안에 들어 있는 단어이지만, 과일은 마셨다가 선택할 수 있는 영역 안에 들어 있는 단어가 아니기 때문입니다.

도대체 먹다와 마시다는 어떤 차이가 있기에 서로 필요로 하는 단어가 다른 걸까요?

먹다와 마시다는 음식물을 입 안으로 넣어 목으로 넘긴다는 공통된 의미를 가지고 있습니다. 그러나 먹다는 그 대상물이 고체이건 액체이건 상관없지만, 마시다는 그 대상물이 액체나 기체이어야 해요. 고체이면 안 되지요.

이렇게 **먹다**는 목적어 자리에 고체나 액체인 대상물을 선택하고, 마시다는 액체나 기체인 대상물을 선택하는 것과 같이, 서술어는 자기와 직접적으로 관련을 맺는 어절에 나타날 수 있는 단어를 선택합니다.

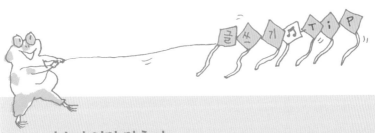

서술어 입맛 맞추기

문장에서 단어는 서술어와 어울려야만 쓰일 수 있습니다. 모국어가 한국어인 우리들은 직관적으로 서술어와 어울리는 단어를 찾아 씁니다.

그러나 글을 쓸 때 잘못 쓰는 경우가 많아요. 문장이 너무 길어지면 주어와 서술어의 거리가 멀어지고, 그 중간에서 그만 직관이 흐려지기 때문이지요.

러시아는 당초 7일로 예정된 외무장관의 방북을 연기해 달라는 평양의 요청을 묵살하고 오히려 남북 총리회담의 북측 대표단이 출발하기 하루 앞서 평양을 방문했다.

이 문장에서 서술어인 '묵살하다'는 주어 '러시아'와 잘 어울리지만, 서술어 '방문하다'는 그렇지 않습니다. 주어 '러시아'와 서술어 '방문하다' 사이가 너무 멀어서 이 두 말이 어울리지 않는 것을 알아차리지 못해서 생긴 잘못이에요. 서술어 '방문하다'는 주어가 움직일 수 있는 것이어야 하는데 '러시아'는 움직일 수 없기 때문에 어울리지 않습니다.

그러므로 '방문하다'를 주어인 '러시아'와 어울릴 수 있게 '방문하게 했다'로 바꾸고, 방문하는 주체인 '외무장관'을 목적어로 넣어 주면 올바른 문장이 됩니다.

러시아는 당초 7일로 예정된 외무장관의 방북을 연기해 달라는 평양의 요청을 묵살하고, 오히려 외무장관을 남북 총리회담의 북측 대표단이 출발하기 하루 앞서 평양을 방문하게 했다.

상황에 약한 서술어의 입맛

서술어는 자기와 어울리는 단어를 선택할 수 있는 권리가 있다고 했습니다. 예를 들어 '먹다'는 목적어에 사람이 먹을 수 있는 명사만 올 수 있지, 보통 먹을 수 없는 '접시'는 목적어에 올 수가 없어요. 이를 서술어의 선택 제약이라고 말했지요?

(X) 선수들이 접시를 먹는다.

그러나 이런 선택 제약도 상황이 바뀌면 언제든지 그 제약이 풀립니다.

1994년 노르웨이 릴레함메르에서 치러진 제17회 동계 올림픽 경기대회에서는 환경을 지키기 위해 선수들이 식사하는 접시를 감자로 만들어서 접시를 먹을 수 있게 했습니다.

이처럼 상황이 바뀌면 선택 제약은 언제든지 깨질 수 있습니다. 그러므로 글을 쓰면서 상황을 어떻게 설정하느냐에 따라 서술어와 어울리는 단어가 달라질 수 있다는 점을 꼭 기억하세요.

합성동사와 이중동사, 그리고 보조동사

문장에 서술어가 한 개 있으면 단문이고, 두 개 이상 있으면 복문입니다. 그런데 서술어가 두 개인데 단문인 경우도 있습니다.

몽룡이 할아버지께서 돌아가셨다.
몽룡이가 춘향이네 집을 돌아 갔다.
결국 변 사또가 돌아 버렸다.

이 문장들을 보면 주어는 하나인데 서술어는 두 개씩이에요.

돌아가셨다는 돌다와 가다,
돌아 갔다도 돌다와 가다,
돌아 버렸다는 돌다와 버리다.

그런데 이 세 가지 동사는 각각 다른 구성을 가지고 있습니다.

첫 문장의 **돌아가셨다**는 '죽다'는 뜻을 나타내지요. '죽다'는 뜻을 나타내기 위해 '돌다'와 '가다'라는 말을 합해서 새로운 단어를 만든 것입니다. 이렇게 기존에 있던 단어를 합해서 만들어진 새로운 단어를 '합성어'라고 하지요. 산돼지(산+돼지), 밤낮(밤+낮), 봄비(봄+비) 등이 모두 합성어예요. **돌아가셨다**처럼 동사끼리 합성된 단어를 '합성동사'라고 부릅니다. 합성동사는 하나의 단어이므로 합성동사가 쓰인 문장은 당연히 서술어가 하나인 단문이지요. 그러니까 '몽룡이 할아버지께서 **돌아가셨다.**'는 단문입니다. 그리고 합성동사는 하나의 단어이므로 **돌아가다**처럼 반드시 붙여 써야 합니다.

돌아가다　　　　　돌아 가다　　　　　돌아버리다

두 번째 문장의 **돌아 갔다**는 두 가지 동작을 나타내는 두 개의 동사입니다. 다시 말해, '몽룡이가 춘향이네 집을 돌아 갔다.'는 '몽룡이가 갔다.'와 '몽룡이가 춘향이네 집을 **돌았다.**'는 두 개의 문장을 하나의 문장으로 합해 놓은 거예요. 그러므로 이 문장은 서술어가 두 개인 복문입니다. **돌아 갔다**는 서술어가 두 개이므로 이중동사라고 부르는데, 이중동사는 각기 다른 두 개의 동사이므로 반드시 띄어 씁니다.

세 번째 문장의 **돌아 버렸다**는 '미쳤다'는 뜻으로 **돌았다**와 의미 차이가 별로 없습니다. 그러므로 **돌다**와 **버리다**가 합성되어 만들어진 새로운 단어라고 볼 수 없어요. 그렇다고 이중동사처럼 두 개의 동작이라고 볼 수도 없지요. 왜냐하면 주어진 문장에 **버리다**라는 동작이 없기 때문이지요. 이렇게 앞에 있는 동사의 의미에서 크게 벗어나지 않으면서 뒤에 있는 동사가 본래의 동작이 아닌 다른 의미를 보조해 주는 구성을 보조동사 구성이라고 합니다. 앞에 있는 동사는 본동사라고 부르고, 뒤에 있는 동사는 의미를 보조해 주는 역할을 하므로 보조동사라고 부르지요.

보조동사 구성은 형식적으로는 두 개의 단어이기 때문에 띄어 쓰는 게 원칙입니다. 그러나 의미적으로는 한 단어이기 때문에 붙여 써도 괜찮아요.

합성동사와 이중동사의 구별

동사 두 개가 연달아 붙어 있어서 합성동사인지 이중동사인지 구별할 수 없을 때는 두 동사 사이에 '서'를 넣어 보면 쉽게 구별할 수 있어요.

(X) 몽룡이 할아버지께서 돌아서가셨다.
　　몽룡이가 춘향이네 집을 돌아서 갔다.

합성동사인 **돌아가셨다**는 하나의 단어이기 때문에 '서'를 집어 넣을 수가 없어요. '서'를 집어넣으면 말이 안 됩니다. 그러나 이중동사인 **돌아 갔다**는 각각 별개의 동사이기 때문에 '서'를 넣어도 아주 자연스러운 문장이 됩니다.

보조동사와 이중동사의 구별

보조동사 구성과 이중동사 구성도 두 동사 사이에 '서'를 넣어 보면 쉽게 구별할 수 있어요.
보조동사 구성은 하나의 동작을 나타내고, 이중동사 구성은 두 개의 동작을 나타내기 때문에 금방 알 수 있지요.

춘향이는 몽룡이의 편지를 찢어 버렸다.

이 문장은 이중동사 구성일 수도 있고 보조동사 구성일 수도 있습니다. 이중동사 구성이라면 찢는 동작과 버리는 동작, 이렇게 두 가지 동작을 나타내기 때문에 두 동사 사이에 '서'를 집어넣을 수 있습니다. 또한 버리는 장소를 집어넣을 수도 있어요.

춘향이는 몽룡이의 편지를 찢어서 버렸다.
춘향이는 몽룡이의 편지를 찢어 **강물에** 버렸다.

춘향이는 몽룡이의 편지를 **찢어서 강물에** 버렸다.

이렇게 두 동사 사이에 '서'를 집어넣거나 버리는 장소를 집어
넣어도 자연스러운 문장이 될 때 **찢어 버리다**는 이중동사 구성
입니다.
그러나 **찢어 버리다**가 보조동사 구성이라면 찢는 동작 하나만
나타내므로 두 동사 사이에 '서'를 집어넣거나 버리는 장소를
집어넣을 수 없습니다.
찢어 버리다 대신 **돌아 버리다**로 살펴볼까요?

(X) 결국 변 사또가 **돌아서** 버렸다.
(X) 결국 변 사또가 **돌아 강물에** 버렸다.

이렇게 보조동사 구성에서는 '서'나 버리는 장소와 같은 말을
집어넣으면 말이 안 됩니다.

합성동사와 보조동사의 구별

합성동사는 두 개의 동사를 합해서 만든 것이고, 보조동사는 의미를 보조해 준다고 했습니다. 다시 말해 보조동사는 보조적이니까 없어도 말이 됩니다. 그러나 합성동사는 어느 하나라도 없으면 말이 안 됩니다.

(X) 몽룡이 할아버지께서 돌았다.

　　결국 변 사또가 돌았다.

이렇게 뒤에 오는 동사를 빼고 말이 되는지를 살펴 합성동사와 보조동사를 구분할 수 있습니다.

서술어는 문장의 맨 끝에 온다

우리말에서 서술어는 문장 맨 끝에 옵니다. 지금까지 살펴본 모든 문장을 보면 서술어가 문장 맨 끝에 있는 것을 알 수 있지요? 문장에서 가장 중요한 역할을 하는 서술어가 문장 맨 끝에 오는 것은 우리말의 가장 큰 특징이에요.

서술어도 생략할 수 있다

서술어는 문장에서 다른 어절들을 지배하는 문장성분이기 때문에 없어서는 안 되는 필수성분이에요. 그러나 주어나 목적어와 같이 이야기 맥락 속에서 전제된다면 생략할 수도 있지요.

몽룡: 방자야, 춘향이 어디 갔니?
방자: 광한루.

주어·목적어 생략과 서술어 생략의 차이

주어, 목적어, 서술어는 모두 문장의 필수성분입니다. 주어, 목적어, 서술어 모두 대화 맥락에서 전제가 되면 생략되지만 서술어 생략은 주어 생략이나 목적어 생략과는 조금 다른 현상을 보입니다.

　　몽룡: 방자야, 춘향이 어디 갔니?
　　방자: 광한루.

　　방자는 이미 몽룡의 말에서 전제가 된 주어 **춘향이**와 서술어 **가다**를 생략하고 대답했습니다.
　　그러면 방자가 한 대답에서 전제된 주어 **춘향이**와 서술어 **가다**를 생략하지 않는다면 어떻게 될까요?

　　몽룡: 방자야, 춘향이 어디 갔니?

　　방자: 춘향이가 광한루에 갔어. (X) [← 주어, 서술어 생략 안 함]
　　방자: 춘향이가 광한루에. (X) [← 주어 생략 안 함, 서술어 생략]
　　방자: 광한루에 갔어. (O) [← 주어 생략, 서술어 생략 안 함]

　　어떤가요? 첫 번째와 두 번째 대답에서는 전제된 주어인 **춘향이가**를 생략하지 않으니까 오히려 말이 어색하지요? 그런데 서술어인 **가다**는 생략하지 않아도 자연스러워요.
　　이렇게 주어나 목적어는 대화에서 전제되었을 때 반드시 생략해야 하지만 서술어는 그렇게 하지 않아도 된답니다.

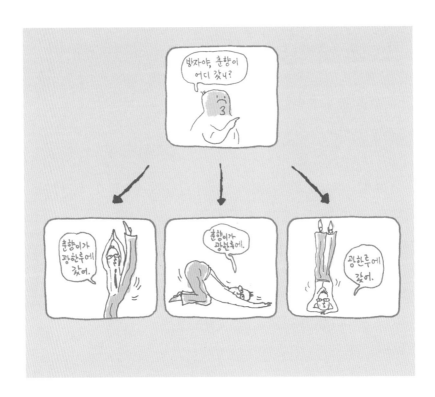

서술절 찾기

주어가 두 개 있는 문장이 있습니다.

춘향이가 마음씨가 곱다.

이 문장을 분석하는 데는 세 가지 방법이 있어요. 그 가운데 하나가 이 문장을 서술절 내포문으로 보는 것입니다.

'춘향이가 어떠하다.'에서 서술어 자리인 어떠하다에 '마음씨가 곱다.'는 주어-서술어를 넣어 만든 것으로 분석할 수 있어요. '마음씨가

곱다.'는 주어-서술어가 서술어 자리에 들어갔으므로 서술절 내포문이
되겠지요.

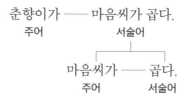

그러므로 서술절 내포문은 복문입니다.

다른 한 가지 방법은 이 문장을 이중주어문으로 분석하는 겁니다. 이
문장은 주격조사 '-이/-가'가 붙은 어절이 두 개가 있고, 모두 곱다의
주어로 인식되니까 이중주어문으로 분석할 수도 있어요. 이중주어문은
서술어가 하나이므로 단문이 되겠지요.

춘향이가 ——— 마음씨가 ——— 곱다.
　　주어　　　　　　주어　　　　　　서술어

주어가 두 개인 문장을 분석하는 세 번째 방법

주어가 두 개 있는 문장을 분석하는 세 번째 방법은 두 개의 주
어를 주제어(Topic)와 주어(Subject)로 구별하는 것입니다.

춘향이가 마음씨가 곱다.

주어는 필수성분입니다. 주어가 빠지면 완전한 문장이 되지 않습니다. 위 문장을 이중주어문이라고 본다면 주어는 필수성분이니까 두 개의 주어가 모두 필수성분이어야 합니다. 그런데 위 문장에서는 앞에 있는 주어 **춘향이가**는 없어도 완전한 문장이 됩니다.

마음씨가 곱다.

이는 앞에 있는 **춘향이가**가 필수성분이 아니라는 말이고, 이 말은 **춘향이가**가 주어가 아니라는 말이 됩니다. 그래서 앞에 있는 **춘향이가**를 주어가 아닌 주제어라고 보는 거예요. 주제어란 문장에서 서술하는 내용의 주제가 되는 어절이란 뜻입니다(주어는 문장의 주체입니다). 주제어는 반드시 있어야 하는 문장성분은 아닙니다. 그러니까 주제어는 수의성분(부속성분)이지요. 이렇게 주어가 두 개 있는 문장을 주제어-주어로 구성된 문장으로 보면 이 문장은 주어와 서술어가 한 개밖에 없는 게 되므로 단문입니다.

우리 글쓰기는 영어 글쓰기랑 달라

우리말은 서술어가 문장 맨 뒤에 오지만, 영어에서는 서술어가 주어 다음에 옵니다. 서술어가 문장의 어디에 위치하는지는 글을 독해하는 데 매우 중요한 요소입니다. 서술어는 중요한 정보를 가지고 있기 때문에 문장에서 차지하는 비중이 큽니다.

영어에서는 서술어가 앞에 오기 때문에 중요한 정보를 문장 앞쪽에 놓습니다.

그런데 우리말은 서술어가 뒤에 있기 때문에 중요한 정보를 문장 뒤쪽에 놓습니다.

글 A: 주목할 만한 사실은 춘향이가 예쁘다는 것이다.
글 B: 춘향이가 예쁘다는 사실은 주목할 만하다.

글 A와 글 B에는 모두 '주목할 만하다.'는 것과 '춘향이가 예쁘다.'는 두 가지 정보가 있어요.

그런데 글 A를 보면 '춘향이가 예쁘다.'가 중요한 정보처럼 느껴지고, 글 B를 보면 '주목할 만하다.'가 중요한 정보처럼 느껴집니다. 이는 우리가 한국어를 모국어로 쓰고 있기 때문에 그렇게 느끼는 겁니다.

그러면 여기서 객관적으로 '주목할 만하다.'는 정보와 '춘향이가 예쁘다.'는 정보 가운데 어느 정보가 더 중요한 걸까요?

'춘향이가 예쁘다.'는 정보는 이미 알려진 정보들 가운데 하나이고, 그 여러 정보들 중에서 '춘향이가 예쁘다.'는 정보를 '주목할 만하다.'고 여긴 것은 글쓴이만의 새로운 생각입니다.

글에서 중요한 정보는 글쓴이의 새로운 생각입니다. 그러므로, '주목할 만하다.'는 정보가 '춘향이가 예쁘다.'는 정보보다 훨씬 더 중요합니다.

그러므로 앞에 있는 글에서는 글 B처럼 써야 하지, 글 A처럼 써서는 안 됩니다. 글 A처럼 쓰면 읽는 사람들이 글을 잘못 이해하게 됩니다. 글 A는 영어 번역 투 표현입니다.

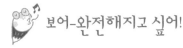 보어-완전해지고 싶어!

보어도 필수 어절

보어는 문장을 구성하는 필수성분으로, 주어와 목적어, 서술어가 아닌 어절들을 통틀어 말합니다.

몽룡이가 어른이 되었다.
몽룡이가 여자가 아니다.
몽룡이가 춘향이에게 선물을 주었다.
몽룡이가 방자를 친구로 삼았다.

이 문장들에서 어른이, 여자가, 춘향이에게, 친구로가 없으면 완전한 문장이 되지 않습니다. 이들 어절을 빼 볼까요?

몽룡이가 되었다.
몽룡이가 아니다.
몽룡이가 선물을 주었다.
몽룡이가 방자를 삼았다.

이처럼 각각의 문장에서 어른이, 여자가, 춘향이에게, 친구로는 완전한 문장이 되기 위해 반드시 있어야 하는 필수성분입니다. 이렇게 주어나 목적어, 서술어가 아닌 필수 어절을 보어라고 합니다.

보어냐, 필수 부사어냐?

어떤 어절이 주어 역할을 한다는 것을 나타내려면 주격조사 '-이/-가'를 붙여야 하고, 목적어 역할을 한다는 것을 나타내려면 목적격조사 '-을/-를'을 붙여야 해요. 그런데 주어, 목적어와 달리 보어를 나타내는 표시는 '-이/-가/-에게/-로/-에/⋯⋯'와 같이 여러 가지가 있어요. 그리고 보어를 나타내는 격조사가 다른 격조사와 모양이 같아요. '-이/-가'는 주격조사와 모양이 같고, '-에게/-로/-에/⋯⋯'는 부사격조사와 모양이 같습니다.

여기서 문제가 생깁니다. 문장에서 보어라는 표시를 해 주는 조사는 보격조사인데, 보격조사의 모양이 주격조사나 부사격조사와 같아서 구별할 수가 없으니까요. 어떤 어절에 '-이/-가'가 붙어 있으면 "주어구나", '-을/-를'이 붙어 있으면 "목적어구나!" 하고 알 수 있어야 하는데, 보격조사가 주격조사나 부사격조사와 모양이 같기 때문에 조사만 보아서는 보어인지 아닌지 알 수 없습니다.

어떻게 해야 할까요? 보어라는 역할에 중점을 두어야 할까요, 아니면 격조사의 모양에 중점을 두어야 할까요? 보어라는 역할에 중점을 두면 보어를 나타내는 표시인 보격조사가 다른 격조사와 구별되지 않아 일일이 외워야 하는 문제가 생깁니다. 그렇다고 역할을 나타내는 표시인 격조사의 모양에 중점을 두면 하나의 조사가 두 가지 역할을 나타내기 때문에 조사가 제 역할을 못하게 됩니다.

우리나라 학교 문법에서는 역할을 나타내는 표시인 격조사의 모양에 중점을 두기로 하였습니다. 그리고 몇 가지 조건을 달았습니다. 그래야 격조사가 어절의 역할을 나타내는 표시로서 제 역할을 다할 수 있기 때문이지요.

그래서 보어 중에서 '-이/-가'가 붙는 것만 보어로 보고, 그 밖에 부사격조사와 같은 모양의 보격조사가 붙는 어절들은 부사어로 보기로 약속했습니다. 그 대신 이런 부사어는 있어도 되고 없어도 되는 수의성분인 부사어와 구별하기 위해 반드시 있어야 하는 필수 부사어라고 따로 구분합니다.

결과적으로, 원래는 보어인데, 격조사 모양에 중점을 두어 보어를 다음과 같이 바꾸어 부르기로 한 것입니다.

몽룡이가 어른이[보어→보어] 되었다.
몽룡이가 여자가[보어→보어] 아니다.

몽룡이가 춘향이에게[보어→필수부사어] 선물을 주었다.
몽룡이가 방자를 친구로[보어→필수부사어] 삼았다.

보어의 계급장

문장에서 보어를 나타내는 표시인 보격조사는 '-이/-가'입니다. 그런데 그 모양이 주격조사와 같지요? 보격조사가 주격조사와 모양이 같기는 하지만 문장에서 나타나는 위치가 다르기 때문에 주격조사와 구별이 가능합니다.

몽룡이가 어른이 되었다.
몽룡이가 여자가 아니다.

보어는 서술어가 '되다'와 '아니다'일 때 주어 다음에 위치하는 어절입니다. 다시 말해, 서술어가 '되다'와 '아니다'인 문장에서 주어 다음에 '-이/-가' 붙는 어절이 바로 보어이지요.

보어가 들어 있는 문장과 이중주어문의 구별

보어가 들어 있는 문장과 이중주어문은 겉으로 보기에는 문장 구성이 같아요.

이중주어문: 춘향이가 마음씨가 곱다.

보어가 들어간 문장: 몽룡이가 어사가 되었다.

두 문장 모두 '~가~가 서술어'로 되어 있습니다. 그러나 이 두 문장은 두 가지 점에서 다릅니다.

먼저, 이중주어문에서는 두 번째 나오는 어절 마음씨가는 필수 성분이지만 첫 번째 나오는 어절 춘향이가는 필수성분이 아닙 니다. 춘향이가가 없어도 완전한 문장이 되기 때문이지요.

그러나 보어가 들어간 문장에서는 첫 번째, 두 번째 어절 모두 필수성분입니다. 둘 가운데 어느 하나만 빠져도 완전한 문장이 되지 않습니다.

다음으로, 이중주어문은 첫 번째 어절인 춘향이가와 두 번째 어 절인 마음씨가가 포함 관계에 있습니다. 그래서 '춘향이가 마음 씨가 곱다.'는 '춘향이의 마음씨가 곱다.'로 바꾸어 쓸 수 있지 요. 그러나 보어가 들어간 문장은 그렇게 쓸 수 없어요.

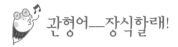

명사를 꾸며주는 세 가지 방법

관형어는 부사어와 더불어 다른 어절의 단어를 장식해 주는 역할을 합니다. 장식품은 언제든지 갈아 치워질 수도 있고, 떼었다 붙였다 할 수 있는 것처럼, 관형어나 부사어도 갈아 치울 수 있고, 떼었다 붙였다 할 수 있으므로 문장에서 부속성분, 또는 수의성분이라고 부릅니다.

우리말에서 관형어 자리에 들어갈 수 있는 방법은 세 가지가 있습니다.

춘향이가　　　치마를 입었다.

↑

관형어 자리

먼저, 관형어 자리에는 단어인 관형사가 그대로 들어갈 수 있습니다.

춘향이가 새 치마를 입었다.

새, 헌, 이, 그, 저, 아무 등과 같이 품사가 관형사인 단어들은 관형어 자리에 들어가 바로 뒤에 오는 명사를 꾸며 줍니다.

두 번째로, 명사가 관형어 자리에 들어갈 수 있는데 조사 '-의'를 명사 옆에 붙이면 가능합니다.

춘향이가 향단이의 치마를 입었다.

조사 '-의'는 명사를 관형어 자리에 들어가게 하는 역할을 합니다. 그런데 어떤 경우에는 '-의'가 없이 명사 혼자서도 관형어 자리에 들어갈 수도 있지요.

춘향이가 향단이 치마를 입었다.

이렇게 관형어 자리에 들어간 향단이의에서 '-의'를 뺀 **향단이**만으로도 관형어가 될 수 있어요.

어떤 경우에 '-의'가 꼭 있어야 하고, 어떤 경우에 없어도 되는지는 아직까지 밝혀지지 않았습니다. 아직은 미스터리입니다.

세 번째로, '주어-서술어'가 관형어 자리에 들어갈 수 있는데, 이때는 서술어의 어말어미를 '-은/-는/-을/-던'이라는 특별한 부품으로 갈아 끼워야 해요.

향단이가 어제 춘향이가 읍내 장터에서 산 치마를 입었다.
향단이가 지금 춘향이가 읍내 장터에서 사는 치마를 입었다.
향단이가 내일 춘향이가 읍내 장터에서 살 치마를 입었다.
향단이가 언젠가 춘향이가 읍내 장터에서 샀던 치마를 입었다.

이렇게 관형어 자리에 들어가는 '주어-서술어'를 관형절이라고 합니다. 관형절이 들어간 문장을 관형절 내포문이라고 배운 것 기억나지요?

정말 '-의'가 소유격조사야?

일반적으로 사람들이 아무 생각 없이 '-의'를 소유격조사나 관형격조사라고 부릅니다. '-의'가 소유의 의미를 가지기 때문에 소유격조사라고 하고, 또 명사를 관형어로 만드는 역할을 하기 때문에 관형격조사라고 부르는 것이지요.

그러나 이것은 잘못입니다.
의미가 '소유'이고, 역할이 '관형'인 것은 맞지만 격조사는 아닙니다. 격조사는 주격조사나 목적격조사처럼 문장에서 단어에 어떠한 자격을 표시하는 것입니다. 그리고 이런 자격은 서술어가 부여하는 것이지요. 서술어와 직접적인 관계가 있어야 격조사가 붙을 수 있다는 뜻입니다.
그런데 '-의'가 붙은 어절은 서술어와 직접적인 관계가 없어요.

몽룡이는 춘향이의 손을 잡았다.

어절 사이에 직접적인 관련을 맺는다는 것은 직접적인 관련이 있는 두 어절을 이어 말을 만들 수 있다는 뜻입니다. 각 어절이 서술어 '잡았다'와 직접 관련이 있는지 살펴볼까요?

몽룡이는 잡았다.

손을 잡았다.

춘향이의 잡았다. (X)

→ 춘향이의 손

위에서 보듯이 서술어와 직접 관련이 있는 어절은 주어인 '몽룡
이는'하고 목적어인 '손을'입니다. '춘향이의'는 서술어와 이어
져 말을 만들지 못합니다. 관형어인 '춘향이의'는 그 뒤에 오는
명사 '손'과만 직접적인 관련을 맺습니다.

그러므로 '-의'는 '-의'가 붙는 명사와 뒤에 오는 명사를 연결
해 주는 연결조사예요. 잊지 마세요.

우리말 '-의'와 일본어 'の'는 달라

우리말에서 '-의'는 주로 소유의 의미로 쓰입니다. 그런데 일본어 'の'의 영향을 받아 우리 문장에서 '-의'가 격조사를 대신하거나 심지어는 서술어를 대신해서 쓰이기도 합니다. 우리말에서 격조사는 어절의 역할을 정해 주는 것으로 문장을 이해하는 데 매우 중요한 역할을 합니다. 또한 서술어는 문장의 핵심이 되는 어절이지요.

글 A: 몽룡이는 더 나은 미래의 도약을 위해 열심히 노력했다.
글 B: 방자는 몽룡의 인간성의 상실을 안타까워했다.
글 C: 어린 시절부터 16세에 이르기까지의 춘향이 남자 친구는 겨우 한 명이다.

위에 있는 글 A, B, C에 있는 '-의'는 모두 잘못 쓰인 '-의'입니다. 이렇게 '-의'를 잘못 쓰면 글을 읽는 사람이 글을 읽고도 무슨 말인지 잘 모르게 됩니다. 문장에서 '-의'가 붙은 어절이 구체적으로 어떤 역할을 하는지 알 수 없기 때문이지요.

앞에 있는 문장을 우리말에 맞게 고쳐 볼까요?

글 A: 몽룡이는 더 나은 미래로 도약하기 위해 열심히 노력했다.

글 B: 방자는 몽룡이가 인간성을 상실한 것을 안타까워했다.

글 C: 어린 시절부터 16세에 이르기까지 춘향이가 만난 남자
친구는 겨우 한 명이다.

어떤가요? 무슨 말인지 훨씬 분명해졌지요?

반드시 관형어가 있어야 할 때

관형어는 장식하는 어절이기 때문에 있어도 되고 없어도 되는 수의
성분입니다. 그런데 관형어가 없으면 완전한 문장이 안 되는 경우도 있
어요.

춘향이는 읍내 장터에서 마음에 드는 저고리를 발견했습니다.
그런데 오랫동안 걸려 있던 옷이라 얼룩이 묻어 있었습니다. 춘
향이는 주인아주머니에게 말했어요.
"아주머니 새 것은 없나요?"

춘향이 말에서 새는 뒤에 오는 말인 '것'을 꾸며 주는 관형사로 된 관
형어예요. 관형어는 있어도 되고 없어도 되는 어절인데, 춘향이 말에서
관형어인 새를 빼면 불완전한 문장이 됩니다.

"아주머니 것은 없나요?"

이렇게 관형어가 없으면 불완전한 문장이 되는 경우가 있어요. 관형어가 '것'과 같은 의존명사를 꾸며 줄 때이지요. 관형어가 의존명사를 꾸며 줄 때, 관형어는 반드시 있어야 하는 필수성분이 됩니다. 그렇다고 관형어가 필수성분이라는 얘기는 아닙니다. 이때만 특별하게 그렇다는 말입니다.

의존명사란?

의존명사는 다른 말로 불완전명사라고도 해요. 이름에서 알 수 있듯이 의존명사는 명사는 명사인데 어디엔가 의존하는 명사이고, 완전하지 않은 명사예요. 그러나 명사임에는 틀림없습니다. 명사, 대명사, 수사와 같은 품사는 단어가 생길 때부터 정해지는 것이 아닙니다. 품사는 단어가 문장에서 어떻게 쓰이는지에 따라 결정되는 거예요.

여기 어떤 단어가 있어요. 그런데 그 단어 뒤에는 조사가 붙을 수 있고 그 단어 앞에 있는 다른 말이 그 단어를 꾸며 줍니다. 문장에서 이렇게 쓰이는 단어를 **명사**로 분류하지요.

새 치마 -도
새 것 -도

위에서 **치마**나 **것**은 모두 명사입니다. 뒤에 조사 -도가 붙을 수 있고 앞에 있는 **새**가 꾸며 주기 때문이에요.

그런데 **치마**하고 **것**은 조금 다릅니다. **치마**는 앞에서 꾸며 주는 **새**가 없어도 말이 되는데, **것**은 앞에서 꾸며 주는 **새**가 없으면 말이 안 됩니다.

이를 다른 말로 바꾸어 보면, **치마**는 앞에서 꾸며 주는 말이 없어도 완전한데, **것**은 앞에서 꾸며 주는 말이 없으면 불완전해요. 이래서 **것**을 **불완전명사**라고 부르고, 그렇지 않은 **치마**는 완전명사라고 부릅니다.

이 말을 다시 또 다른 말로 바꾸어 볼까요?

치마는 그렇지 않은데, **것**은 앞에서 꾸며 주는 **새**가 있어야만 합니다. 다시 말해, **것**은 앞에서 꾸며 주는 **새**에 의존하고 있습니다. 그래서 **것**을 **의존명사**라고 부르고, **치마**를 **자립명사**라고 부릅니다.

여기서 한 가지 덤!

완전명사나 자립명사가 따로 있는 것이 아니라 불완전명사나 의존명사 때문에 붙은 이름이라는 것입니다. 이름을 붙일 때는 서로 짝을 맞추어 주어야 하기 때문에, 어떤 명사를 불완전명사라고 부르면 그 반대되는 명사는 완전명사라고 해야 하고, 어떤 명사를 의존명사라고 부르면 그 반대되는 명사는 자립명사라고 하는 거예요.

관형절 띄어쓰기

띄어쓰기 중에 까다로운 것이 관형절과 의존명사 사이의 띄어쓰기입니다. 자립명사와는 달리 의존명사는 그 의미가 분명하지 않기 때문이에요.

그러나 동사나 형용사 다음에 관형절임을 알 수 있게 해 주는

'-은, -는, -을, -던'이 붙어 있으면 뒤에 오는 말과 무조건 띄어 쓰면 됩니다.

글 A: 춘향이는 배운 대로 대답했다.
　　　향단이는 먹을 만큼 과자를 샀다.

글 B: 춘향이는 규칙대로 말했다.
　　　향단이는 집채만큼 과자를 샀다.

글 A와 B에는 똑같이 '대로'와 '만큼'이 있습니다. 그러나 그 역할은 다릅니다.

글 A에서는 동사인 '배우다'와 '먹다'에 각각 '-은'과 '-을'이 붙어서 뒤에 있는 '대로'와 '만큼'을 꾸며 주고 있습니다. 여기에서 '대로'와 '만큼'은 의존명사이므로 띄어 써야 합니다.

글 B에서는 명사 '규칙'과 '집채' 뒤에 '대로'와 '만큼'이 붙어 부사어를 만들어 주고 있습니다. 여기에서 '대로'와 '만큼'은 조사이므로 반드시 붙여 써야 합니다.

그런데 여기서 한 가지 주의할 게 있습니다. '-은지(-는지)'와 '-을지'가 그것입니다.

춘향이가 떡을 먹는지 모르겠다.
춘향이가 떡을 먹을지 모르겠다.

동사 '먹다'에 '-는'과 '-을'이 붙었으므로 뒤에 있는 '지'를 띄어 써야 하지만 '-은지(-는지)'와 '-을지'는 붙여 씁니다. 하도 오랫동안 붙어 다녀서 이제는 한 덩어리로 인정해 주기로 한 거예요.

그런데 한 가지 얄미운 예외가 있어요. '-을지'는 예외가 없는데 '-은지'에는 예외가 있답니다.

춘향이가 떡을 먹은 지 세 시간이 되었다.

이 문장에서처럼 '지'가 시간의 의미를 나타낼 때는 아직 의존명사로 인식되기 때문에 띄어 써야 합니다. 복잡하다고요? '-을지'는 완전히 바뀌었는데 '-은지'는 아직 바뀌고 있는 중이라 그래요. 이것만 봐도 말은 살아 있는 생명체라는 것을 알 수 있지요. 사람들 중에도 빨리 배우는 사람이 있는가 하면 조금 늦게 배우는 사람이 있는 것처럼 말도 종류에 따라 변하는 속도가 다르답니다.

관형어는 절대로 혼자 쓰이지 않는다

관형어나 부사어는 뒤에 오는 말을 꾸며 주기 때문에 뒤에 오는 말에 속해서 자유롭지 못합니다. 물론 정도의 차이는 있지만요. 부사어는 대화 맥락에서 전제되는 다른 어절이 다 생략되고 부사어만 남아도 말이 되는데, 관형어는 그렇지 않아요. 관형어만으로는 결코 말이 되지 못합니다.

방자와 향단이가 몽룡이와 만나기로 했는데 약속시간에 늦었습니다. 그래서 방자와 향단이는 허겁지겁 뛰었습니다. 방자가 뒤에 처져서 오고 있는 향단이에게 말했습니다.

"빨리빨리!"

이렇게 부사어만으로도 말이 됩니다. 그러나 관형어는 그렇지 않지요.

몽룡: 향단이가 어떤 치마를 입었는데?

방자: 춘향이의.

몽룡이와 방자의 대화에서 '향단이가', ' 치마를', '입다'는 전제되어 있습니다. 방자가 전제된 말은 생략하고 필요한 정보인 관형어 춘향이의만 말하면 말이 되지 않는 것을 알 수 있어요.

방자의 말이 제대로 되려면 **춘향이의**뿐만 아니라 **치마**까지 같이 말해 주어야 합니다.

몽룡: 향단이가 어떤 치마를 입었는데?
방자: 춘향이의 치마.

관형어는 언제나 혼자서는 절대로 쓰일 수 없습니다.

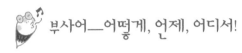

부사어__어떻게, 언제, 어디서!

동사/형용사를 꾸며 주는 세 가지 방법

부사어도 관형어와 마찬가지로 문장의 부속성분 또는 수의성분입니다. 부사어 자리에 들어갈 수 있는 방법은 세 가지입니다.

춘향이가 떡을 → 먹는다.

관형어 자리

먼저, 부사어 자리에는 부사가 아무런 부품 없이 그대로 들어갈 수 있습니다. 이렇게요.

춘향이가 떡을 허겁지겁 먹는다.

많이, 조금, 빨리, 천천히, 더, 덜, 허겁지겁 같은 부사가 부사어 자리에 들어가 바로 뒤에 오는 동사나 형용사를 꾸며 줍니다.

두 번째로, 명사가 부사어 자리에 들어갈 수 있는데 특별한 부품인 조사 '-으로/-에/-에서/-부터……'를 명사 뒤에 붙이면 가능해요.

춘향이가 떡을 손으로 먹는다.

춘향이가 떡을 점심에 먹는다.

춘향이가 떡을 장터에서 먹는다.

춘향이가 떡을 고물부터 먹는다.

조사 '-으로/-에/-에서/-부터……'는 명사를 부사어 자리에 들어가게 하는 역할을 합니다. 이런 조사를 부사격조사라고 하지요.

세 번째로, '주어-서술어'가 부사어 자리에 들어갈 수 있는데, 이때는 서술어의 어말어미를 '-아서/-니까/-다가/-자마자/……'와 같은 특별한 부품으로 갈아 끼워야 하지요. 이러한 부품을 어미, 특별히 부사형 전성어미 또는 일반적으로 연결어미라고 합니다.

춘향이가 떡을 손가락으로 말아서 먹는다.

춘향이가 떡을 배가 고프니까 먹는다.

춘향이가 떡을 몽룡이와 말을 하다가 먹는다.

춘향이가 떡을 몽룡이와 만나자마자 먹는다.

이렇게 부사어 자리에 들어가는 주어-서술어를 부사절이라고 하는데, 부사절이 들어간 문장은 당연히 부사절 내포문이 되겠지요?

필수 부사어와 수의 부사어

부사어는 문장에서 있어도 되고 없어도 되는 수의성분이라고 했지요? 그러므로 부사어는 당연히 수의 부사어이어야 하지요. 그런데 보어 때문에 '어쩔 수 없이' 필수 부사어라는 말을 만들게 되었습니다.

어쩔 수 없이

사람들 중에 몸은 남자이지만 마음은 여자인 경우가 있습니다. 그 반대인 경우도 있고요. 사실 그 정도가 심하고 약한 차이만 있을 뿐이지 모든 사람이 다 두 가지 속성을 가지고 있어요. 그런데 우리는 모든 사람을 남자와 여자로 구분하고 있습니다. 이렇게 두 가지 종류로만 구분하니까 남자와 여자의 속성을 모두 가지고 있는 사람들도 어쩔 수 없이 남자나 여자 둘 중에 하나에 속해야만 하고, 그 속에서 고통을 받게 됩니다. 만일 이 세상 사람을 남남자, 남여자, 여남자, 여여자 이렇게 네 가지로만 분류해도 고통 받는 사람이 많이 줄어들 거예요.

문법에서도 마찬가지입니다. 문법은 언어 현상을 정리한 것인데 언어 현상 중에는 어느 하나로 설명할 수 없는 것들이 많습니다.

춘향이는 선녀이다.
춘향이는 선녀이겠지?
춘향이는 선녀이었어.

앞 문장에서 이다는 두 가지 속성을 가지고 있습니다. 먼저, 선녀이다를 보면 알 수 있듯이 이다는 명사 다음에 붙습니다. 명사 다음에 붙는 것은 조사의 특성이지요.

다음으로, 이다는 '이다, 이겠지, 이었어, ……'처럼 그 모양이 바뀝니다(이렇게 어미가 붙어서 모양이 바뀌는 것을 전문용어로 '활용'이라고 합니다). 이렇게 모양이 바뀌는 것은 동사나 형용사의 특성입니다.

이다는 조사인가요, 아니면 동사나 형용사와 같은 부류인가요? 이렇게 정체성이 의심되는 이다를 어쩔 수 없이 어느 한쪽에 넣어야 하는데 어떻게 해야 할까요? 어쩔 수 없이라고 말한 것은 문법은 간결해야 한다는 대원칙 때문입니다. 문법을 간결하게 하기 위해 '어쩔 수 없이' 이다를 어느 한쪽에 포함시켜야만 합니다. 결국 우리나라 학교 문법에서는 이다를 조사로 보기로 하였습니다. 그래서 이다를 '서술격조사'라고 합니다.

필수 부사어란 부사어는 부사어인데 반드시 있어야만 하는 부사어, 즉 필수성분인 부사어를 말합니다. 사실 필수 부사어라는 말은 모순되는 말입니다. 부사어는 수의성분인데, 그 앞에 필수라는 말이 붙어 있다니요!

필수 부사어는 문장의 필수성분인 보어를 나타내는 표시가 부사어와 같기 때문에 혼란을 줄이려고 어쩔 수 없이 만들어낸 말입니다. 보어를 다룰 때 말했듯이, 필수성분인 보어 중에서 격조사가 부사격조사와 같은 것을 부사어로 취급하면서 보어를 부사어로 부르기로 했다고 했지요? 그리고 원래 보어가 필수성분이므로 이를 필수 부사어라고 구별했던 것, 기억나지요?

기억나지 않으면 보어 부분을 펼쳐서 다시 한 번 읽어 보세요.

독립어__내 맘이야, 상관 마!

늘 주어보다 앞에 있는 독립어

독립어는 문장 맨 앞에 있는 주어보다 더 앞에 위치합니다. 보통 쉼표와 같은 문장부호를 붙여 뒤에 있는 문장과 구별하지요. 문장 안에 있는 어절들은 직·간접적으로 서술어와 관련을 맺는데 독립어는 서술어는 물론 다른 어떤 어절과도 아무런 관련이 없는 어절이에요.

어머나, 시간이 벌써 이렇게 됐네!

이 문장에서 서술어를 제외한 어절은 어머나, 시간이, 벌써, 이렇게입니다. 이들 어절이 서술어와 어떻게 관련을 맺는지 살펴볼까요?

어머나 됐네! (X)
시간이 됐네!
벌써 됐네!
이렇게 됐네!

시간이, 벌써, 이렇게는 서술어 '됐네'와 연결되어 말이 되는데, 어머나는 말이 이상하지요? 시간이, 벌써, 이렇게는 서술어와 직접적인 관련을 맺는 어절이기 때문이고, 어머나는 서술어와 아무런 관련이 없는 어절이기 때문입니다.

독립어 세 가지

독립어에는 세 가지 종류가 있어요.
먼저 '어머나, 아이쿠, 끙, ……' 같은 감탄사가 독립어예요.

어머나, 향단이가 왔네.
아이쿠, 또 넘어졌다.
끙, 이거 무척 어려운데.

두 번째로는 명사에 부르는 조사가 붙어서 독립어가 되지요. 이때 부르는 조사는 생략되기도 합니다.

춘향아, 우리 몽룡이랑 광한루 갈까?
춘향이, 우리 몽룡이랑 떡 먹을래?

끝으로, '그러나, 그리고, 그래서, ……'와 같은 접속사도 독립어예요.

그리고 춘향이는 몽룡이와 광한루에 갔다.
그러나 춘향이는 향단이만큼 즐겁지 않았다.
그래서 춘향이는 그네만 타고서 집으로 갔다.

누구나 이미
다 알고 있는 사실

통사론 4

 '말하려는 내용'과 '말하려는 내용을 바라보는 시각'

춘향이는 우연히 중국 노래를 듣고 중국어의 매력에 푹 빠졌습니다. 그래서 춘향이는 혼자서 중국어를 공부해야겠다고 마음먹었어요. 어떻게 하면 혼자서 중국어를 공부할 수 있을지 이리저리 알아본 춘향이는 서점에 가서 책 두 권을 샀습니다.

춘향이가 산 책 두 권은 무엇일까요?

문장은 '말하려는 내용'과 '말하려는 내용을 바라보는 시각'으로 구성되어 있습니다.

'장님 코끼리 만지기'라는 말은 다들 알고 있지요? 이 말이 생기게 된 옛날이야기도 알고 있을 거예요. 시각장애인들이 코끼리가 어떻게 생겼는지를 이야기하는데, 코끼리 다리를 만진 시각장애인은 코끼리가 기둥 같다고 말하고, 코끼리 코를 만진 시각장애인은 뱀 같다고 말하고, 코끼리 배를 만진 시각장애인은 코끼리가 천장 같다고 말하면서 서로 싸웠다는 이야기지요.

여기서 코끼리 모습은 시각장애인들이 '말하려는 내용'이고, 다리나 코, 배를 만져서 코끼리의 모습을 인식하는 것은 '말하려는 내용을 바라보는 시각'이라고 할 수 있습니다.

문장에서 '말하려는 내용'과 '말하려는 내용을 바라보는 시각'은 달리 표현됩니다. '말하려는 내용'은 단어들을 나열해서 표현하고, '말하려는 내용을 바라보는 시각'은 문법 범주로 표현합니다.

모르는 단어는 어디서 찾나요? 네, 그렇죠. 사전에서 찾아요. 그럼, 모르는 문법 범주는요? 문법 범주는 문법책에서 찾으면 됩니다. 그러니까 혼자서 중국어를 공부하려고 서점에 간 춘향이는 중국어 사전과 중국어 문법책을 산 게 분명해요.

우리가 다른 나라 말을 배우려면, 사전과 문법책이 필요합니다. 단어와 문법의 차이는 무엇일까요? 단어는 하나하나 외워야 되는 것이지만, 문법은 일종의 규칙이라서 하나를 알면 열을 알 수 있는 거예요. 규칙을 세우는 이유는 하나의 규칙을 알면 여러 군데에 적용시켜 많은 것을 알 수 있기 때문입니다. 그러니까 사전은 하나하나 외워야 하는 것들을 모아 놓은 책이고, 문법책은 말의 규칙을 알려 주어 말을 다양하게 쓸 수 있게 해 줍니다. 그런데 문법책이 지긋지긋하다고요? 그건 자꾸 문법을 외우려고 해서 그런 거예요. 제발, 외우려고 하지 말고 차근차근 이해해 보세요. 문법이 딱 맞는 옷처럼 편하고 아름답게 느껴질 때 훌륭하고 다양한 글을 쓸 수 있습니다.

자, 그럼 구체적으로 우리말에서 '말하려는 **내용**'(사전에서 찾아야 하는 것)과 '말하려는 내용을 바라보는 **시각**'(문법책에서 찾아야 하는 것)은 어떤 건지 알아볼까요?

향단이는 일주일 전에 방자한테서 몽룡이가 오늘 아침 한양으로 올라갈 거라는 얘기를 들었습니다. 향단이는 춘향이와 이런저런 얘기를 하다가 몽룡이가 한양에 간다는 사실이 떠올라 춘향이에게 말했습니다.

"아까아까 몽룡이가 한양으로 갔겠네."

모든 말이 그러하듯이 향단이가 한 말도 '말하려는 내용과 말하려는 내용을 바라보는 시각'으로 구성되어 있습니다. 한번 구분해 볼까요?

말하려는 내용: 아까아까 몽룡이가 한양으로 가-
말하려는 내용을 바라보는 시각:
　　시간 위치 → 말하려는 내용이 과거에 일어났음.
　　확실성 여부 → 말하려는 내용이 확실하지는 않음.
　　말하는 방식 → 새로운 정보를 춘향이에게 제공하고 있음.

위에서 향단이가 '말하려는 내용'과 '말하려는 내용을 바라보는 시각'을 구분해 놓은 것을 보니까 말하려는 내용은 향단이가 한 말을 표현하는 단어들로 구성되어 있는데, 말하려는 내용을 바라보는 시각은 설명으로 되어 있습니다. 그러면 '말하려는 내용을 바라보는 시각'은 향단이 말에서 어떻게 표현되었을까요?

향단이 말이 '말하려는 내용'과 '말하려는 내용을 바라보는 시각'으로 구성되어 있다고 했으니까, 향단이가 한 말에서 '말하려는 내용'을 뺀 나머지가 바로 '말하려는 내용을 바라보는 시각'이겠지요?

향단이 말에서 '말하려는 내용'을 빼니까 았겠네가 남았습니다. 이 았겠네가 '말하려는 내용을 바라보는 시각'을 표현한 것입니다. 시간 위치는 았으로, 확실성 여부는 겠으로, 말하는 방식은 네로 나타났습니다. 향단이는 '아까아까 몽룡이가 한양으로 가-'라는 내용에 대해 그 일이 과거에 일어났으며, 그 정보는 확실하지 않고, 상대방에게 새로운 정보를 제공한다는 향단이의 시각을 더해서 춘향이에게 말을 하고 있는 거예요.

이렇게 우리말을 사용하는 향단이는 '말하려는 **내용**'에 대해 우리나라 사람들이 말을 할 때 가지는 시각을 사용하여 자신이 하고 싶은 말을 표현합니다. 문장에서 '말하려는 내용을 바라보는 **시각**'을 문법 범주라고 하고, 이 문법 범주는 **문장에 표시**됩니다.

언어마다 문장에 표시하는 '말하려는 내용을 바라보는 **시각**'은 다릅니다. 모든 언어권에서 표시하는 시각도 있지만 다른 언어권에서는 표시하지 않는 시각도 있어요. 예를 들어 볼까요?

먼저 '말하려는 내용을 바라보는 **시각**' 몇 개를 열거해 볼 게요.

복수: 물건이 하나인지, 둘 이상인지?
시제: 사건이 일어난 시간이 언제인지?
존대: 다른 사람을 존대해야 하는지, 아니면 불필요한지?
성: 명사가 남성인지, 여성인지, 중성인지?

언어권에 따라 어느 시각을 택하는지 살펴볼까요?

먼저, 영어권에서는 명사가 하나인지, 둘 이상인지를 구분하는 것이 매우 중요하다는 시각을 가지고 있습니다. 그래서 만일 둘 이상이라면 문장에다 반드시 둘 이상이라는 표시로 '-s/-es'를 붙입니다. 그리고 어떤 일이 과거에 일어났는지, 현재에 일어나고 있는지를 구분하는 것도 매우 중요하다는 시각을 가지고 있기 때문에 시제를 문장에 꼭 표시합니다.

그러나 영어권에서는 다른 사람이 지위가 높거나 나이가 많다는 사실이 중요하다는 시각을 가지고 있지 않아요. 그래서 지위가 높거나 나이가 많다는 것을 문장에 표시하지 않습니다. 영어를 사용하는 사람들은 명사에 포함되어 있는 남성, 여성이라는 성의 구별도 별로 중요하지 않게 생각하기 때문에 명사의 성을 문장에 표시하지 않지요.

그래서 영어에서는 복수나 시제는 문법 범주를 형성하지만, 존대나 명사의 성은 문법 범주를 형성하지 않습니다.

독일어에서는 영어에서와 마찬가지로 복수나 시제를 중요하다고 생각해 문장에 표시하고, 별로 중요하다고 생각하지 않는 존대는 표시하지 않지만, 영어에서와는 달리 명사의 성은 무척 중요하다고 생각하기

때문에 문장에 반드시 명사가 남성인지, 여성인지, 중성인지를 표시해 줍니다. 그러니까 독일어에서는 복수나 시제, 명사의 성은 문법 범주를 형성하지만, 존대는 문법 범주를 형성하지 못하지요.

우리말에서는 명사가 하나인지, 둘 이상인지는 그다지 중요하지 않게 생각합니다. 그래서 복수를 나타내는 표시인 '-들'이 있지만 규칙적으로 반드시 붙여야 하는 것은 아니에요.

또한 명사가 남성인지, 여성인지, 중성인지 구별하는 것도 불필요하다고 생각하기 때문에 문장에 이와 관련된 아무런 표시도 하지 않지요. 그렇다고 우리나라 사람들이 명사에 대해 남성, 여성의 구별을 전혀 하지 않느냐 하면 그렇지는 않아요. 어른들이 태몽 얘기를 할 때 보면, 꿈속에서 본 것을 가지고 임신한 아이가 남자아이인지, 여자아이인지를 구별합니다. 꿈속에서 복숭아를 땄으면 여자아이, 해가 품 안으로 들어오면 남자아이라고 생각하지요. 이 말은 복숭아는 여성, 해는 남성임을 의미해요. 우리나라 사람들도 사물을 보고 남성인지 여성인지 구별하긴 하지만, 그것이 말을 하는 데 그렇게 중요하다고 생각하지 않기 때문에 문장에 표시하지 않는 거지요.

그렇지만 영어에서와 마찬가지로 우리말에서도 사건이 일어난 때는 매우 중요하다고 생각하기 때문에 문장에 표시를 합니다. 또한 우리말에서는 다른 사람이 지위가 높거나 나이가 많다는 사실이 매우 중요하다는 시각을 가지고 있기 때문에 영어나 독일어에서와는 달리 문장에 그것을 꼭 표시합니다.

그래서 우리말에 시제나 존대라는 문법 범주는 있지만, 복수나 명사의 성이라는 문법 범주는 없지요.

그러면 우리말의 문법 범주들을 살펴볼까요?

'말하려는 내용을 바라보는 **시각**' 즉 문법 범주는 문장에 반드시 표시됩니다. 우리말에서는 문법 범주가 거의 대부분 서술어의 어미에 표시되기 때문에, 서술어의 어미가 무엇 무엇이 있는지를 알면 문법 범주의 대부분을 안다고 해도 지나친 말이 아닙니다.

서술어가 어떻게 구성되어 있고, 어미들이 어떤 문법 범주를 나타내는지 알아볼까요?

아래 그림은 한국어에서 서술어가 어떻게 구성되어 있는지를 나타낸 것이에요. 어간과 어미, 선어말어미와 어말어미가 어떤 것이고, 어떻게 다른지 기억하지요? 앞에서 주어에 대해 설명하면서 잠깐 살펴봤잖아요. 그래도 기억이 잘 나지 않으면 「통사론3」으로 가서 후딱 한번 보고 오세요.

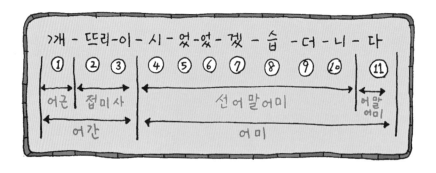

어간은 사전에 있는 동사나 형용사에서 '-다'를 제외한 나머지 부분이지요?

'예쁘니, 예뻤고, 예쁘다가, 예쁘겠어, ……'

이 말을 사전에서 찾으려면 '예쁘다'를 찾아야 해요. 사전에 '예쁘다'라고 적혀 있잖아요.

그러니까 '예쁘다'의 어간은 '-다'를 뺀 '예쁘'예요.

그럼 어미는요? 어간인 '예쁘'를 뺀 나머지이지요. '예쁘'를 빼고 나니까,

'-니, -었고, -다가, -겠어, ……'

가 남지요? 바로 이것들이 어미입니다.

어미는 어말어미와 선어말어미로 구분할 수 있습니다. 그럼, 선어말어미와 어말어미는 어떤 차이가 있을까요?

까먹었다고요? 전혀 생각나지 않나요? 이런!

어말어미는 서술어 맨 뒤에 오는 어미를 말해요. 선어말어미는 어말어미 앞에 오는 것이고요. 그리고 어말어미가 없으면 전혀 말이 되지 않지만, 선어말어미는 없어도 말이 된다고 했어요. 물론 의미가 조금 바뀌긴 하지만요.

앞에서 예로 든 '예쁘니, 예뻤고, 예쁘다가, 예쁘겠어, ……'에서 어미는 '-니, -었고, -다가, -겠어, ……'였어요. 그럼 여기 있는 이 어미들 중에서 어말어미는 무엇일까요?

맨 뒤에 있는 거라고 했으니까,

'-니, -고, -다가, -어, ……'

가 어말어미겠지요.

그럼 이제 제대로 된 말에서 어말어미만 빼 볼까요?

　'예쁘, 예뻤, 예쁘, 예쁘겠, ……'

어때요? 어말어미를 빼니까 이상한 말이 되지요?

그럼 이제 선어말어미를 찾아볼까요? 어미 중에서 어말어미를 뺀 나머지이니까,

　'-ㅇ-, -었-, -ㅇ-, -겠-, ……'

이 선어말어미이지요. 첫 번째와 세 번째 있던 '예쁘니, 예쁘다가'는 선어말어미가 없군요. 이렇게 선어말어미는 없어도 말이 됩니다.

그럼 선어말어미가 있는 두 번째와 네 번째의 '예뻤고'와 '예쁘겠어'에 들어 있는 선어말어미를 빼 볼까요?

　'예쁘고, 예뻐, ……'

어때요? 선어말어미를 빼냈는데도 말이 되잖아요?

이렇게 빼도 말이 되는지, 안 되는지로 어말어미와 선어말어미를 구분할 수도 있어요.

그런데 선어말어미가 있고 없고에 따라 생기는 차이는 무엇일까요?

선어말어미가 있었던 '예뻤고, 예쁘겠어'와 선어말어미를 뺀 '예쁘고, 예뻐'의 차이가 무엇인지 생각해 보세요.

'예뻤고'와 '예쁘고'의 차이는 과거인가 현재인가예요. '예쁘겠어'와 '예뻐'의 차이는 추측해서 말하는 건지, 확신하고 말하는 건지이고요.

여기서 선어말어미 '-었-'이 있으면 과거를 나타내고, 없으면 현재를 나타낸다는 것을 알 수 있어요. 그리고 선어말어미 '-겠-'이 있으면 추측이고, 없으면 확신을 나타낸다는 것을 알 수 있어요. 즉, '-었-'은 과거를 나타내는 표시이고, '-겠-'은 추측을 나타내는 표시예요. 그러니까 '말하려는 **내용**'이 과거인가 아닌가, 추측인가 아닌가 하는 것이 말할 때 매우 중요한 사실이므로 이런 시각은 문장에 꼭 표시되어야 해요. 이런 시각은 각각 하나의 문법 범주가 되고, 그것을 문장에 나타내는 '-었-'과 '-겠-'은 그런 문법 범주를 나타내는 문법 표지가 됩니다.

자, 그럼 서술어 어미들이 나타내는 문법 범주가 무엇인지 살펴볼까요?

먼저 앞에서 봤던 서술어 구조를 다시 한 번 보기로 해요.

서술어를 구성하는 어미들은 하나하나가 문법 범주를 나타내는 표지입니다.

④에 있는 '-시-'는 주어를 높일 것인지, 아닌지를 나타냅니다. 이렇게 주어를 높일 것인지, 아닌지를 나타내는 것을 **주체존대법**이라고 하지요.

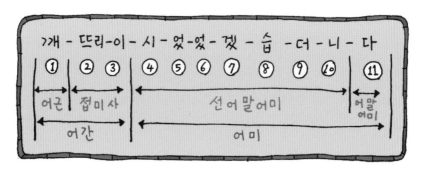

⑤에 있는 '-었-'은 서술어가 나타내는 움직임의 모양을 나타냅니다. 움직임의 모양이 완료되었는지, 아닌지(진행되고 있는지)를 나타냅니다. 이를 나타내는 문법 범주를 **상**이라고 합니다.

⑥에 있는 '-었-'은 과거인지 아닌지를 나타냅니다. 이를 나타내는 문법 범주를 **시제법**이라고 해요.

⑦에 있는 '-겠-'은 추측인지 아닌지를 나타내지요. 이를 나타내는 문법 범주를 **추측법**이라고 합니다.

⑧과 ⑩에 있는 '-습니-'는 함께 말을 듣는 상대방을 높일 것인지, 아닌지를 나타냅니다. 이를 나타내는 문법 범주를 **상대존대법**이라고 하지요.

⑨에 있는 '-더-'는 말하는 사람이 과거 일을 마치 현재 일처럼 생생하게 말하려고 과거로 돌아가서 말할 것인지, 아닌지를 나타냅니다. 이를 나타내는 문법 범주를 **회상법**이라고 합니다.

⑪에 있는 어말어미 '-다'는 상대방에게 말하는 방식을 나타내는데, 이를 나타내는 문법 범주를 **서법** 또는 **문장 종결법**이라고 합니다.

이밖에 어미는 아니지만 ③에 있는 '-이-(-히-, -리-, -기-)'가 붙어 만들어진 문장은 그 문장이 만들어지기 이전의 문장과 일정한 규칙 관계가 생기게 되는데 이를 나타내는 문법 범주를 **피동법**이라고 합니다. 또한 같은 ③에 '-이-(-히-, -리-, -기-; -우-, -구-, -추-)'가 붙어 만들어진 문장도 그 문장이 만들어지기 이전의 문장과 일정한 규칙 관계가 생기게 되는데 이를 **사동법**이라고 해요.

끝으로, 부사인 '안'과 '못', 그리고 보조동사 '-지 않-', '-지 못-', '-지 말-'로 문장을 부정하는 **부정법**도 있습니다.

이들 모두가 우리말의 문법 범주를 형성합니다. 이들 문법 범주를 서로 관련이 있는 것들끼리 묶어서 상위 개념의 문법 범주를 만들 수도 있습니다. 주체존대법과 상대존대법을 묶어서 '존대법'이라고 하고, 시제와 상을 묶어서 '시상법', 추측법과 회상법을 묶어서 '양태법', 피동법과 사동법을 묶어서 '피사동법'이라고 부르는 거지요.

그러므로 우리말에는 크게 존대법, 시상법, 양태법, 서법(문장종결법), 피사동법, 부정법이라는 문법 범주가 있습니다.

이제 우리말 문법 범주 하나하나에 대해 자세히 살펴볼게요.

양태란?

양태란 말하는 사람이 말하려는 내용에 대해 가지고 있는 태도를 말하지요. 선어말어미 '-겠-'으로 나타나는 추측법은 말하는 사람이 말하려는 내용에 대해 확신이 있는지 없는지를 나타내므로 '양태'에 속합니다. 선어말어미 '-더-'로 나타나는 회상법도 말하는 사람이 **말하려는 내용**인 과거 일을 현재 기준으로 말할 것인지, 아니면 과거로 돌아가서 과거 그때를 기준으로 말할 것인지를 나타내므로 '양태'에 속하지요.

멈출 수 없는 무시무시한 맛

말하려는 내용을 바라보는 시각

존대법

말을 할 때는 기본적으로 세 사람이 전제됩니다.

말을 하는 사람, 말을 듣는 사람, 말에서 주체가 되는 사람(즉, 문장에서 주어가 되는 사람) 이렇게 세 사람이죠.

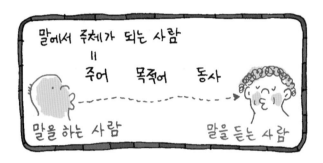

이 그림을 실제 상황에 적용해 볼까요?

말을 할 때 필요한 세 사람이 반드시 서로 다른 사람이어야 하는 것은 아닙니다.

말을 하는 사람과 주어(말에서 주체가 되는 사람)가 같을 수도 있고, 말을 듣는 사람과 주어가 같을 수도 있어요. 말하는 사람과 주어가 같으면 문장에서 주어는 '나'와 같은 1인칭이 되고, 말을 듣는 사람과 주어가 같으면 문장에서 주어는 '너'와 같은 2인칭이 되는 거예요.

말하는 사람과 주어(말에서 주체가 되는 사람)가 같은 경우

말을 하는 사람   말을 듣는 사람   **나는 춘향이를 좋아해**

말을 듣는 사람과 주어(말에서 주체가 되는 사람)가 같은 경우

말을 하는 사람   말을 듣는 사람   **너도 춘향이를 좋아하는 것 같아**

우리말에서 말하는 사람은 자기 자신과 주어, 그리고 자기 자신과 말을 듣는 사람 사이에 존재하는 상하 관계를 문장에 표시해야 합니다. 말하는 사람과 주어 사이의 상하 관계는 주체존대법으로 나타내며, 말하는 사람과 말을 듣는 사람 사이의 상하 관계는 상대존대법으로 나타내지요. 경우에 따라서는 말하는 사람이 주어와 말을 듣는 사람 사이의 관계도 파악해서 문장에 표시를 해야 합니다.

우리말 존대법이 꽤나 복잡하지요?

주체존대법

우리말에서 말하는 사람이 주어를 존대해야 하는 경우가 있습니다. 이는 주어인 주체를 높이는 것이므로 주체존대법이라고 하지요. 주체존대를 나타내는 표시는 선어말어미 '-시-'입니다.

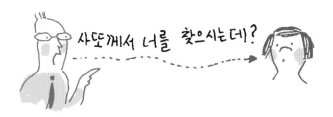

사또께서 너를 찾으시는데?

주체 존대는 아주 단순합니다. 주어가 존대할 대상인가 아닌가에 따라 '-시-'를 붙이거나 붙이지 않거나 하면 되니까요.

방자한테는 사또가 존대해야 할 대상이므로 방자는 서술어에 '-시-'를 붙여 말해야 합니다.

그런데 주어가 존대해야 하는 대상일 때는 주격조사 '-이/-가'가 아니라 '-께서'를 붙여야 하는 것은 이미 알고 있지요?

잊지 마세요. 주어에 주격조사 '-께서'가 붙으면 반드시 서술어에 '-시-'를 붙여야 한다는 걸요. 안 그러면 이도저도 아닌 문장이 되지요. 이렇게요.

사또께서 광한루에 갔니?

사또가 광한루에 가셨니?

상대존대법

상대 존대는 말하는 사람이 말을 듣는 사람을 존대하는 거예요. 주체 존대와는 달리 상대 존대는 꽤 복잡합니다.

먼저, 상대 존대에는 **격식적인 것**과 **비격식적인 것**이 있습니다. 격식적인 상대 존대는 공적인 자리나 친하지 않은 사이에서 쓰고, 비격식적인 상대 존대는 사적이고 친한 사이에서 씁니다. 격식적인 상대 존대는 말하는 사람과 말을 듣는 사람 사이의 관계에 따라 네 단계로 구분되고, 비격식적인 상대 존대는 두 단계로 구분됩니다. 또 어떤 경우에는 말을 듣는 사람을 구분하지 않고 뭉뚱그려서 상대 존대를 하기도 하지요.

화계話階와 존대 중화

상대를 존대할 때 말 듣는 사람을 네 단계 혹은 두 단계로 구분
하는 것을 전문용어로 화계라고 합니다. '말의 단계'라는 뜻이
에요. 그리고 말 듣는 사람을 구분하지 않고 뭉뚱그려서 상대
존대하는 것을 존대 중화라고 합니다. 존대할 대상이 서로 섞여
있어서 존대할 대상을 구분하지 않고 중화한다는 말이죠.

상대 존대는 종류에 따라 복잡하므로 간단하게 표로 살펴보기로 하
지요. 그러면 전체 내용이 한눈에 들어오니까 이해하기가 훨씬 쉬워요.

	격식체				비격식체	영역
	서술문	의문문	청유문	명령문		
말을 듣는 사람이 아주 높임	-습니다	-습니까	-읍시다	-읍시오	-어요	A
말을 듣는 사람을 조금 높임	-오	-오	-오	-오		
말을 듣는 사람을 조금 낮춤	-네	-나	-세	-게	-어	B
말을 듣는 사람이 아주 낮음	-는다	-느냐	-자	-어라		
말을 듣는 사람을 구분하지 않음	-는다	-느냐	-자	-(으)라		C

위의 표를 보니까 조금 이상하다는 생각이 들지 않나요?

상대 존대는 선어말어미 ⑧과 ⑩에 있는 '-습니-'로 나타낸다고 했는데, 위의 표에는 ⑪에 속하는 어말어미도 함께 나타나 있으니까요.

우리말에서 상대 존대는 말을 듣는 상대방이 아주 높거나 그렇지 않거나로 나누어집니다. 먼저 상대방이 아주 높은 경우에는 선어말어미 '-습니-'를 써서 그런 사실을 나타내고(A영역), 그렇지 않은 경우에는 '-습니-'를 쓰지 않는 것으로 상대방이 아주 높지 않다는 사실을 나타냅니다(B영역). 비격식체에서도 상대방이 아주 높을 때만 '-요'를 붙여 상대방을 높인다는 사실을 표시하고(A영역), 그렇지 않을 때는 '-요'를 붙이지 않는 것으로 상대방이 아주 높지 않다는 사실을 나타냅니다(B영역).

그런데 말을 듣는 상대방이 아주 높지 않은 경우에도 상대방의 높낮이를 구분하는 게 우리말입니다. 그 구분은 어미 중에서 ⑪인 어말어미로 나타나지요. 위에 있는 표에서 말을 듣는 상대방이 아주 높은 경우(A영역) 이외에 있는 것들(B영역, C영역)은 모두 ⑪인 어말어미입니다. 그래서 상대 존대를 설명하는데 ⑪에 속하는 어말어미가 함께 나타난 거예요. 어말어미는 문장이 서술문인지, 의문문인지, 청유문인지, 명령문인지에 따라 달라지므로 위에 있는 표에서도 서술, 의문, 청유, 명령에 따라 어말어미가 어떻게 달라지는지를 보였습니다.

예를 들어 볼까요?

말을 듣는 사람이 말하는 사람보다 아주 높은 경우, 또는 아주 높게 생각하는 경우

몽룡이가 훈장님에게: 서술문: 춘향이는 집에 갔습니다.
　　　　　　　　　　　 의문문: 춘향이는 집에 갔습니까?
훈장님이 훈장님에게: 청유문: 김 훈장님! 같이 가시ㅂ시다.

명령문: 김 훈장님께서 가시ㅂ시오.

**말을 듣는 사람이 말하는 사람보다 낮지만
말하는 사람이 말 듣는 사람을 많이 높이는 경우**

(아버지가 어머니에게)

서술문: 몽룡이가 서당에 가오.

의문문: 몽룡이가 서당에 가오?

청유문: 자! 이제 우리 훈장님께 가오.

명령문: 당신이 훈장님께 가오.

**말을 듣는 사람이 말하는 사람보다 낮지만
말하는 사람이 말 듣는 사람을 조금 높이는 경우**

(훈장님이 몽룡이의 형에게)

서술문: 몽룡이가 집에 갔네.

의문문: 몽룡이가 집에 갔나?

청유문: 같이 가세.

명령문: 자네가 몽룡이에게 가게.

**말을 듣는 사람이 말하는 사람보다 아주 낮은 경우.
또는 아주 높게 생각하는 경우**

(훈장님이 몽룡이에게)

서술문: 춘향이가 떡을 먹는다.

의문문: 춘향이가 떡을 먹느냐?

청유문: 몽룡아! 떡 먹자.

명령문: 몽룡아, 떡 먹어라.

이렇게 상대 존대는 말하는 사람과 말을 듣는 상대방의 관계에 따라
표현이 달라집니다.

'-습니-'와 '-읍시-'

상대 존대는 선어말어미 ⑧과 ⑩에 있는 '-습니-'가 나타냅니
다. 그런데 '-습니-'는 서술문과 의문문에서는 그대로 '-습니-'
로 나타나고, 청유문과 명령문에서는 '-읍시-'로 모양이 바뀌
지요. 상황에 따라 모양이 바뀐 것을 전문용어로 '변이형'이라
고 합니다.

한편, 상대 존대는 흉허물 없는 사이에서는 비격식적인 표현으로 나
타납니다. 비격식적인 표현은 우리가 잘 알고 있는 반말에서 확장된 표
현이지요. 말을 듣는 상대방이 말하는 사람보다 높은 경우가 아니면 대
부분 반말 그대로 사용하고, 말 듣는 상대방이 말하는 사람보다 높은 경
우에는 반말 뒤에 '-요'를 붙여서 상대를 존대하는 사실을 나타내는 거
예요.

비격식적인 상황에서 상대방을 존대하는 예를 볼까요?

말을 듣는 사람이 말하는 사람보다 아주 높은 경우

(몽룡이가 아버지에게)

서술문: 춘향이가 떡을 먹었어요.

의문문: 춘향이가 떡을 먹었어요?

청유문: 아버지! 떡 같이 먹어요.

명령문: 아버지, 떡 먹어요.

말을 듣는 사람이 말하는 사람보다 높지만 격의 없이 친하거나 친구이거나 말 듣는 사람이 말하는 사람보다 낮은 경우

(몽룡이가 형에게)(몽룡이가 방자에게)(몽룡이가 어린아이에게)

서술문: 춘향이가 떡을 먹었어.

의문문: 춘향이가 떡을 먹었어?

청유문: 떡 같이 먹어.

명령문: 떡 먹어.

어때요? 비격식적으로 말할 때는 ⑪인 어말어미가 무조건 '-어'이고, 존대를 할 때만 어말어미인 '-어' 뒤에 '-요'를 붙여 주면 되지요.

여기서 주의해야 할 것이 하나 있어요. 비격식적으로 말할 때, 반말은 말 듣는 사람이 말하는 사람보다 낮을 때뿐만 아니라 말하는 사람과 같거나 조금 높은 경우에도 쓸 수 있다는 사실을 꼭 기억해 두어야 해요. 몽룡이는 자기보다 높은 형에게 '-요'를 붙이지 않고 반말로 말할 수 있습니다. 이런 경우는 몽룡이가 형을 편하게 생각할 때입니다. 그러나

만약 몽룡이가 형을 무서워하고 어렵게 생각한다면, 몽룡이는 형을 아주 높은 사람으로 생각해 '-요'를 붙여 말할 거예요.

상대존대법에는 존대 중화라는 것이 있습니다. 말하는 사람이 말 듣는 사람을 구분하지 않고 존대하는 것을 말하지요(C영역).

예전에는 극장에서 영화를 상영할 때 꼭 '대한뉴스'를 먼저 보여줬습니다. 텔레비전이 그리 흔하지 않았거든요. 그런데 이 뉴스에서 아나운서는 지금처럼 '~합니다'라고 말하지 않고 '~한다'라고 말했어요. 마치 말 듣는 사람을 아주 낮춰 말하는 것처럼요. 그런데 잘 들어 보면 말 듣는 사람을 아주 낮춰 말하는 것하고는 달랐습니다. 다 똑같은데 명령문에서 달랐지요.

보라! 자랑스러운 대한 건아를! 이들이 있기에 우리 장래는 밝다!

'보다'를 격식체 중에서 상대방을 아주 낮춰 말하는 명령문으

로 쓰면 '-어라'를 써서 '보아라'라고 말해야 하는데, 옛날 뉴스에서는 '-(으)라'를 써서 '보라'라고 말했습니다.

상대방을 아주 낮춰 말하는 격식체와 존대 중화체가 어떻게 같고 다른지 한번 살펴볼까요?

말을 듣는 사람을 아주 낮춰 말할 때

(몽룡이가 아이에게)

서술문: 춘향이가 떡을 먹는다.

의문문: 춘향이가 떡을 먹느냐?

청유문: 우리 떡을 먹자.

명령문: 네가 떡을 <u>먹어라</u>.

말을 듣는 사람을 구분하지 않을 때

(옛날에 아나운서가 뉴스를 진행하면서)

서술문: 춘향이가 떡을 먹는다.

의문문: 춘향이가 떡을 먹느냐?

청유문: 우리 떡을 먹자.

명령문: 떡을 <u>먹으라</u>.

어째 조금 이상하지요?

방송국에서 뉴스를 진행하는 아나운서 입장에서 보면 상대방이 누구인지 알 수 없어요. 중학생이 볼 수도 있고, 나이 많은 노인이 볼 수도 있을 거예요. 이렇게 말 듣는 상대방을 구분할 수 없기 때문에 옛날에는 뉴스를 할 때 이렇게 상대 존대가 중화된 표현을 썼지요. 요즘은 이런 표현은 쓰지 않아요. 지금은 뉴스를 보고 듣는 시청자를 나이가 많건 적건 간에 격식적인 표현 중에서도 아주 높은 표현을 쓰고 있어요.

하지만 지금도 이렇게 상대 존대가 중화된 표현을 쓰는 때도 있긴 합니다. 사람들이 모여 집회할 때 보면 자신들의 주장을 플래카드에 써서 들고 다니는데, 그 플래카드에 쓰여 있는 말이 바로 존대 중화된 표현입니다.

변 사또는 각성하라!

'각성해라'가 아니고 '각성하라'라고 되어 있지요. 낮은 격식체인 '-어라'를 쓴 것이 아니라 존대 중화된 '-으라'를 써서 그래요. 이 말을 상대방을 아주 낮추어 표현하는 격식체로 바꾸면 '**변사또는 각성해라!**' 입니다. 어떤가요? 변사또와 마주 앉아 개인적으로 말하는 것 같지요?

이렇게 말하는 사람과 문장의 주어인 주체 사이에는 주체 존대를, 말하는 사람과 말 듣는 상대방 사이에는 상대 존대를 적용하면 우리말 존대법은 거의 다 익힌 거예요.

압존법과 가존법

우리말의 존대법은 말하는 사람과 문장의 주어인 주체, 그리고 말 듣는 상대방의 관계가 서로 얽혀 있으면 조금 복잡해집니다. 즉, 말하는 사람, 문장의 주어인 주체, 말 듣는 상대방의 관계에 따라 존대해야 하는 주어를 존대하지 않거나, 존대하지 않아도 되는 주어를 존대해야 하는 경우가 때때로 있습니다. 앞의 것을 **압존법**, 뒤의 것을 **가존법**이라고 하는데, 압존법은 존대해야 할 사람을 눌러서 존대하지 않는다는 뜻이고, 가존법은 존대하지 않아도 되는 사람을 가짜로 존대한다는 뜻이에요.

먼저 압존법부터 살펴볼까요?

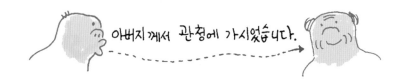

우리가 알고 있는 대로라면 몽룡이는 위에 있는 그림처럼 말해야 합니다. 몽룡이 입장에서 문장의 주어인 아버지는 높여야 하는 분이기 때문에 주격조사 '-께서'를 쓰고, 서술어에 주체 존대를 나타내는 '-시-'도 붙였지요. 그리고 말을 듣는 상대방인 할아버지도 아주 많이 높여야 되는 분이기 때문에 상대 존대를 나타내는 '-습니-'를 붙였어요.

그런데 말을 듣는 상대방인 할아버지와 문장의 주어인 아버지 관계를 살펴보면 할아버지가 아버지보다 더 높으신 분입니다. 이럴 때 말을 듣는 상대방인 할아버지를 고려하여 문장의 주어를 존대하지 말아야 해요. 그래서 이 문장은 다음처럼 바뀌어야 올바른 문장이 됩니다.

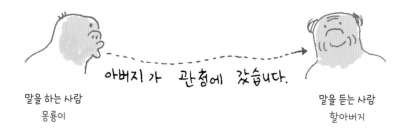

말을 하는 사람
몽룡이

말을 듣는 사람
할아버지

이것이 '압존법'이에요. 주격조사가 존대를 나타내는 '-께서'에서 그렇지 않은 '-가'로 바뀌었고, 주체 존대를 나타내는 선어말어미 '-시-'

는 떨어져 나갔어요.

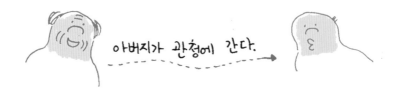

아버지가 관청에 간다.

　가존법은 압존법과는 반대의 경우에 쓰입니다.

　위 그림에서 할아버지가 하신 말씀은 우리가 배운 대로라면 전혀 틀린 게 아닙니다. 할아버지 입장에서 문장의 주어인 아버지는 높이지 않아도 되기 때문에 주격조사 '-가'를 쓰고, 서술어에 주체 존대를 나타내는 '-시-'도 붙이지 않았습니다. 그리고 말을 듣는 상대방인 몽룡이도 아주 낮기 때문에 상대 존대에서 상대방을 아주 낮추어 말하는 '-는다'를 썼습니다.

　그런데 말을 듣는 상대방인 몽룡이와 문장의 주어인 아버지 관계를 살펴보면 아버지가 몽룡이보다 더 높습니다. 이럴 때, 말하는 할아버지는 말 듣는 상대방인 몽룡이를 고려하여 문장의 주어를 가짜로 존대해 주어야 합니다.

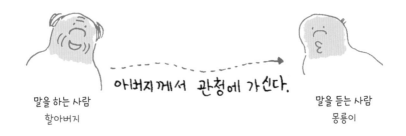

아버지께서 관청에 가신다.

말을 하는 사람　　　　　　　　　　　　　　　　　　　말을 듣는 사람
할아버지　　　　　　　　　　　　　　　　　　　　　　몽룡이

　이것이 가존법이에요. 주격조사 '-가'가 존대를 나타내는 '-께서'

로 바뀌었고, 더불어 주체 존대를 나타내는 선어말어미 '-시-'가 붙었어요.

이렇게 우리말에는 상대방을 배려하는 우리 민족의 마음이 들어 있답니다.

시상법

시상법은 시제와 상을 합쳐 부르는 말입니다. 시제는 과거, 현재, 미래와 같은 시간의 위치를 말하는 것이고, 상은 움직임의 모습을 말하는데, 움직임이 진행되는 모습이나 움직임이 끝나고 난 뒤의 모습을 말하지요.

시상법은 시제와 상을 합쳐 부르는 말인 것이다!

영어에서 시제를 배울 때를 생각해 보세요. '시제에는 현재완료, 현재진행, 과거완료 등등이 있다.' 이렇게 배웠던 것 기억나나요? 그런데 영어 시제를 배우면서 좀 이상하다고 생각하지 않았나요? 시제는 단순히 과거, 현재, 미래뿐인데, 웬일인지 현재완료나 과거완료 같은 것을 시제라고 하면서 굉장히 복잡하게 외우게 했으니 말예요.

현재완료, 현재진행, 과거완료라는 말을 가만히 살펴보세요. 현재, 과거라는 말과 완료, 진행이라는 말로 나누어 볼 수 있지요? 현재, 과거라는 말은 **시제 종류**이고, 완료, 진행이라는 말은 **상의 종류**입니다. 이렇게 이 두 가지 종류의 말이 서로 결합되어 현재완료, 현재진행, 과거완료라는 말이 만들어진 거예요. 지금까지 영어 문법이나 국어 문법에서는 시제와 상을 함께 묶어서 시제라고 가르치고 있어요. 상은 움직임이 시간에 따라 변하는 모습이기 때문에 시제와 상은 늘 함께 묶여서 인식되기 때문입니다.

지금까지 알고 있는 시제를 간단하고 명료하게 알기 위해서는 시제와 상을 구분해서 인식할 필요가 있어요. 그리고 우리가 시제와 상을 구분해서 인식해야 하는 중요한 이유는 시제를 나타내는 문법 표지와 상을 나타내는 문법 표지가 따로 있기 때문이에요.

그럼, 이제부터 시제와 상을 구분하여 하나하나 살펴볼까요?

시제

우리가 보통 알고 있는 시제는 과거, 현재, 미래입니다. 그런데 우리가 알고 있는 시제와 문장에 표시되는 시제는 일치하지 않습니다.

우리는 과거, 현재, 미래가 문장에서, 과거는 '-었-', 현재는 '-는-', 미래는 '-겠-'으로 표시되는 것으로 알고 있는데, 우리가 알고 있는 시제와 문장에 표시되는 시제가 같지 않다는 말이 도대체 무슨 말일까요?

지금까지 학교에서 그렇게 배웠는데…….

갸우뚱!

그럼 왜 그렇지 않은지 살펴볼까요?

먼저, 현재를 나타내는 표시가 '-는-'이라면 현재를 나타내는 문장에는 반드시 '-는-'이 붙어야 합니다. 그래야 이 문장에서 나타내는 내용이 현재 일이구나 하는 것을 알 수 있을 테니까요.

몽룡이가 떡을 먹는다.

몽룡이가 떡을 먹는구나.

몽룡이가 떡을 먹습니다.

몽룡이가 떡을 먹어.

몽룡이가 떡을 먹니?

몽룡이, 자네가 떡을 먹게.

자, 어떤가요? 모두 현재 일이지만 어떤 것에는 '-는-'이 붙어 있고, 어떤 것에는 붙어 있지 않습니다. 그러니까 '-는-'이 반드시 현재를 나타내는 표지라고 말할 수 없어요.

그럼 '-는-'은 무엇일까요? 아직은 잘 모른답니다. 잘 모르니까 어말 어미인 '-다-'가 동사 어간과 직접 결합할 때 '-는다-'로 변형되어 나타나는 것이라고 생각하면 됩니다.

다음으로 미래를 나타낸다는 '-겠-'을 볼까요?

몽룡이는 아침에 떡을 먹었겠다.

몽룡이가 지금 잔칫집에서 떡을 먹겠다.

위의 두 문장은 과거와 현재의 일입니다. 그런데 두 문장에서 모두 미래를 나타내는 표지라고 알고 있는 '-겠-'이 쓰였습니다. 이건 말이 안 되겠죠? 과거와 미래, 현재와 미래를 동시에 나타낼 수는 없잖아요?

그런데 위 문장을 가만히 살펴보면 모두 그 내용을 추측하는 것을 알 수 있습니다. 하나는 과거 일을 추측하고, 다른 하나는 현재 일을 추측하고 있어요. 이렇게 '-겠-'은 미래를 나타내는 표지가 아니라 '추측'을 나타내는 표지예요. 미래 일에 '-겠-'이 자주 쓰이는 것은 미래 일은 알 수 없기 때문에 주로 추측하여 말할 수밖에 없기 때문이에요.

그러면 미래 일은 어떻게 나타낼까요?

미래는 현재를 나타내는 방식으로 나타냅니다.

몽룡이는 내일 떡을 먹는다.

서술어가 현재를 나타낼 때와 모양이 똑같은데 내일 일을 나타내고 있어요.

그러면,

몽룡이는 내일 떡을 먹겠다.

와 차이점은 무엇일까요?

똑같이 내일 일을 이야기하지만, '몽룡이는 내일 떡을 **먹는다**.'는 반드시 그렇다는 확신을 나타내고 '몽룡이는 내일 떡을 **먹겠다**.'는 아마도 그럴 것이라는 추측을 나타냅니다.

지금까지 살펴본 사실을 바탕으로 우리말 시제를 정리해 볼까요?

우리말에서 시제는 우리가 인식하고 있는 과거, 현재, 미래와는 달리, 과거인가 아닌가만 나타냅니다. 그래서 과거이면 '-었-'을 붙여 표시하고, 과거가 아니면(다시 말해, 현재나 미래이면) '-었-'을 붙이지 않음으로써 과거가 아니라는 것을 표시합니다.

관형절 내포문의 시제 해석

우리 문장은 크게 단문과 복문으로 나누어진다고 했지요? 지금까지 시제는 모두 단문을 가지고 살펴봤습니다. 그런데 복문은 어떨까요? 관형절 내포문에서 관형절은 단문에서와는 다른 시제 표지를 가지고 있습니다.

관형절은 관형어 자리에 주어-서술어가 들어가는 거잖아요? 그리고 들어갈 때는 어말어미 대신 특수한 부품인 '-은, -는, -을, -던'으로 갈아끼우고요.

앞에서 살펴보았던 관형절 내포문을 다시 한 번 볼까요?

향단이가 어제 춘향이가 읍내 장터에서 산 치마를 입었다.
향단이가 지금 춘향이가 읍내 장터에서 사는 치마를 입었다.
향단이가 내일 춘향이가 읍내 장터에서 살 치마를 입었다.
향단이가 언젠가 춘향이가 읍내 장터에서 샀던 치마를 입었다.

'주어-서술어'가 관형절이 될 때 갈아 끼우는 '-은, -는, -을, -던'은 어말어미 기능과 함께 시제나 양태 기능도 가지고 있습니다. '-은, -는, -을, -던'은 단문에서 각각 과거 시제 '-었-'이 있는지, '-었-'이 없는지, 그리고 '-겠-', '-더-'와 관련을 가지고 있어요.

그래서 위에 있는 문장에서 관형절의 시제는 각각 다음과 같이 해석됩니다.

향단이가 어제 춘향이가 읍내 장터에서 산[과거] 치마를 입었다.
향단이가 지금 춘향이가 읍내 장터에서 사는[현재] 치마를 입었다.
향단이가 내일 춘향이가 읍내 장터에서 살[추측] 치마를 입었다.
향단이가 언젠가 춘향이가 읍내 장터에서 샀던[회상] 치마를 입었다.

즉, 관형절을 만드는 특수 부품 중에서 시제와 관련이 있는 특수 부품은 과거를 나타내는 '-은'과 과거가 아닌 것(현재나 미래)을 나타내는 '-는'입니다. 나머지 '-을'과 '-던'은 양태와 관련되어 있고요.
다음 문장을 볼까요?

향단이가 어제 지금 춘향이가 읍내 장터에서 사는 치마를 입었다.

이 문장에서 '향단이가 치마를 입은 것'은 과거 일입니다. 그리고 '춘향이가 치마를 사는 것'은 말하는 사람이 말을 하는 현재 일입니다. 그래서 관형절에 현재를 나타내는 어미 '-는'을 썼습니다. 향단이가 치마를 입은 것이나 춘향이가 치마를 사는 것 모두 말하는 사람이 말을 하는 현재를 기준으로 시제를 나타냈습니다. 이렇게 말하는 현재를 기준으로 시제를 나타내는 것을 **절대 시제**라고 합니다.
그런데 관형절의 시제가 조금 이상하게 나타나는 경우가 있습니다.

향단이가 어제 읍내 장터에서 치마를 사는 춘향이를 만났다.

이 문장에서 '향단이가 춘향이를 만난 것'은 과거 일입니다. 그리고 '춘향이가 읍내 장터에서 치마를 사는 것'도 향단이가 춘향이를 만난 과거 일입니다. 그러니까 '춘향이가 치마를 산 것'이 과거이므로 관형절에서 과거를 나타내는 '-은'을 써야 합니다. 그런데 이상하게도 현재(과거가 아닌 것)를 나타내는 '-는'을 썼습니다. 이상하지요?

이 문장에서 관형절에 현재를 나타내는 '-는'을 쓴 것은 향단이가 춘향이를 만나는 그 시간에 춘향이가 치마를 사는 일이 일어났으므로, 향단이가 춘향이를 만나는 과거 그 시간으로 보면 춘향이가 치마를 사는 일은 그 당시인 현재에 일어난 일이기 때문이에요. 이렇게 사건이 일어난 그 당시를 기준으로 시제를 나타내는 것을 **상대 시제**라고 합니다.

관형절은 절대 시제로 해석되기도 하고 상대 시제로 해석되기도 하기 때문에, 어떤 경우에는 한 문장에서 관형절의 시제가 두 가지로 해석되기도 하지요.

어제 향단이가 읍내 장터에서 치마를 사는 춘향이를 만났다.

이 문장이 그런 경우인데, 춘향이가 읍내 장터에서 치마를 사는 것이 앞에서 본 것처럼 향단이가 춘향이를 만났을 때일 수도 있고, 말하는 사람이 말을 하고 있는 지금일 수도 있습니다.

어제 향단이가 어제 읍내 장터에서 치마를 사는 춘향이를 만났다.
[상대 시제]
어제 향단이가 지금 읍내 장터에서 치마를 사는 춘향이를 만났다.
[절대 시제]

시간을 명확하게 인식할 수 있게 '어제'와 '지금'을 넣어 보았습니다. 관형절에 똑같이 '-는'을 썼는데 하나는 과거 일로, 다른 하나는 현재 일로 해석이 됩니다. 앞의 문장은 관형절이 상대 시제로 해석되었고, 뒤의 문장은 절대 시제로 해석되었기 때문이지요.

상

상은 움직임의 모습이에요. 서술어가 나타내는 움직임의 모습은 여러 가지가 있지만 문장에 표시하는 문법 범주로서 움직임의 모습은 두 가지예요. 즉, 움직임이 진행되고 있는 모습과 움직임이 끝나고 난 뒤의 모습입니다.

지금 춘향이가 치마를 입는다.

이 문장은 춘향이가 지금 현재 치마를 입는 동작을 진행하고 있는 모습을 나타냅니다.

지금 춘향이가 치마를 입었다.

이 문장은 춘향이가 지금 현재 치마를 입는 동작을 끝내고 그 결과 치마를 입고 있는 모습을 나타내지요.

이렇게 현재의 움직임은 동작이 끝나고 완료된 상태인가, 아니면 아직도 진행 중인가로 구분됩니다. 우리말에서는 동작이 완료된 상태임을 나타낼 때 '-었-'을 써서 표시하고, 그렇지 않은 경우에는 완료를 나타내는 '-었-'을 쓰지 않음으로써 동작이 아직도 진행되고 있다는 것을 나타냅니다.

완료나 진행처럼 움직이는 부분부분의 모습은 현재 일어나는 일에 대해서만 인식할 수 있습니다. 과거에 일어난 일은 이미 지나가 버렸기 때문에 움직이는 모습을 부분부분 인식할 수 없지요. 그러므로 완료나 진행과 같은 움직임의 모습을 나타내는 상은 항상 현재를 나타내는 시제와만 어울립니다.

그러니까 현재진행, 현재완료는 가능하지만, 과거완료, 과거진행, 또는 미래완료, 미래진행이라는 말은 있을 수 없습니다.

두 가지로 해석되는 '-었-'

춘향이가 저고리를 입었다.

이 문장은 두 가지로 해석할 수 있어요. '입었다'의 '-었-'이 과거 시제인가, 완료 상인가에 따라 달라집니다.
하나는 '춘향이가 저고리를 입은 일'이 과거 일이라는 것을 과거를 나타내는 선어말어미 '-었-'으로 표현하고 있습니다.

다른 하나는 '지금 춘향이가 저고리를 입고 있다.'는 의미로 현재 일을 나타냅니다. 현재 일을 나타낼 때는 과거를 나타내는 선어말어미 '-었-'을 쓰지 않습니다. 그런데 여기서는 분명히 현재 일인데도 '-었-'이 쓰였습니다.

그렇다면 이때 쓰인 '-었-'은 무엇일까요? 여기서 '-었-'은 움직임이 완료되었음을 나타내는 표지입니다. 즉, 현재 시제에서 나타나는 '-었-'은 움직임이 완료되었음을 나타내는 상 표지인 거예요.

그러므로 이 문장의 시상은 과거를 나타내는 것으로 해석되기도 하고, 현재완료를 나타내는 것으로 해석되기도 합니다. '-었-'을 과거를 나타내는 시제 표시로 보면 과거를 나타내는 문장이 되고, '-었-'을 완료를 나타내는 상 표시로 보면 현재완료 문장이 됩니다. 현재 시제는 과거 시제를 나타내는 '-었-'을 표시하지 않음으로써 나타내기 때문입니다.

과거 사실을 나타내는 '-었었-'

과거의 일을 인식하는 방법에는 두 가지가 있습니다. 하나는 현재에 영향을 미치는 현재의 사실로 인식하는 것이고, 다른 하나는 현재와는 단절된 과거의 사실로 인식하는 것이지요.

과거에 일어난 일을 현재와 단절된 과거의 사실로 인식할 때에

‐었었‐'을 붙여 표시합니다.

춘향이가 어제 저고리를 입었다.
춘향이가 어제 저고리를 입었었다.

위의 두 문장은 모두 과거에 일어난 일을 나타내고 있습니다. 그래서 두 문장 모두 과거를 나타내는 '‐었‐'이 서술어에 표시되어 있습니다. '입었다'에서 '‐었‐'은 당연히 과거 시제이고, '입었었다'에서는 앞에 있는 '‐었‐'이 과거 시제입니다.
그런데 이 두 문장은 의미의 차이가 있습니다. 그 차이는 일어난 일을 현재의 사실로 인식하느냐 과거의 사실로 인식하느냐이지요. 첫 번째 문장은 과거에 일어난 일을 현재에도 사실이라고 받아들이는 현재의 사실로 인식한 것이고, 두 번째 문장은 과거에 일어난 일이 현재에는 모르겠지만 과거에서만큼은 사실이었음을 의미하는 과거 사실로 인식한 거예요. 즉, 어떤 과거의 일이 현재에 사실이라고 받아들이기 망설여질 때 이렇게 과거로 한정해서 과거의 사실로만 표현할 수 있어요.

[덧붙임]
'‐었었‐'을 어떻게 보아야 하는지에 대해서는 아직도 논란이 많습니다. 여기서 설명한 것은 지금까지 있었던 해석과는 다른 해석입니다. 이렇게 '‐었었‐'을 해석하면 '‐었‐' 중에서 앞에 있는 '‐었‐'은 과거 시제를 나타내는 표시가 되고, 뒤에 있는 '‐었‐'은 사건을 과거의 사실로 한정해서 인식하는 것을 나타내는 표시가 됩니다. 과거의 일을 현재

의 사실로 인식할 것인가, 과거의 사실로 인식할 것인가는 말하는 사람이 문장 내용에 대해 가지는 태도이므로 과거의 사실로 한정해서 나타내는 '-었-'은 다음에서 살펴볼 '양태'라는 문법 범주에 속하게 됩니다. 또한 '-었-'을 과거의 사실로 한정해서 나타내는 양태 범주에 속하는 선어말어미로 보면 앞에서 살펴본 선어말어미가 하나 더 늘어나게 됩니다.

깨 - 뜨리 - 이 - 시 - 었 - 었 - 었 - 겠 - 습 - 더 - 니 - 다

상   시제   양태

완료   과거   과거 한정

이제 시제와 상을 정리해 볼까요?

시제는 과거와 과거가 아닌 것으로 나누어집니다. 시제는 '-었-'이 있는가 없는가로 표현되는데, '-었-'이 있으면 과거 시제를, 없으면 과거가 아닌 시제(현재나 미래)를 나타냅니다.

상은 완료와 완료가 아닌 것(진행)으로 구분됩니다. 상은 과거 시제를 나타내는 '-었-'과는 다른 '-었-'이 있는가 없는가로 표현되는데, 이 '-었-'이 있으면 완료, 없으면 완료가 아닌 것(진행)을 나타냅니다. 단, 상은 현재에 일어난 일에서만 인식되고 표현됩니다.

자, 이렇게 정리된 사실을 바탕으로 시제와 상이 함께 어우러져 있는 문장을 분석해 볼까요?

현재+진행	춘향이가 저고리를 입는다.
	[비과거(현새) '-었-' 없음, 진행 '-었-' 없음]
현재+완료	춘향이가 저고리를 입었다.
	[비과거(현재) '-었' 없음, 완료 '-었-' 있음]
과거	춘향이가 저고리를 입었다.
	[과거 '-었-' 있음, 상은 해당 사항 없음]
과거+과거의 사실	춘향이가 지난주에 저고리를 입었었다.
	[과거 '-었-' 있음, 과거로 한정 '-었-' 있음]

양태법

양태란 문장 내용에 대해 말하는 사람이 가지는 태도를 말합니다. 양태는 두 가지가 있어요. 하나는 말하는 사람이 문장 내용을 추측하는가 그렇지 않은가 하는 것이고, 다른 하나는 과거 일을 현재 일처럼 말하는가 그렇지 않은가 하는 것입니다. 앞의 것은 '-겠-'의 유무로 표시하는데, 이를 **추측법**이라고 하지요. 그리고 뒤의 것은 '-더-'의 유무로 나타나는데, 이를 **회상법**이라고 합니다.

앞에서 상에 대해 말할 때 잠깐 이야기했지만, 과거의 일을 과거의 사실로 한정해서 인식할 것인가 아닌가도 말하는 사람이 문장 내용에 대해 가지는 태도입니다. 그러므로 이런 태도를 나타내는 '-었-(과거 시제를 나타내는 '-었-' 뒤에 나오는 선어말어미)'은 과거의 사실로 한정해서 표시하는 것으로 '양태'에 속하게 됩니다. 그렇게 되면 우리말에서 양태를 나타내는 문법 범주는 추측법, 회상법, 과거 한정법(가칭) 이렇게 세 가지가 됩니다.

추측법

우리는 말을 할 때 대부분 확실히 알고 있는 것을 말합니다. 그런데 어떤 경우에는 확실히 알지 못해서 자신이 없거나, 설사 자신이 있다고 해도 객관적인 증거가 없어 단정 지어 말하기 어려운 때가 있습니다. 특히 미래에 대한 일일 경우에는 특별한 경우가 아니면 장담해서 말할 수가 없습니다. 우리말에서는 말하는 사람이 말하려는 내용에 대해 추측하는 것인지, 아닌지를 문장에 표시합니다. 이 사실을 나타내는 표지는 '-겠-'입니다.

향단이는 몽룡이가 내일 한양으로 떠난다는 것을 알고 있습니다. 향단이는 그 사실을 춘향이에게 이야기했습니다.

그런데 향단이가 그 사실을 어떻게 알았느냐에 따라 말하는 방식이 달라집니다.

향단이가 몽룡이한테 그 사실을 직접 들었고, 또 몽룡이가 내일 가지고 떠날 보따리를 직접 보여 줘서 향단이가 그 사실을 알았다면, 향단이

는 확신을 가지고

　몽룡이가 내일 한양으로 떠난다.

라고 말할 것입니다.
　그런데 몽룡이가 한양으로 떠난다는 사실을 방자에게서 지나가는 말로 슬쩍 들어서 향단이가 알았다면, 향단이는

　몽룡이는 내일 한양으로 떠나겠다.

라고 말할 것입니다.
　이렇게 말하는 사람은 말하는 내용을 추측하고 있는가, 아니면 그렇지 않은가를 문장에 표시하게 됩니다. 이를 **추측법**이라고 합니다.
　추측은 반드시 미래 일에 대해서만 하는 것은 아닙니다. 현재 일이나 과거 일에 대해서도 추측은 가능하지요.

　몽룡이는 어제 한양으로 떠났겠다. [과거 일]
　몽룡이는 지금 한양으로 떠나겠다. [현재 일]
　몽룡이는 내일 한양으로 떠나겠다. [미래 일]
　* 여기서 현재와 미래를 나타내는 서술어가 같은 것은 우리말에서 시제를 표시
　　할 때 과거인가 아닌가 두 가지로만 표시하기 때문입니다.

　이렇게 추측은 과거 일, 현재 일, 미래 일에 대해 모두 할 수 있으며, 그런 경우 선어말어미 '-겠-'을 써서 말하는 사람이 추측으로 말하는 것임을 나타냅니다.

회상법

시상법에서 상에 대해 알아볼 때, 움직임의 완료나 진행과 같은 모습은 현재에 일어나는 일에서만 인식할 수 있고, 과거에 일어난 일에 대해서는 그런 인식이 불가능하다고 했지요?

그런데 우리말에는 과거에 일어난 일도 현재와 마찬가지로 움직임의 완료나 진행과 같은 모습을 인식할 수 있게 하는 문법 범주가 있어요. 이것이 바로 **회상법**입니다. 과거 일을 마치 현재에 일어난 일처럼 생생하게 말하고 싶을 때는 선어말어미 '-더-'를 붙이면 된답니다.

　방자가 어제 자기가 본 일을 향단이에게 말했습니다.
　"춘향이가 어제 비단 치마를 입었다."

이 문장은 과거인 어제 일을 말하고 있습니다. 이 문장만 보아서는 방자가 본 것이 '춘향이가 비단 치마를 입는' 모습을 본 것인지, 아니면 '춘향이가 비단 치마를 입은' 모습을 본 것인지 잘 알 수가 없습니다. 왜냐하면 과거에 일어난 일은 이미 모든 동작이 끝나 버렸기 때문에 움직임의 모습을 부분부분 말할 수 없는 탓입니다.

그런데 '-더-'를 붙이면 과거에 일어난 일이라도 움직임의 모습을 부분부분 말할 수 있게 됩니다.

　춘향이가 어제 비단 치마를 입더라.
　춘향이가 어제 비단 치마를 입었더라.

'-더-'를 붙인 첫 번째 문장은 방자가 '춘향이가 비단 치마를 입는' 모습을 보았을 때 가능한 문장입니다. 그리고 두 번째 문장은 '춘향이가 비단 치마를 입은' 모습을 보았을 때 할 수 있는 말이에요.

마치 타임머신을 타고 과거로 돌아가면 과거가 현재가 되듯이, 이렇게 선어말어미 '-더-'를 붙이면 과거 일을 마치 현재 일처럼 생생하게 말할 수 있게 되지요.

이렇게 회상법은 과거 일을 현재 일처럼 인식할 수 있게 하는 문법 범주로, 선어말어미 '-더-'로 표시됩니다.

'-더-'가 붙은 문장의 시제

춘향이가 어제 비단 치마를 입더라.
춘향이가 어제 비단 치마를 입었더라.

위의 두 문장은 모두 과거에 일어난 일이지만 문장의 시제는 현재(과거가 아닌 것)입니다. 그런데 원래는 과거 일이므로 과거를 나타내는 시제가 붙어야 하거든요. 이렇게요.

춘향이가 어제 비단 치마를 입었다.

그런데 '-더-'가 붙으면 현재에 있던 시제를 결정하는 기준이 타임머신을 타고 과거로 이동하게 됩니다. 타임머신을 타고 과거로 가면 과거가 현재가 되지요. 그래서 '-더-'가 붙은 위의 두 문장은 그 일이 일어난 시간을 기준으로 현재 일이 되므로 문장의 시제는 현재(과거가 아닌 것) 시제를 쓰는 거예요.

뒤집어 생각하면, '-더-'가 붙는 회상법에서 과거 일을 현재에서처럼 부분부분 인식할 수 있는 것은 '-더-'가 붙으면서 시제가 현재(과거가 아닌 것) 시제가 되기 때문입니다. 움직임의 부분부분 모습을 인식하는 것은 현재(과거가 아닌 것) 시제에서만 가능하기 때문이죠.

과거 사건을 나타내는 세 가지 방법

우리말에서 과거에 일어난 일을 문장으로 표현하는 방법에는 세 가지가 있습니다.

글 A: 춘향이가 어제 몽룡이 생일잔치에서 춤을 추었다.
글 B: 춘향이가 어제 몽룡이 생일잔치에서 춤을 추더라.
글 C: 춘향이가 어제 몽룡이 생일잔치에서 춤을 추었었다.

글 A, B, C는 모두 어제 춘향이가 몽룡이 생일잔치에서 춤을 춘 것을 말하고 있습니다. 그러나 글 A, B, C에서 전하는 정보는 다 다릅니다. 글 A에서는 그 일이 과거에 있었다는 객관적인 사실만을 말하고 있지만, 글 B에서는 말하는 사람이 춘향이가 춤추고 있는 장면을 생생히 목격했음을 말하고 있습니다. 글 C는 현재인 지금 강하게 주장할 수는 없지만 그 일이 최소한 어제라는 시간에서만은 분명한 사실이었음을 말하고 있습니다.

이렇게 우리말에서는 시제와 상, 양태라는 문법 범주가 어우러져 과거 일을 다양하게 표현할 수 있습니다. 그러므로 글을 쓰는 상황에 따라 적절한 표현을 골라 써야 글 쓰는 사람의 의도를 정확하게 전달할 수 있습니다.

서법

서법은 말하는 사람이 말을 듣는 사람에게 자신의 생각을 전달하는 방식이에요. 서법은 크게 서술법, 의문법, 청유법, 명령법으로 구분되는데 각각 서술문, 의문문, 청유문, 명령문으로 나타나지요. 서법은 서술어 맨 끝에 오는 어미인 어말어미에 따라 결정됩니다. 그래서 '서법'을 '문장 종결법'이라고도 합니다.

[서술문] 춘향이가 광한루에 간다.
[의문문] 춘향이가 광한루에 가니?

[청유문] 향단아, 광한루에 가자!

[명령문] 방자야, 광한루에 가라!

말은 원칙적으로 최소한 두 사람을 전제로 합니다. 즉, 말하는 사람과 말을 듣는 사람이 있어야 말이 성립합니다. 말은 의사소통의 도구이니까요.

서술문, 의문문, 청유문, 명령문이 어떤 것인지 알아볼까요?

서술문

서술문은 말하는 사람이 자신의 생각을 상대방에게 이야기해서 상대방이 그 말의 영향을 받아 판단하게 하는 기능을 합니다.

방자가 춘향이를 만나려고 하는 몽룡이에게

"춘향이가 광한루에 간다."

라고 말하면, 몽룡이는 방자의 말을 듣고서 '춘향이가 광한루로 가겠구나. 그러면 나도 지금 광한루로 가면 춘향이를 만날 수 있겠구나.' 하고 생각할 것입니다. 이렇게 서술법은 상대방의 판단에 영향을 끼치는 서법이에요.

의문문

  의문문은 말하는 사람이 상대방의 생각을 듣고 판단하기 위해 상대방의 생각을 물어보는 문장이에요.
  춘향이를 만나려는 몽룡이가 향단이에게

"춘향이가 광한루에 갔니?"

  라고 말했을 때, 만일 향단이가 그렇다고 말하면 몽룡이는 그 말을 듣고 춘향이가 광한루에 있구나 하고 생각할 것이고, 향단이가 그렇지 않다고 하거나 모른다고 하면 실망하여 방자에게 다시 물어보러 갈 거예요. 의문법은 말하는 사람이 상대방의 말을 듣고 그 영향을 받으려고 할 때 쓰는 서법이지요.

청유문

  청유문은 말하는 사람이 상대방에게 같이 움직이자고 제안하는 문장이에요. 청유문에는 움직임이 전제됩니다.

춘향이를 만나러 광한루에 가기는 가야겠는데 혼자 가기가 쑥스러운 몽룡이가 방자에게

"방자야, 광한루에 가자."

라고 말했어요. 몽룡이는 몽룡이 자신은 물론 방자도 함께 광한루에 가길 원한다는 것을 방자에게 전달한 거예요. 청유법은 말하는 사람이 결과와는 상관없이 상대방에게 함께 어떤 일을 하자고 제의할 때 쓰는 서법입니다.

명령문

명령문은 말하는 사람이 자신은 움직이지 않고 상대방에게만 움직이라고 시켜서 상대방을 움직이게 만드는 문장이에요.
춘향이를 찾는 몽룡이에게 아무 말도 하지 않던 방자가 다짜고짜 이렇게 말했어요.

"몽룡아, 어서 광한루로 가!"

그러자 친구의 말이라면 뭐든지 믿는 몽룡이는 혼자서 광한루로 갑니다. 이렇게 명령법은 상대방만 움직이게 만드는 서법이지요.

동사와 형용사의 서법

동사로 나타낼 수 있는 서법과 형용사로 나타낼 수 있는 서법은 달라요. 동사로는 서술법, 의문법, 청유법, 명령법을 다 나타낼 수 있지만, 형용사는 서술법과 의문법만 나타낼 수 있어요.

동사	형용사
춘향이가 춤을 춘다.	춘향이가 예쁘다.
춘향이가 춤을 추니?	춘향이가 예쁘니?
춘향아, 춤을 추자!	(X) 춘향아, 예쁘자!
춘향아, 춤을 춰라!	(X) 춘향아, 예뻐라!

동사가 네 가지 서법에 다 쓰일 수 있는 것은 동사가 움직임을 나타내기 때문입니다. 움직임을 나타내는 동사와 움직임을 전제로 하는 청유문이나 명령문은 서로 잘 어울리니까요.

반면에, 형용사는 모습이 어떠하다는 상태만 나타낼 뿐이지 움직임은 나타내지 못합니다. 그래서 형용사는 움직임을 전제로 하는 청유문이나 명령문을 만들지 못하지요.

동사와 형용사를 구분할 때, 청유문을 만드는 '-자'나 명령문을 만드는 '-어라'를 붙여서 말이 되는가 안 되는가를 보면 됩니다. 말이 되면 동사, 말이 안 되면 형용사이겠지요?

잘못 쓰는 형용사

말은 습관입니다. 잘못된 표현을 자꾸 반복해서 쓰면 그것이 잘못된 것인지 모르고 사용하게 됩니다.

춘향아, 행복해라!

우리 이제부터 행복하자!

위에 있는 두 문장 어때요? 이상하지 않지요? 하지만 두 문장 모두 잘못 쓴 문장입니다. '행복하다'는 형용사이므로 명령문이나 청유문을 만들 수 없습니다. 그런데 라디오나 텔레비전에서 자주 이렇게 말하는 것을 들을 수 있습니다. 무의식적으로 듣는 청취자나 시청자가 자기도 모르게 이런 표현이 맞는 것으로 착각하고 자신도 잘못 쓰게 되는 것입니다.

위에 있는 문장을 제대로 쓰면,

춘향아, 행복해져라!

우리 이제부터 행복해지자!

이렇게 됩니다.

형용사 '행복하다'를 잘못 쓰는 것처럼 자주 잘못 쓰는 단어가 '부지런하다', '성실하다'입니다. 이 말은 '부지런하자, 부지런해라', '성실하자, 성실해라'처럼 쓰이는 것을 글에서 때때로 볼 수 있습니다. '부지런하다', '성실하다'도 형용사이므로 명령문이나 청유문을 만들 수가 없습니다.

피사동법

지금까지 살펴본 문법 범주는 서술어 어미에 문법 표지가 나타났어요. 그런데 피사동을 나타내는 표시는 어간인 ③에 있지요. 어간은 서술어가 활용을 할 때 변하지 않는 부분으로, 뒤에 '-다'를 붙이면 사전에서 찾는 단어 꼴이 된다고 앞에서 이야기했습니다.

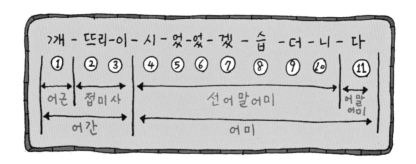

우리가 언어를 배울 때 두 가지 책이 필요하다고 했습니다. 하나는 사전이고, 다른 하나는 문법책이었어요.

지금까지 어미에서 살펴보았던 문법 범주들은 모두 문법책에서 다루는 내용입니다. 규칙이기 때문이지요. 예를 들면 어떤 서술어이든지 '-겠-'이 있으면 '추측'을 나타내고, '-시-'가 있으면 주체 존대를 나타내기 때문입니다.

그런데 피사동이 되는 단어는 문법책이 아니라 사전에서 찾아야 합니다. 규칙적이지 않기 때문이에요. 예를 들어, '먹다'에 '-이-'를 붙이면 '먹이다'가 되어 사동이 되지만, '가다'에 '-이-'를 붙인다고 사동을 만들 수는 없어요. 이 말은 어떤 서술어든지 '-이-'를 붙이면 자동으로 모두 사동이 되는 게 아니므로 규칙적이지 않다는 뜻이에요.

그런 피사동을 왜 문법에서 다루는 걸까요?

피사동이 되는 동사는 개별적이기 때문에 사전에서 다루지만, 피동사나 사동사로 만들어진 피동문과 사동문은 일정한 규칙으로 만들어지기 때문이지요. 즉, 피동문은 능동문과 일정한 규칙 관계를 가지며, 사동문은 주동문과 일정한 규칙 관계를 가집니다. 이렇게 규칙으로 설명될 수 있는 것은 모두 문법에서 다룹니다.

능동문과 피동문, 주동문과 사동문

능동문과 피동문
피동문에 반대되는 문장을 능동문이라고 합니다.

춘향이가 떡을 먹는다.

이 문장처럼 주어인 춘향이가 능동적으로 먹는 움직임을 하는
문장을 능동문이라고 하고,

떡이 춘향이에게 먹힌다.

떡이 춘향이에게 먹힌다.

춘향이가 떡을 먹는다.

처럼 주어인 떡이 아무런 저항도 없이 춘향이에게 당하는 의미
를 나타내는 문장을 피동문이라고 합니다.
능동문과 피동문은 서로 짝꿍이지요.

주동문과 사동문
사동문에 반대되는 문장을 주동문이라고 합니다.

춘향이가 떡을 먹는다.

이 문장처럼 주어가 주체적으로 먹는 움직임을 하는 문장을 주
동문이라고 하고,

몽룡이가 춘향이에게 떡을 먹인다.

처럼 주어가 다른 사람에게 어떤 행동을 하게 시키는 문장을 사동문이라고 합니다.
주동문과 사동문도 서로 짝꿍입니다.

그런데 조금 이상하지 않나요? '춘향이가 떡을 먹는다.'는 문장을 처음에는 능동문이라고 설명했다가 뒤에서는 주동문이라고 설명하고 있으니까요.
주동문이나 능동문은 따로 있는 것이 아니라, 같은 문장이 피동문과 짝이 되면 능동문이 되고, 사동문과 짝이 되면 주동문이 되는 거라서 그렇지요.

자, 이제 피동법과 사동법에 대해 살펴볼까요?

피동법

능동문을 피동문으로 만드는 것이 피동법입니다. 피동문은 주체인 주어의 의지와 상관없이 무엇인가에 당하는 의미를 나타냅니다.

피동사 만드는 두 가지 방법

능동사를 피동사로 만드는 방법에는 두 가지가 있어요. 하나는 어간인 ③번 자리에 접미사 '-이-, -히-, -리-, -기-'를 넣는 방법이고, 다른 하나는 어간 뒤에 보조동사 '-어지다'를 붙이는 방법이에요.

'-이-, -히-, -리-, -기-'를 붙여 피동사 만들기

보다—보이다   먹다—먹히다
듣다—들리다   안다—안기다

'-어지다'를 붙여 피동사 만들기

치우다—치워지다   읽다—읽어지다

그런데 요즘에는 '되다'가 붙어서 피동문이 만들어지는 예가 많습니다.

선생님께서 몽룡이를 반장으로 임명했다.
몽룡이가 반장으로 임명됐다.

피동사와 능동사, 피동문과 능동문의 관계

서술어는 자기 마음에 맞는 문장성분을 선택합니다. 이미 이것을 '선택 제약'이라고 배웠습니다. 서술어 중에는 주체적으로 행동하는 주어를 필요로 하는 것이 있습니다. 이런 서술어에 들어가는 동사가 바로 능동사입니다. 피동사는 이런 능동사에 피동사를 만드는 접미사 '-이-, -히-, -리-, -기-'를 붙여서 만듭니다.

이렇게 만들어진 피동사가 서술어가 되는 문장이 피동문이고, 능동사가 서술어가 되는 문장이 능동문입니다. 다시 말해, 능동문의 서술어가 되는 것이 능동사이고, 피동문의 서술어가 되는 것이 피동사입니다.

능동문을 피동문으로 만들기

능동문을 피동문으로 바꿀 때는 일정한 규칙이 있어요.

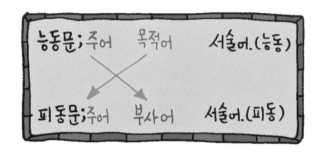

그림에서 보듯이, 능동문을 피동문으로 바꾸려면 능동문의 목적어에 주격조사를 붙여 주어로 만들고, 능동문의 주어에 부사격조사를 붙여 부사어로 만들면 됩니다. 그리고 서술어를 피동사로 바꾸어 주면 되지요. 한번 해 볼까요?

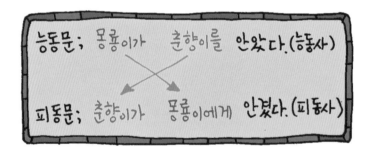

피동문을 능동문으로 만들려면 이와 반대로 하면 됩니다. 그런데 피동문 중에서 능동문으로 바꿀 수 없는 경우가 있습니다. 주어가 주체가 될 수 없는 경우이지요.

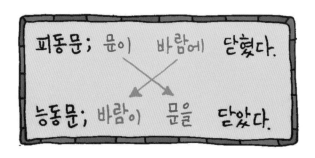

위에서 피동문을 능동문으로 바꾸면 부사어였던 **바람에**가 주어인 바람이로 바뀌는데, 바람은 의지를 가지고 주체적으로 움직일 수 없는 것이기 때문에 능동문의 주어가 될 수 없어요. 그래서 피동문인 '문이 바람에 닫혔다.'는 절대로 능동문으로 바꿀 수 없습니다.

피동문과 관련된 자투리 지식

능동사 어간에 접미사 '-이-, -히-, -리-, -기-'를 붙여 만든 피동문을 '어휘적 피동' 또는 '짧은 피동'이라고 하고, 보조동사 '-어지다'를 붙여 만드는 피동문을 '통사적 피동' 또는 '긴 피동'이라고 합니다.

짧은 피동과 긴 피동이라는 말은 '-이-, -히-, -리-, -기-'가 붙어 만들어진 피동사는 글자 수가 적어 그 길이가 짧은데 비해, 보조동사 '-어지다'가 붙어 만들어진 것은 상대적으로 글자 수가 많아 그 길이가 길기 때문에 생긴 말이에요.

어휘적 피동이라는 말은 능동사 어간에 접미사 '-이-, -히-, -리-, -기-'를 붙여 만든 피동사가 하나의 새로운 단어이기 때문에 생긴 이름이에요. 단어를 다른 말로 '어휘'라고 하거든요. 그래서 단어를 모아 놓은 사전을 어휘부라고 하기도 합니다.

통사적 피동이라는 말은 원래 있던 본동사 뒤에 보조동사를 붙여 만들었기 때문에 생긴 이름이에요. 통사란 단어를 어떻게 배열하느냐를 말한다고 했지요? 최소한 두 개 이상의 단어가 배열될 때 이를 통사적 구성이라고 부릅니다.

'-어지다'는 처음에는 보조동사 '-지다'였는데 지금은 그 지위를 잃었습니다. 그래서 '-어지다'는 '읽어지다, 밝혀지다, ……' 처럼 반드시 붙여 써야 해요.

능동문이 무조건 능사는 아니다

우리말에는 능동문을 써야 하는 문장과 피동문을 써야 하는 문장이 따로 있습니다. 피동 표현이 영어식 문장이라고 해서 쓰지 말라고 말하지만, 우리말에도 반드시 피동 표현을 써야 하는 문장이 있습니다.

한번 살펴볼까요?

(X) 작은 차이가 승패를 결정한다.

이 문장은 잘못 쓴 문장입니다. 문장의 의미를 그대로 설명해 보면 '작은 차이'가 능동적으로 행동해서 승패를 결정한다입니다. 그러나 '작은 차이'는 능동적으로 움직일 수 있는 것이 아닙니다. 위 문장에서 '작은 차이'나 '승패'는 어느 것도 능동적으로 움직일 수 없습니다. 그러므로 위 문장은 반드시 피동문으로 써 주어야 합니다.

승패는 작은 차이로 결정된다.

이와 같이 주어가 능동적으로 행동할 수 없는 문장은 반드시 피동문으로 써 주어야 합니다.

사동법

주동문을 사동문으로 만드는 것이 사동법입니다. 사동문은 주체인 주어가 다른 주체에게 무엇인가를 시키는 문장입니다.

사동사를 만드는 두 가지 방법

주동사를 사동사로 만드는 방법에는 두 가지가 있어요. 하나는 어간인 ③번 자리에 접미사 '-이-, -히-, -리-, -기-'나 '-우-, -구-, -추-'

를 넣는 방법이고, 다른 하나는 어간 뒤에 보조동사 '-게 하다'를 붙이는 방법이에요.

'-이-, -히-, -리-, -기-; -우-, -구-, -추-'로 사동사 만들기

먹다-먹이다
읽다-읽히다
울다-울리다
맡다-맡기다
비다-비우다
돋다-돋구다
늦다-늦추다

'-게 하다'로 사동사 만들기

먹다-먹게 하다
읽다-읽게 하다
울다-울게 하다
맡다-맡게 하다

그런데 요즘에는 '시키다'를 붙여서 사동문을 만들기도 합니다.

몽룡이가 광한루에 갔다.
춘향이가 몽룡이에게 광한루에 가게 시켰다.

사동사와 주동사, 사동문과 주동문의 관계

주동사에 사동사를 만드는 접미사 '-이-, -히-, -리-, -기-; -우-, -구-, -추-'를 붙여서 만들어진 동사가 사동사입니다. 사동사에서 '-이-, -히-, -리-, -기-; -우-, -구-, -추-'를 떼어낸 것이 주동사이고요.

그러니까 사동사가 서술어가 되는 문장이 사동문이 되고, 주동사가 서술어가 되는 문장이 주동문이 되지요. 다시 말해, 주동문의 서술어가 되는 것이 주동사이고, 사동문의 서술어가 되는 것이 사동사예요.

주동문을 사동문으로 만들기

주동문을 사동문으로 바꿀 때는 다음과 같은 일정한 규칙이 있어요.

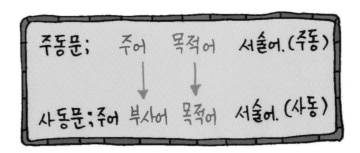

위의 그림에서 보듯이 주동문을 사동문으로 바꾸려면, 새로운 주어가 하나 필요하고, 주동문의 주어에 부사격조사를 붙여 부사어로 만든 다음에, 주동문의 목적어는 그대로 둡니다. 서술어는 사동사로 바꾸고요. 한번 해 볼까요?

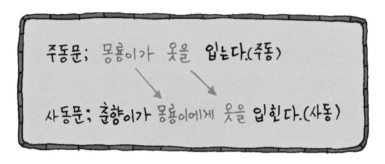

주동문; 몽룡이가 옷을 입는다.(주동)

사동문; 춘향이가 몽룡이에게 옷을 입힌다.(사동)

사동문을 주동문으로 바꿀 때는 반대로, 사동문의 주어를 없애고, 부사어를 주어로 만들고, 목적어는 그대로 둔 다음에 사동사를 주동사로 바꾸면 됩니다.

그런데 사동 접미사 '-이-, -히-, -리-, -기-'나 '-우-, -구-, -추-'를 붙여 만든 사동문(짧은 사동문)과 어간 뒤에 보조동사 '-게 하다'를 붙여 만든 사동문(긴 사동문)은 서로 의미가 똑같지 않아요.

[짧은 사동문] 춘향이가 몽룡이에게 옷을 입혔다.
[긴 사동문] 춘향이가 몽룡이에게 옷을 입게 했다.

사동 접미사 '-이-, -히-, -리-, -기-'나 '-우-, -구-, -추-'를 붙여 만든 짧은 사동문에는 '춘향이가 직접 몽룡이에게 옷을 입혀 주었다.'는 뜻도 있고 '춘향이가 몽룡이에게 옷을 입으라고 시켜서 몽룡이가 직접 옷을 입었다.'는 뜻도 있어요. 그런데 보조동사 '-게 하다'를 붙여 만든 긴 사동문에서는 '춘향이가 몽룡이에게 옷을 입으라고 시켜서 몽룡이가 직접 옷을 입었다.'는 뜻만 있지, '춘향이가 직접 몽룡이에게 옷을 입혀 주었다.'는 뜻은 들어 있지 않아요. 이렇게 사동법에서는 사동문을 만드는 방식에 따라 의미가 달라집니다.

사동문과 관련된 자투리 지식

주동사 어간에 접미사 '-이-, -히-, -리-, -기-; -우-, -구-, -추-'를 붙여 만든 사동문을 '어휘적 사동' 또는 '짧은 사동'이라고 하고, 보조동사 '-게 하다'를 붙여 만든 사동문을 '통사적 사동' 또는 '긴 사동'이라고 합니다.
보조동사로 사동문을 만드는 '-게 하다'는 피동문을 만드는 '-어지다'와는 달리 반드시 띄어 써야 해요.

사동 표현 두 번 쓰기

주동문을 사동문으로 바꾸는 규칙에 따라 만들어진 사동문을 다시 한 번 더 사동문으로 만들 수 있습니다. 이런 것이 가능한 이유는 짧은 사동과 긴 사동이 있기 때문입니다.

몽룡이가 향단이에게 춘향이한테 떡을 먹이게 하였다.

위 문장은 향단이가 춘향이한테 떡을 먹게 하는데 그 일을 몽룡이가 향단이에게 시켰을 경우에 쓰는 문장입니다.

어떻게 만들어졌는지 살펴볼까요?

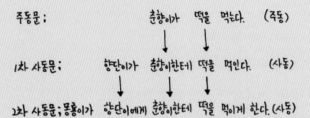

주동문 ;   춘향이가   떡을 먹다.   (주동)

1차 사동문 ;   향단이가 춘향이한테 떡을 먹인다.   (사동)

2차 사동문 ; 몽룡이가 향단이에게 춘향이한테 떡을 먹게 한다. (사동)

나 먹으라는 게 아니고?

왜 내가 먹여 주기까지 하냐고...

앙~

이처럼 사동문은 하나의 문장에서 이중으로 만들어질 수 있습니다.

부정법

앞에서 살펴본 다른 문법 범주와는 다르게 부정법은 부사나 보조동사 구성으로 나타납니다. 우리말에서 부정법을 나타내는 부사(부정법을 나타내는 부사를 부정부사라고 합니다.)는 '안'과 '못' 두 가지뿐이고, 보조동사 구성은 '~지 않다', '~지 못하다', '~지 말다' 이렇게 세 가지가 있어요.

부정부사로 부정문 만들기
춘향이가 떡을 안 먹는다.
춘향이가 떡을 못 먹는다.

부정 보조동사로 부정문 만들기
춘향이가 떡을 먹지 않는다.
춘향이가 떡을 먹지 못한다.
춘향아, 떡을 먹지 마라.

어떤가요? 간단하지요?

그런데 부정부사로 나타낸 부정법과 부정 보조동사 구성으로 나타낸 부정법 중에서 두 가지는 서로 뜻이 같지요?

'춘향이가 떡을 안 먹는다.'는 '춘향이가 떡을 먹지 않는다.'와 같은 뜻이고, '춘향이가 떡을 **못** 먹는다.'는 '춘향이가 떡을 먹지 **못한다**.'와 같은 뜻입니다.

이렇게 부정부사 '안'과 '못'은 각각 부정 보조동사 구성 '~지 않다'와 '~지 못하다'와 같은 의미를 나타내는 짝꿍입니다.

그러니까 '~지 말다'만 부정부사 짝이 없는 거예요. '~지 말다'는 어떤 일을 하지 못하게 하는 **금지**를 나타냅니다.

부정법에서도 주의해야 할 것이 있습니다. 부정문은 반드시 그에 대응하는 긍정문이 있어야 만들 수 있는 문장입니다. 다시 말해, 부정문은 문장에서 부정 부사나 부정 보조동사를 떼어 냈을 때 긍정문으로 변신해야 합니다. 그렇지 못하다면 그 문장은 부정문이 아닙니다.

춘향이가 떡을 안 먹는다.
춘향이가 떡을 못 먹는다.

이 두 문장이 모두 부정문인 이유는 부정부사 '안'과 '못'을 떼어 내면 모두 긍정문이 되기 때문입니다.

춘향이가 떡을 먹는다.
춘향이가 떡을 먹는다.

단형부정과 장형부정

부정법에는 단형부정과 장형부정이라는 용어가 있습니다. 단형부정은 '짧은 부정'이라고 하고, 장형부정은 '긴 부정'이라고 합니다. 굉장히 심오하고 어려운 말 같은데 사실은 별거 아닙니다.

부정법을 부정부사로 나타내는 것을 단형부정, 또는 짧은 부정이라고 하고, 부정 보조동사 구성으로 나타내는 것을 장형부정, 또는 긴 부정이라고 합니다.

왜냐고요? 부정부사는 모두 한 글자이고, 부정 보조동사 구성은 모두 세 글자이기 때문입니다. 한 글자보다야 세 글자가 더 길겠지요? 그래서 그렇게 이름을 붙인 거예요.

부정부사 띄어쓰기

부정부사는 반드시 띄어 씁니다. 부사어이기 때문이기도 하지만, 부정부사란 문장에 그것이 들어 있으면 부정문이 되고, 없으면 긍정문이 되어야 하므로 뗐다 붙였다를 할 수 있어야 해요. 그렇게 하려면 앞뒤 단어와 띄어쓰기가 되어 있어야겠지요? 그래야 자유롭게 뗐다 붙였다 할 수 있으니까요.

그럼 다음 문장을 한번 살펴볼까요?

몽룡이가 부모님의 반대로 춘향이와 이별을 했습니다. 이걸 아는 방자가 향단이에게 말했습니다.

"몽룡이가 참 안됐다."

이 문장에서 '안됐다'는 반드시 붙여 써야 합니다. 왜냐하면 이

238

문장은 부정문이 아니기 때문입니다.

부정부사처럼 보이는 '안'을 떼어 볼까요?

"몽룡이가 참 됐다."

어떤가요? 말이 안 되는 문장이지요? 그러므로 '몽룡이가 참 안 됐다.'는 문장은 긍정문에 부정법을 사용해서 만든 부정문이 아닙니다. 그러니까 '안됐다'의 '안'은 부정부사가 아닌 거예요. 여기서 '안'은 '되다'와 합해져서 '안되다'라는 새로운 단어가 만들어진 것이지요. 그러니 절대로 따로 떼어 쓰면 안 되겠지요?

다음 예문도 마찬가지입니다.

덜렁쟁이 방자는 자주 몽룡이한테 잔소리를 듣지요.

"방자 너는 어떻게 나이 값도 못하니?"

이 문장도 부정문이 아닙니다. '못'을 빼 볼까요?

"방자 너는 어떻게 나이 값도 하니?"

'못'을 빼면 말이 안 됩니다. 앞 문장에서 '안되다'가 하나의 단어이듯이 여기서 '못하다'도 하나의 단어예요. 그러니까 이런 경우에도 '못하다'는 반드시 붙여 써야 합니다.

서술어가 동사일 때, '안'과 '못' 구별해서 쓰기

서술어가 동사일 때, 부정부사 '안'은 일부러 어떤 행동을 하지 않을 때 씁니다.

춘향이가 떡을 안 먹는다.

이 문장은 춘향이가 화가 났거나 단식 투쟁을 하느라고 일부러 먹지 않는 것을 의미해요.

부정부사 '못'은 어쩔 수 없을 때, 주어의 의지와 상관없을 때 쓰입니다.

춘향이가 떡을 못 먹는다.

이 문장은 춘향이가 혓바늘이 돋아서 매운 음식을 먹을 수 없거나 배탈이 나서 음식을 먹을 수 없다는 것을 뜻합니다.

세월이 흐른다, 뿡!

뜻을 가진 최소 단위

형태론 1

형태소는 대표선수

형태소는 '형태'와 '소'를 합해서 만든 말이에요. '형태소가 뭔지도 모르겠는데 형태는 또 뭐람?'

이런 생각이 들지요?

형태나 형태소나 다 마찬가지예요. 그냥 형태들 중에서 대표가 되는 것에 '소'를 붙여 준 것뿐이니까요.

같은 생각을 가진 사람들이 모여 모임을 만들면 거기에서 대표를 뽑아 회장이라고 하지요? 마찬가지로 같은 뜻을 나타내는 형태들이 모이면 그중에서 대표를 뽑아 그것을 형태소라고 하는 거예요.

형태란 다양한 모습으로 실재하는 구체적인 것이고, 형태소는 그 모든 것을 대표해서 부르는 말로, 머릿속에서만 인식하는 추상적인 것입니다.

산이나 들에 가 보면 다양한 모습으로 실재하는 소나무를 볼 수 있습니다. 그 수많은 소나무 중에서 같은 모양은 하나도 없어요. 그런데 우리가 일일이 소나무 하나하나를 다 알고 있을 수는 없습니다.

그래서 우리는 그 하나하나의 소나무를 그냥 소나무라고 머릿속에서 인식하는 겁니다. 우리 머릿속에서 인식하고 있는 소나무는 실제로 만질 수 없는 추상적인 거예요. 우리 머릿속에 있는 소나무의 모양은 사람마다 자기가 본 적이 있는 소나무이거나 아니면 여러 소나무의 공통점만 모아 상상해서 만든 소나무일 겁니다.

여기서 산이나 들에 실재하는 다양한 소나무를 형태라고 한다면, 우리 머릿속에서 인식하고 있는 소나무는 형태소가 됩니다.

조금 어려운 개념인데, 이해가 되나요?

알듯 말듯 하다고요?

그럼 우리 춘향이한테 가 볼까요?

춘향이는 비단을 사러 포목점에 갔습니다. 정말 고운 비단들이 너무나 많았습니다. 자수가 놓인 비단도 있고, 금박이 찍힌 비단, 진주 구슬이 달린 비단, 두터운 비단, 얇은 비단, 번쩍이는 비단, 은은한 비단 등등. 정말 예쁜 것이 너무 많아서 춘향이는 결국 아무것도 사지 못했습니다. 춘향이가 비단을 사러 간 것을 아는 월매가 춘향이에게 어떤 비단을 샀냐고 물었습니다. 춘향이는 "예쁜 비단이 너무 많아서 못 샀어요."라고 대답했습니다.

춘향이가 월매한테 한 말을 다시 한 번 주의 깊게 보세요.

포목점에는 여러 종류의 비단이 있었는데, 춘향이는 그 모든 것을 그 냥 '비단'이라고 말하지요. 정확하게 말하려면 "자수가 놓인 비단도 있고, 금박이 찍힌 비단, 진주 구슬이 달린 비단, 두터운 비단, 얇은 비단, 번쩍이는 비단, 은은한 비단 등등."이라고 말해야 하는데 말이지요.

이렇게 포목점에 비단이 다양하게 진열되어 실재하는 것이 '형태'이고 이런 것들을 모두 대표해서 '비단'이라고 말할 때, 이 '비단'이라는 말이 '형태소'랍니다.

이제 형태와 형태소를 우리말에 적용해 볼까요?

이 책 처음에 글보다는 말이 먼저라고 했습니다. 글은 단지 말을 글자로 표현한 것에 지나지 않습니다. 그러니까 원래 글이란 말을 소리 나는 그대로 적으면 되는 겁니다.

그런데 상대방이 말로 할 때는 무슨 말인지 정확하게 알 수 있는데, 그 말을 소리 나는 대로 적어 놓으면 도대체 무슨 말인지 알 수 없는 경우가 많습니다. 그래서 글로 적을 때는 헷갈리지 말라고 대표 모양을 하나 정해서 적습니다.

여기에 형태와 형태소에 대한 개념이 들어 있습니다. 우리가 하는 말을 그대로 글로 적었을 때 헷갈리는 것은 상황에 따라 그 모습이 달라지기 때문인데, 이렇게 상황에 따라 모습이 달라지는 게 **형태**예요. 헷갈리지 않으려고 대표 모양을 하나 정해서 적는 게 **형태소**고요.

예를 들어 볼까요?

이 비단은 갑ㅅㅣ 너무 비싸요.
이 비단은 갑만 너무 비싸요.
이 비단은 갑도 너무 비싸요.

우리가 말하는 것을 소리 나는 그대로 적어 놓았어요. '가격'이라는 의미를 가지는 것이 각각 **갑ㅅ, 갑, 갑** 이렇게 세 가지 모양(형태)으로 나타났지요. 이렇게 소리가 나는 환경에 따라 모습이 바뀐 **갑ㅅ, 갑, 갑**을 '**형태**'라고 합니다.

그런데 **갑ㅅ, 갑, 갑**이 모두 '가격'이라는 한 가지 뜻을 가지고 있는데 이걸 다 외워서 쓰는 것은 바보 같은 짓이겠지요? 이 중에서 대표를 하나 정해서 쓰면 되잖아요. 말에서 대표는 문법적으로 다른 모양(형태)을 설명할 수 있는 것이어야 합니다. 그래서 '**값**'이라는 형태를 대표로 뽑아 글을 쓸 때는 전부 '**값**'(갑ㅅ)으로 쓰기로 약속했어요.

이 비단은 값이 너무 비싸요.

이 비단은 값만 너무 비싸요.

이 비단은 값도 너무 비싸요.

이때 대표로 뽑혀서 글을 쓸 때 표기하는 '값'(갑ㅅ)을 갑ㅅ, 감, 갑의 **대표형태소**, 또는 간략하게 **형태소**라고 합니다. 이때 주의할 게 하나 있습니다. '값'(갑ㅅ)은 **형태소**이지만 감, 갑과 마찬가지로 **형태**이기도 합니다. **형태**는 실재적인 것이지만 **형태소**는 개념적인 것이기 때문입니다.

가상형태소

일반적으로 모임의 대표는 회원들 중에서 뽑지만 가끔은 대표를 외부에서 모셔 오기도 하지요?

형태소도 마찬가지예요. 일반적으로는 형태들 중에서 형태소를 정하는데, 그렇게 할 수 없을 때는 가상으로 형태를 만들어 그것을 형태소로 삼기도 해요. 주로 옛날에 썼던 말의 형태소를 정할 때 그렇게 합니다.

세종대왕이 살던 때는 '나무'를 '나모'라고도 하고, '남ㄱ'라고도 했습니다. 그러니까 '나모'와 '남ㄱ'은 나무를 뜻하는 두 가지 형태예요. 옛날에는 글을 소리 나는 대로 썼기 때문에 글에 이 두 형태가 그대로 쓰인 거지요.

지금 옛날 말을 연구하면서 두 개의 형태 '나모'와 '남ㄱ'의 형태소를 정하려고 했는데 문제가 생겼습니다. 이 둘 중에서 어느 하나를 대표로 정해야 하는데, 둘 중의 어느 것도 문법적으로 나머지 다른 하나의 모양이 어떻게 만들어지는지 설명할 수가 없습니다. 그래서 가상으로 '나목'이라는 것을 만들어 형태소로 삼았습니다.

그리고 여기서 한 가지 더!

'값'(갑ㅅ)이 형태소가 되면 형태인 갑ㅅ, 갑, 갑은 이형태라고 부릅니다.

그런데 아직도 형태소가 무엇인지 정확히 잘 모르겠다고요? 위에서 '값'을 형태소라고 설명하는 걸 보니 형태소는 단어하고 같은 게 아닌가 하는 생각이 든다고요?

그럼 형태소가 어떤 것인지 자세히 알아볼까요?

형태소는 한마디로 뜻을 가진 최소 단위입니다.

뜻을 가졌다는 말은 글자를 보고 누구나 알 수 있는 뜻을 찾을 수 있다는 말이고, 최소 단위란 그런 것들 중에서 가장 작은 것을 말해요. 문장이나 절, 구, 어절을 이루는 글자를 보면 그것이 무슨 뜻을 나타내는지 알 수 있지요? 이런 것을 보고 '뜻을 가졌다.'라고 하는 겁니다. 문장이나 절, 구, 어절 같은 것을 **형식**이라고도 하고 **단위**라고도 합니다. 그러니까 문장이나 절, 구, 어절 같은 것은 뜻을 가진 단위가 되겠지요?

이렇게 뜻을 가진 단위들의 크기를 비교해 보면, 문장보다는 절이 작고, 절보다는 구가 작고, 구보다는 어절이 작습니다. 이렇게 계속 뜻을 가지고 있으면서 어절보다 작은 것, 그리고 뜻을 가지고 있으면서 그것보다 더 작은 것, 이런 식으로 가장 작은 것을 찾을 수 있는데 이때 가장 작은 것이 바로 **형태소**예요. 형태소보다 더 작은 것이 있기는 한데, 형태소보다 더 작게 쪼개면 그때는 뜻이 사라지게 됩니다.

그래서 형태소를 뜻을 가지고 있으면서 가장 작은 단위라고 하는 겁니다.

어디 한번 살펴볼까요?

춘향은 몽룡이 노래를 부르는 소리에 잠에서 퍼뜩 깼다.

이것은 문장입니다. 이 문장이 무슨 뜻을 나타내는지는 누구나 알 수 있어요. 이렇게 문장은 뜻을 가진 하나의 단위입니다.

이 문장을 절로 나누어 볼까요? 절은 '주어-서술어'로 되어 있다고 했지요?

춘향은 소리에 잠에서 퍼뜩 깼다.

몽룡이 노래를 부르는

이 두 개의 절도 각각 뜻을 가지고 있어요. 완전하지는 않아도 각각의 절이 무엇을 뜻하는지 알 수 있잖아요? 절도 뜻을 가진 단위입니다.

이번에는 이 절들을 구로 나누어 봐요. 구는 띄어쓰기를 하는 어절들의 집합이라고 했지요? 어절과 같을 수도 있고요.

춘향은
소리에 잠에서 퍼뜩 깼다.
몽룡이
노래를 부르는

춘향은과 **몽룡이**는 명사구이고, **소리에 잠에서 퍼뜩 깼다**와 **노래를 부르는**은 동사구입니다(여기에 있는 동사구는 또다시 명사구와 동사구로 나눌 수 있지만 여기서는 이만 줄이겠습니다). 구도 각각 무엇을 뜻하는지 쉽게 알 수 있어요. 구도 뜻을 가진 단위니까요.

이번에는 구를 어절로 나누어 볼게요. 이것은 너무 쉬워요. 띄어쓰기가 되어 있는 것이 어절이니까요.

춘향은, 몽룡이, 노래를, 부르는, 소리에, 잠에서, 퍼뜩, 깼다

어절은 8개입니다. 이 어절도 뜻을 가지고 있는 단위겠지요? 맞아요! 그런데 여기서 한 가지는 알고 넘어가야 해요. 여기 어절과 앞에서 보

았던 구를 비교해 보면, **춘향은**과 **몽룡이**는 구에도 들어 있고 어절에도 들어 있어요. 이렇게 **춘향은**과 **몽룡이**처럼 나누는 기준에 따라 구가 될 수도 있고, 어절이 될 수도 있다는 것을 잊지 마세요.

이제 어절을 단어로 나누어 볼까요? 단어는 우리가 사전에서 찾는 바로 그것이에요.

춘향, 은, 몽룡, 이, 노래, 를, 부르는, 소리, 에, 잠, 에서, 퍼뜩, 깼다

단어는 모두 13개입니다. 단어도 뜻을 가지고 있어요. 사전에서 이 단어들을 찾으면 뜻풀이가 되어 있잖아요? 단어도 뜻을 가진 단위입니다. 참고로, 여기서도 어절과 단어를 비교해 보면 **퍼뜩**은 단어이기도 하지만 어절이기도 합니다.

자, 이제 단어를 나누어 볼까요?

'아니 단어를 나눌 수 있어?'

이런 생각이 들지요?

물론 위에 있는 단어 중에서,

춘향, 은, 몽룡, 이, 노래, 를, 소리, 에, 에서, 퍼뜩

은 더는 나눌 수가 없어요. 예를 들어 '소리'를 '소'와 '리'로 나누면 '소'와 '리'가 각각 무슨 말인지 알 수 없기 때문이에요.

그런데,

부르는, 잠, 깼다

이 세 단어는 더 나눌 수가 있어요.

부르는 = 부르 + 는

잠 = 자 + ㅁ

깼다 = 깨 + 었 +다

부르는은 부르다의 어간 **부르-**와 서술어를 관형어 자리에 들어가게 만드는 특수부품 -는으로 나누어져요.

잠은 자다의 어간 **자-**와 동사나 형용사를 명사로 바꾸어 주는 접미사 -ㅁ으로 나누어집니다.

깼다는 깨다의 어간 **깨-**와 과거를 나타내는 어미 -었-, 그리고 서술형 어말어미 -다로 나누어지고요.

이렇게 나눈 **부르-, -는, 자-, -ㅁ, 깨-, -었-, -다**는 위에서 설명한 일정한 뜻을 가지고 있습니다. 이 중에서 -는, -ㅁ, -었-, -다는 관형어 자리에 들어가게 만든다는 둥, 동사나 형용사를 명사로 바꾸어 준다는 둥, 과거를 나타낸다는 둥, 서술한다는 둥, 지금까지 우리가 흔히 보았던 단어의 뜻과는 달리 문법적인 정보를 나타내고 있습니다. 이런 문법적인 정보도 일종의 뜻에 속합니다.

그럼 나누기의 최종 결과를 볼까요?

춘향, 은, 몽룡, 이, 노래, 를, 부르-, -는, 소리, 에, 자-, -ㅁ, 에서, 퍼뜩, 깨-, -었-, -다

이제 이것들은 일정한 뜻을 가지고 있으면서 더 이상 나누어지지 않

습니다. 이렇게 뜻을 가지고 있으면서 더 이상 나누어지지 않는 것을 형태소라고 부릅니다.

여기서 **춘향, 은, 몽룡, 이, 노래, 를, 소리, 에, 에서, 퍼뜩**은 형태소이지만 단어이기도 하지요. 특히 **퍼뜩**은 형태소이기도 하고, 단어이기도 하고, 어절이기도 합니다.

 ## 형태소는 어떻게 구분하나?

자립형태소 vs. 의존형태소

형태소가 자립할 수 있는가 없는가에 따라 자립형태소와 의존형태소로 나눕니다.

자립할 수 있다는 말은 형태소만으로도 무슨 뜻인지 알 수 있는 것을 뜻해요. 앞에서 살펴보았던 형태소를 다시 한 번 볼까요?

춘향, 은, 몽룡, 이, 노래, 를, 부르-, -는, 소리, 에, 자-, -ㅁ, 에서, 퍼뜩, 깨-, -었-, -다

이 중에서 **춘향, 몽룡, 노래, 소리, 퍼뜩**은 그냥 보아도 무슨 뜻인지 쉽게 알 수 있어요. 이런 것을 **자립형태소**라고 합니다. 혼자서도 자립적으로 자신이 무슨 뜻을 가지고 있는지 사람들이 알 수 있게 생긴 형태소예요.

반면에 은, 이, 를, 부르-, -는, 에, 자-, -ㅁ, 에서, 깨-, -었-, -다는 그

냥 봐서는 무슨 뜻인지 쉽게 알 수가 없지요? 다른 말과 합해지면 알겠지만요. 이렇게 자기가 가진 뜻을 나타내려면 다른 말에 의존해서 합해져야 하는 형태소를 의존형태소라고 합니다.

어휘형태소 vs. 문법형태소

형태소는 그 의미가 하나하나의 형태소마다 개별적으로 적용되는 어휘적인 것인지, 아니면 규칙적인 표시여서 하나를 알면 여러 곳에 적용시킬 수 있는 문법적인 것인지에 따라 어휘형태소와 문법형태소로 나눕니다.

어휘와 문법이 어떻게 다른지는 알고 있지요?

어휘는 사전에서 다루고, 문법은 문법책에서 다뤄요.

무슨 말이냐고요?

하나하나 개별적으로 외워야 하는 것은 어휘적인 것이어서 사전에서 다루지만, 규칙적이어서 법칙으로 만들 수 있는 것은 문법책에서 다룬다고 말했잖아요?

위에서 살펴본 형태소를 다시 한 번 더 봐요.

춘향, 은, 몽룡, 이, 노래, 를, 부르-, -는, 소리, 에, 자-, -ㅁ, 에서, 퍼뜩, 깨-, -었-, -다

이 중에서 **춘향, 몽룡, 노래, 부르-, 소리, 자-, 퍼뜩, 깨-**는 개별적인 뜻을 가지고 있는 형태소입니다. **부르-, 자-, 깨-**는 뒤에 형식적으로

'-다'를 붙여 **부르다, 자다, 깨다**를 사전에서 찾습니다. 이렇게 개별적인 뜻이 사전에 나와 있는 형태소가 **어휘형태소**예요.

그런데 '은, 이, 를, -는, 에, -ㅁ, 에서, -었-, -다'는 그 뜻이 단어의 뜻을 보조하거나 단어에 주격, 목적격 같은 자격을 주거나, 그렇지 않으면 관형어 자리에 들어가게 만들거나, 동사나 형용사를 명사로 바꾸어 주거나, 과거를 나타낸다는 등과 같은 문법적인 기능을 나타냅니다. 이렇게 문법적인 기능을 나타내는 형태소를 **문법형태소**라고 해요.

그럼 앞에서 살펴본 형태소를 한번 자립형태소와 의존형태소, 어휘형태소와 문법형태소로 구분해 보세요.

쉽게 구분할 수 있겠지요?

단어

형태론 2

 단어는 최소 자립형식

　단어가 무엇인지 모르는 사람은 없습니다. 그러나 단어가 무엇이냐는 물음에 대답하기란 쉽지 않지요. 문법에서도 마찬가지로 대답하기가 쉽지 않아요. 이건 우리나라 문법뿐만 아니라 영어를 포함한 다른 나라 문법에서도 마찬가지예요.

　일반적으로 단어는 '최소 자립형식'이라고 합니다. 최소 자립형식이란 사람들이 그냥 봐서 무슨 뜻인지 알 수 있는 것 중에서 그 모양이 가장 작은 것을 말해요. 앞에서 형태소로 나누기 전 단계였던 단어들을 다시 한 번 살펴볼까요?

　춘향, 은, 몽룡, 이, 노래, 를, 부르는, 소리, 에, 잠, 에서, 퍼뜩, 깼다 어떤가요? 그냥 봐도 무슨 말인지 알 수 있는 것들이지요?

어, 그렇지 않다고요? '은, 이, 를, 에, 에서'는 그냥 봐서 무슨 말인지 모르겠다고요? 그리고 이것들은 의존형태소인데 자립형식인 단어라고 하는 것은 모순이라고요?

네, 맞습니다!

여기서 이상하게 생각되는 '은, 이, 를, 에, 에서'는 모두 조사예요. 조사는 모두 의존형식입니다. 그런데 우리나라에서는 문법을 좀 더 쉽게 설명하기 위해서 의존형식인 조사를 모두 단어로 취급하고 있어요. 그래서 조사는 의존형식이면서 단어가 된 거예요. 참고로 북한에서는 조사를 단어로 취급하지 않아요.

자립형식은 뭐고, 또 형식은 뭔가요?

형식이란 문장, 절, 구, 어절, 단어, 형태소 같은 것을 말해요. 자립형식이란 형식 그 자체만으로도 사람들이 무엇을 뜻하는지 알 수 있는 형식을 말하고요.

형태소 중에서는 자립형태소가 자립형식이고, 의존형태소는 의존형식입니다. 그러면 문장, 절, 구, 어절, 단어는 무슨 형식일까요? 모두 자립형식입니다. 단어 중에서 조사만 빼고요.

그런데 우리말에는 최소 자립형식이 아닌데도 단어가 되는 경우가 있어요. 합성어라는 게 그렇지요. 산돼지 같은 말이 합성어인데, 산돼지는 최소 자립형식이 아니에요. 산과 돼지로 나눌 수 있잖아요? 산도 자립형식이고 돼지도 자립형식이니까요. 그런데 산돼지를 산과 돼지로 나누면 산돼지라는 뜻이 사라지고 맙니다. 그래서 우리말에서는 자립형식 중에 최소는 아니지만 고유한 뜻을 가지고 있는 합성어를 하나의 단어로 취급하고 있어요.

결론적으로 우리말에서 단어가 되는 것은 최소 자립형식인 것, 조사, 그리고 합성어입니다.

 품사

품사를 분류하는 기준

품사를 한자로 써 볼까요?

品詞

품사品詞라는 한자를 보면 품사가 무엇인지 짐작할 수 있습니다. 품品이라는 글자를 보면 네모 세 개가 있지요?

품은 무엇인가를 나눠 네모로 묶는다는 뜻을 가지고 있어요. 나누려면 일정한 기준이 있어야겠지요? 그리고 사詞는 단어라는 뜻입니다. 그러니까 품사는 단어를 일정한 기준으로 나누어 묶은 것이라는 말이에요.

우리말 띄어쓰기 방법

문장에서 띄어쓰기가 되어 있는 부분은 어절과 어절 사이라고 했습니다. 그러니까 글을 쓸 때 어디까지가 어절인지를 알면 띄어쓰기가 쉬울 텐데 어절이 모양이 정해져 있는 것이 아니라서 그리 쉽지는 않습니다.

우리말 띄어쓰기 규정을 보면, '문장의 각 단어는 띄어 씀을 원칙으로 한다.'고 되어 있습니다. 이 말을 자세히 들여다보면, 띄어 쓰는 단위는 '단어'이고, '원칙으로 한다'는 말에서 '예외가 있다'는 의미를 찾아낼 수 있습니다. 여기서 예외가 되는 것은 조사입니다. 조사는 의존형식인데 문법을 설명하기 쉽게 하려고 단어로 인정한 것입니다. 띄어 쓰는 단위는 자립형식이어야 하는데 의존형식인 조사를 띄어 쓸 수는 없겠죠? 그래서 조사는 앞 단어에 붙여 써요.

그러니까 조사를 제외한 모든 단어를 띄어 쓴다고 생각하면 됩니다. 그런데 단어가 무엇인지 분명하게 모른다고요? 단어가 무엇인지 분명하게 몰라도 됩니다. 우리가 책을 보다가 모르는 말이 나오면 사전을 찾지요? 사전을 찾을 때 직관적으로 찾는 부분이 단어입니다. 그렇게 생각하면 크게 틀리지 않습니다.

춘향이, 몽룡이, 방자, 향단이, 월매, 변 사또가 오랜만에 모여
광한루로 놀러 가기로 했습니다. 가마 두 대에 나누어 타고 가
야 하는데 서로 춘향이와 타고 가겠다고 야단입니다. 세 명씩
나누어야 하는데 어떻게 하면 좋을까요?

가만히 보니까 춘향이, 향단이, 월매는 여자이고, 몽룡이, 방자,
변 사또는 남자입니다. 그래서 남녀를 기준으로 정하기로 했습
니다. 그래서 여자인 춘향이, 향단이, 월매는 같은 가마를 타고,
남자인 몽룡이, 방자, 변 사또는 같은 가마를 타기로 정했지요.
몽룡이와 변 사또는 화가 나서 입을 꾹 다물고 아무 말도 하지
않았습니다.

이렇게 무엇을 나누려면 기준이 있어야 합니다. 단어들도 몇 개의 그
룹으로 나누려면 기준이 있어야 해요. 단어를 분류할 때 기본이 되는 기
준은 **기능**, **형태**, **의미**입니다.

기능이란 단어가 문장에서 어떤 기능을 하는지를 말합니다. 다른 단
어를 꾸며 주기만 한다든지, 아니면 다른 단어를 꾸며 주기도 하고 다른
단어의 꾸밈을 받는다든지, 아니면 다른 단어를 지배한다든지, 아니면
단어와 단어를 연결시켜 준다든지와 같은 것을 말해요. 그래서 기능이
라는 기준은 여러 가지 하위 기준을 가지고 있지요.

형태란 단어의 모양이 변하는지 아닌지를 말합니다. 대부분의 단어는 어느 문장에서 쓰이든 모양이 바뀌지 않지만 동사나 형용사 같은 것은 쓰임에 따라 어미가 바뀌어 단어의 모양이 바뀌지요. 이렇게 단어의 모양이 바뀌는지 바뀌지 않는지가 하나의 기준이 됩니다.

의미란 단어의 뜻을 말합니다. 단어가 누구에게나 똑같이 인식되는 객관적인 것인지 아니면 사람에 따라 달라지는 주관적인 것인지에 따라 단어를 구분합니다.

이렇게 단어는 기능, 형태, 의미를 기준으로 몇 가지 묶음으로 나눌 수 있어요.

기준은 객관적이어야 하겠지요? 단어를 나누는 이들 세 가지 기준 가운데 기능과 형태는 객관적이지만, 의미는 상대적으로 객관적이지 못합니다. 그래서 주로 기능과 형태를 가지고 단어를 분류합니다. 의미는 그것을 더 세분화해서 분류할 때 기준으로 삼지요.

이들 기준을 바탕으로 단어를 나눈 결과를 품사라고 합니다. 학교 문법에서는 품사를,

명사, 대명사, 수사, 동사, 형용사, 부사, 관형사, 조사, 감탄사

이렇게 9가지로 나누고 9품사라고 가르칩니다.

그러나 품사는 이것보다 더 세분화해 12품사가 될 수도 있고, 덜 세분화하면 6품사가 될 수도 있습니다. 품사의 개수는 고정되어 있는 것이 아닙니다.

품사 나누는 연습

그럼 이제부터 단어들을 기능, 형태, 의미를 기준으로 9개의 묶음으로 나누어 볼까요?

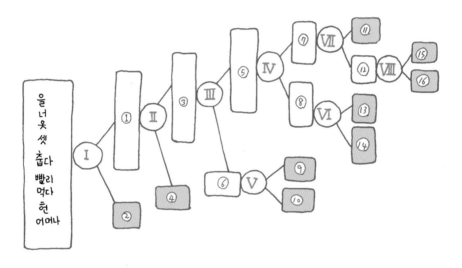

위 그림에서 **동그라미** 안에는 **기준**(로마자)이 들어갈 것이고, **네모** 안에는 **단어**(원 안의 숫자)가 들어갈 것입니다. 그리고 네모 중에서 동그라미와 붙어 있지 않은 것이 최종적으로 분류된 단어의 묶음 즉, 품사가 됩니다. 위 그림에서는 ②, ④, ⑨, ⑩, ⑪, ⑬, ⑭, ⑮, 16번 네모 안에 들어가는 단어들이 최종 분류된 것으로, 각각의 묶음이 품사가 되는 거예요.

앞의 그림에서 맨 왼쪽에 있는 네모에 단어 9개를 예로 넣어 놓았습니다. 원래는 사전에 있는 모든 단어를 집어넣고 각각의 기준에 맞추어 분류해야 하지만 설명의 편의를 위해 9개만 넣어 놓았어요.

그럼 지금부터 이렇게 모여 있는 9개의 단어를 각각의 기준에 맞추어 분류해 보자고요.

직·간접적으로 서술어의 지배를 받는다는 것은 그 단어(또는 그 단어가 포함된 어절)가 서술어와 직·간접적으로 어울려 말이 되는 것을 말해요.

　　어머나, 춘향이가 새 옷을 샀네.

이 문장에서 **춘향이가-샀네, 옷을-샀네**에서 **춘향이가**나 **옷을**은 서술어와 직접적으로 어울려 말이 되고, **새-옷을-샀네**에서 **새**는 옷을을 매개로 하여 간접적으로 서술어와 어울려 말이 됩니다.

그런데 **어머나-샀네**는 말이 되지 않지요? **어머나**는 직·간접적으로 서술어의 지배를 받지 않는 말입니다.

문장에서 단어가 서술어와 관련을 맺으려면 조사의 도움이 있어야 해요.

　몽룡이가 춘향이를 좋아한다.

　이 문장에서 몽룡이는 -가를 매개로 서술어 **좋아한다**와 연결됩니다. **춘향이**도 마찬가지로 -를을 매개로 서술어 **좋아한다**와 연결됩니다. 조사는 단어를 서술어에 걸리게 하는 기능을 하지요. 그래서 조사를 순 우리말로 **걸림씨**라고 하는 거예요.

> **기준 Ⅲ [형태]**
> 문장에서 단어의 모양이 바뀌는가?
> '예'이면 ⑥번 네모로, '아니오'이면 ⑤번 네모로!
> ⑤번 네모에 모인 단어들: 너, 옷, 셋, 빨리, 헌
> ⑥번 네모에 모인 단어들: 춥다, 먹다

　문장에서 단어의 모양이 바뀌는 것은 서술어 자리에 오는 단어입니다. 서술어 자리에 오는 단어는 어간과 어미로 구성되는데, 어미가 문법 범주를 나타내야 하기 때문에 문장에 따라 서술어 모양이 바뀌지요.

　몽룡이가 춘향이를 좋아한다.
　몽룡이가 춘향이를 좋아했지?
　몽룡이가 춘향이를 좋아하겠다. ……

춘향이가 예쁘다.

춘향이가 예쁘지?

춘향이가 예쁘겠다. ……

문장에서 다른 단어를 꾸미는 기능은 관형어와 부사어가 갖고 있지요. 관형어와 부사어 자리에 들어갈 수 있는 단어는 다른 단어를 꾸밀 수 있어요. 꾸미는 말의 특성은 그 말이 없어도 완전한 문장이 된다는 겁니다.

기준 Ⅳ [기능]

문장에서 주된 기능이 다른 단어를 꾸미는 것인가?

'예'이면 ⑧번 네모로, '아니오'이면 ⑦번 네모로!

⑦번 네모에 모인 단어들: 너, 옷, 셋

⑧번 네모에 모인 단어들: 빨리, 헌

방자가 (새) 짚신을 (멀리) 던져 버렸다.

기준 Ⅴ [기능]

청유문이나 명령문을 만들 수 있는가?

'예'이면 ⑨번 네모로, '아니오'이면 ⑩번 네모로!

⑨번 네모에 모인 단어들: 먹다 ⇒ **동사**

⑩번 네모에 모인 단어들: 춥다 ⇒ **형용사**

네 가지 서법으로 만들어지는 문장은 서술문, 의문문, 청유문, 명령문입니다. 동작의 의미를 가지는 동사는 청유문과 명령문을 만들 수 있지만, 동작의 의미가 들어 있지 않은 형용사는 청유문과 명령문을 만들 수 없지요.

춘향이가 노래를 부른다.
춘향이가 노래를 부르니?
춘향아, 노래를 부르자!
춘향아! 노래를 불러라.

춘향이가 예쁘다.
춘향이가 예쁘니?
(X) 춘향아 예쁘자.
(X) 춘향아 예뻐라.

기준 Ⅵ [기능]
문장에서 다른 단어의 꾸밈을 받을 수 있으며, 보조사가 붙을 수 있는가?
'예'이면 ⑬번 네모로, '아니오'이면 ⑭번 네모로!
⑬번 네모에 모인 단어들: 빨리 ⇒ **부사**
⑭번 네모에 모인 단어들: 헌 ⇒ **관형사**

명사를 꾸미는 관형사는 뒤에 보조사가 붙을 수도 없고, 다른 말의 꾸밈을 받지도 못해요.

향단이가 웬 치마를 입었다.

(X) 향단이가 웬도 치마를 입었다.

(X) 향단이가 헌 웬 치마를 입었다.

관형사 웬 뒤에 보조사 -도가 붙으면 말이 안 되고, 관형사 웬 앞에 있는 헌은 뒤에 오는 웬 치마 전체를 꾸미는 것이지 바로 뒤에 있는 웬을 꾸미는 것이 아닙니다.

그런데 부사는 뒤에 보조사가 올 수도 있고 다른 단어의 꾸밈을 받을 수도 있어요.

방자가 빨리 달렸다.

방자가 빨리도 달렸다.

방자가 더 빨리 달렸다.

부사 빨리 뒤에 보조사 -도가 붙을 수 있으며, 부사 빨리 앞에 있는 디는 뒤에 오는 빨리를 꾸미고 있습니다.

기준 Ⅶ [의미]

사물이나 개념을 원래 이름으로 부르는가?

'예'이면 ⑪번 네모로, '아니오'이면 ⑫번 네모로!

⑪번 네모에 모인 단어들: 옷 ⇒ **명사**

⑫번 네모에 모인 단어들: 너, 셋

사물이나 개념은 그 이름을 그대로 말할 수도 있고 다른 말로 대신해

서 말할 수도 있어요.

버선을 찾던 춘향이가 향단이 옆에 버선이 있는 것을 보고 향단
이에게 말했습니다.
"향단아, 그거 좀 줘!"

춘향이는 버선을 보고 그거라고 말했습니다. 버선을 보고 버선이
라고 원래 이름을 말할 수도 있고, 춘향이처럼 그거라고 말할 수도 있
지요.

몽룡이와 방자는 매일 함께 어울려 다닙니다. 이야기를 나누던
춘향이와 향단이가 몽룡이와 방자가 같이 가는 것을 보았습니
다. 춘향이가 향단이에게 말했습니다.
"둘이서 또 어디 가는 모양이네."

춘향이는 몽룡이와 방자를 둘이라고 말했습니다. 이렇게 원래 이름
을 말하지 않고 둘이라는 숫자로 말할 수도 있지요.

기준 Ⅷ [의미]

사물이나 개념을 다른 말로 대신 부르는데 그것이 객관적인가?
'예'이면 16번 네모로, '아니오'이면 ⑮번 네모로!
⑮번 네모에 모인 단어들: 너 ⇒ 대명사
16번 네모에 모인 단어들: 셋 ⇒ 수사

사물이나 개념을 다른 말로 대신해서 말할 때, 사람에 따라서 달라지는 경우도 있고 그렇지 않은 경우도 있습니다.

버선을 찾던 춘향이가 향단이 옆에 버선이 있는 것을 보고 향단이에게 말했습니다.
"향단아, 그거 좀 줘!"
향단이가 버선을 가리키며 "이거 달라고요?" 하고 말했습니다.

똑같은 버선을 춘향이는 **그거**라고 말하고, 향단이는 **이거**라고 말했습니다. 이렇게 같은 물건을 대신해서 부르는 말이 말하는 사람의 위치에 따라 달라지는 것을 **대명사**라고 해요.

몽룡이와 방자는 매일 함께 어울려 다닙니다. 이야기를 나누던 춘향이와 향단이가 몽룡이와 방자가 같이 가는 것을 보았습니다. 춘향이가 향단이에게 말했습니다.
"둘이서 또 어디 가는 모양이네."
이 말을 들은 향단이도 "정말 둘이서 매일 함께 다니네."라고 말했습니다.

춘향이는 **몽룡이와 방자**를 대신하는 말로 둘이라고 말했는데, 향단이도 춘향이와 마찬가지로 **몽룡이와 방자**를 둘이라고 말했어요. 이렇게 대신하는 말이 말하는 사람에 따라서 달라지지 않는 것이 **수사**입니다.
이렇게 해서 단어는 **명사, 대명사, 수사, 동사, 형용사, 부사, 관형사, 조사, 감탄사** 이렇게 모두 9개의 품사로 묶을 수 있습니다.

품사의 개수

단어는 반드시 9개의 품사로만 나눌 수 있는 것이 아니라고 했지요? 위에서 나눈 것을 바탕으로 품사의 수를 줄일 수도 있고, 늘일 수도 있어요.

9품사를 6품사로 줄여 볼까요?

명사, 대명사, 수사를 구분한 기준은 의미입니다. 의미는 상대적으로 객관적이지 않다고 했지요? 무슨 말이냐 하면 객관적이지 않은 기준으로 굳이 단어를 나눌 필요가 없다는 말입니다. 그러면 명사, 대명사, 수사는 크게 명사라는 묶음으로 묶을 수 있겠지요?

동사와 형용사도 하나로 묶을 수 있어요. 동사인지 형용사인지 구분하기 어려운 경우가 있기 때문입니다. 구분하기 어려운 것이 있을 때는 전체를 구분하지 않는 것도 좋은 방법이에요. 어떤 동사의 종류는 움직임이 없는 것 같은데 동사인 경우가 있습니다. 예를 들어 **알**다는 움직임이 없어서 형용사 같지만 청유문이나 명령문을 만들 수 있으므로 동사로 분류합니다.

동사와 형용사를 구분하지 않는 경우에는 동사와 형용사를 묶어 동사라고 부릅니다. 이때 동사는 의미를 기준으로 동작동사와 상태동사로 다시 구분할 수 있습니다. 동작동사는 9품사로 품사를 구분했을 때 동사와 거의 일치하고, 상태동사는 형용사와 거의 일치합니다. 일치하지 않는 부분을 예로 들어 보면, 알다는 동사와 형용사를 구분하는 9품사로 분류할 때는 동사에 속하지만, 모두 동사로 묶는 분류방식에서는 상태동사에 속합니다. 의미가 상태이기 때문입니다.

이렇게 하면 9품사가 **명사, 동사, 부사, 관형사, 조사, 감탄사** 이렇게 6품사가 되지요.

9품사를 12품사로 늘려 볼까요?

단어 **이다**는 9품사에서 조사로 분류됩니다. **이다**는 이중적인 속성을 가지고 있지요. **이다**는 명사 뒤에 붙습니다. 명사 뒤에 붙는 것은 조사의 특성이에요. 그런데 **이다**는 동사나 형용사처럼 어미가 붙어 있기 때문에 쓰임에 따라 단어의 모습이 바뀝니다. 9품사 분류에서는 이다의 이런 두 가지 특성 중에서 명사 뒤에 붙는다는 특성에 중점을 두어 조사로 분류했지요.

그런데 만일 이다가 그 모습이 바뀐다는 데 중점을 두면 품사를 따로 분류할 수가 있어요. **이다**와 **아니다**를 합해서 **지정사**라는 품사를 정하는 거지요. 지정사란 무엇인지를 지정해 주는 품사라는 뜻입니다.

벌써 품사가 하나 더 늘어났네요.

단어 **있다**는 9품사 분류에서 형용사로 분류됩니다. 그러나 있다가 반드시 형용사의 특성을 가지는 것은 아닙니다. 있다는 '우리 집에 있자!', '네가 집에 있어라!'처럼 청유문과 명령문이 되기도 하지만, '우리 돈이 있자!', '너는 돈이 있어라!'처럼 청유문과 명령문이 안 되는 경우가 있습니다. 그래서 있다와 관련이 있는 **없다**와 **계시다**를 함께 묶어 **존재사**라는 품사를 만들 수 있지요. 존재사란 존재하는지를 나타내는 품사라는 뜻입니다.

한편, 그리고나 그러나와 같은 단어는 9품사에서 부사로 분류되지만, 문장과 문장을 접속시키는 기능을 가지고 있으므로 **접속사**로 따로 분류할 수도 있어요.

이렇게 하면 9품사인 명사, 대명사, 수사, 동사, 형용사, 부사, 관형사, 조사, 감탄사에 지정사, 존재사, 접속사가 덧붙어 12품사가 되는 거예요.

[덧붙임]

학교 문법에서 지정사와 존재사를 설정하지 않는 이유는 2~3개의 단어로 하나의 품사를 만드는 것이 문법을 복잡하게 만들기 때문에 실용성이 없다고 생각해서입니다.

품사의 개성

이제부터 9개의 품사들이 어떤 특징을 갖고 있나 살펴보기로 해요. 그런데 웬만한 특징은 이미 앞에서 품사를 나누면서 다 살펴보았기 때문에 여기서는 주의해야 할 것을 중심으로 살펴볼게요.

이름을 불러 줘—명사

보통명사와 고유명사의 구별

누구나 보통명사와 고유명사가 무엇인지 개념으로는 잘 알고 있지만, 실제로는 잘 구별하지 못하는 것 같아요.

춘향이, 몽룡이, 저고리, 버선, 해, 달

위에 6개의 명사가 있습니다. 여기에서 **춘향이**와 **몽룡이**는 고유명사이고, **저고리**와 **버선**은 보통명사라는 것은 잘 알고 있지요?

그런데 **해**와 **달**은 보통명사일까요, 아니면 고유명사일까요? 해와 달은 하나밖에 없으니까 고유명사라고 생각하기 쉬워요. 하지만 해와 달은 보통명사예요.

고유명사이냐 아니냐는 하나인가 아닌가로 정해지는 것이 아닙니다. **춘향이**와 **몽룡이**는 고유명사이지만 우리나라에 **춘향**이나 **몽룡**이라는 이름을 가진 사람이 여러 명 있을 수 있겠지요? 이렇게 여럿이 있어도 **춘향**이나 **몽룡**이라는 이름은 그 한 사람 한 사람의 고유한 것이기 때문에 고유명사가 됩니다.

해와 달은 하나밖에 없지만, 어떤 SF소설에는 해가 둘이고 달이 여섯이 뜨는 행성이 나옵니다. 해와 달이 고유명사라면 이 행성에서 두 개의 해를 구별해서 부를 수가 없겠지요? 여섯 개의 달도 마찬가지고요. 해는 낮에 강렬한 빛을 내면서 하늘에 떠 있는 것을 부르는 보통명사이고, 달은 밤하늘에 둥그렇게 떠 있는 것을 부르는 보통명사예요.

자립명사 vs. 의존명사

의존명사는 명사는 명사인데 어딘가에 의존하는 명사예요.

여기에 어떤 단어가 있습니다. 그런데 그 단어 뒤에는 조사가 붙을 수 있고 그 단어 앞에 있는 다른 말이 그 단어를 꾸며 주기도 합니다. 문장에서 이렇게 쓰이는 단어가 바로 명사지요.

새 저고리-도
새 것-도

저고리나 것은 모두 명사예요. 뒤에 조사 '-도'가 붙을 수 있고, 앞에 있는 '새'가 꾸며 주기 때문이지요.

그런데 저고리하고 것은 조금 다릅니다. 저고리는 앞에서 꾸며 주는 '새'가 없어도 말이 되는데, 것은 앞에서 꾸며 주는 '새'가 없으면 말이 안 됩니다. 것은 앞에서 꾸며 주는 '새'에 의존하고 있습니다. 그래서 것을 의존명사라고 부르고, 저고리는 자립명사라고 부르지요.

복수를 나타내는 '들'

영어에서는 명사가 둘 이상이면 복수를 나타내는 '-s/-es'를 꼭 붙입니다. 우리말에도 복수를 나타내는 표시로 '들'이 있습니다. 그러나 우리말에서는 명사가 둘 이상일 때 '들'을 꼭 붙일 필요가 없어요.

'들'의 특수한 쓰임새

우리말에서 명사가 복수일 때 '들'을 어절 뒤에 붙이는 특별한 쓰임이 있습니다.

아이들이 광한루로 놀러 나갔다.
아이들이들 광한루로 놀러 나갔다.
아이들이 광한루로들 놀러 나갔다.
아이들이 광한루로 놀러들 나갔다.

할머니가 말씀하시듯 친근한 느낌이 들지요? 가끔 나이 드신 어른들이 이렇게 말하는 걸 들어 본 적이 있을 거예요.

춘향이는 많은 사람들이 모여 있는 곳으로 갔다.
춘향이는 많은 사람이 모여 있는 곳으로 갔다.

어때요? '들'이 있건 없건 상관없지요?

대신해 줘-대명사

사람을 대신하는 인칭대명사

인칭대명사에는 1인칭, 2인칭, 3인칭과 미지칭, 부정칭, 재귀칭이 있어요.

1인칭, 2인칭, 3인칭은 모두 잘 알고 있지요?

잘 아는 건 굳이 설명할 필요가 없겠네요. 미지칭, 부정칭, 재귀칭에 대해서 알아볼게요.

미지칭은 누구인지 몰라서 누구라고 말할 수 없을 때 쓰는 말입니다.

거기 누구 왔어요?

이렇게 누구인지 몰라 물어보는 경우에 **누구**와 같은 말이 미지칭 대명사예요. **부정칭**은 누구인지 알지만 누구라고 정하지 않을 때 쓰는 말입니다.

아무나 가져가세요.

이렇게 누구라고 정하지 않을 때 쓰는 **아무**와 같은 말이 부정칭 대명사예요.

미지칭 대명사인 **누구**가 부정칭 대명사로 쓰이기도 합니다.

춘향이가 몽룡이한테 깜짝파티를 해 주려고 몰래 친구들을 불렀습니다. 그런데 옆방에 있던 몽룡이가 무슨 소리를 듣고 춘향이한테 물었습니다.

"춘향아, 거기 누구 왔니?"

춘향이는 누가 왔는지 알려 주지 않고

"응, 누구 왔어."라고 말했습니다.

몽룡이 말에서 **누구**는 누구인지 몰라서 물어보는 것이므로 **미지칭** 대명사입니다. 그러나 춘향이 말에서 누구는 누구인지 알지만 굳이 알려 줄 필요가 없어서 알려 주지 않으려고 한 말이므로 **부정칭** 대명사예요.

재귀칭은 문장의 주체를 대신하는 말입니다.

춘향이는 자기 댕기를 몽룡이에게 주었다.

향단이와 방자는 저희들끼리만 논다.

문장의 주어는 주체입니다. 그러므로 문장에서 주어와 같은 말이 한 번 더 나올 때 주체를 대신해서 **자기**나 **저희들**과 같은 말을 쓰게 되는데 이것을 **재귀대명사**라고 하지요.

사물을 가리키는 지시대명사

지시대명사는 **여기, 거기, 저기; 이것, 저것, 그것** 같은 말이에요. 이런 지시대명사 이외에 **미지 지시대명사**와 **부정 지시대명사**도 있습니다.

몽룡: 우리 어디로 갈까?

춘향: 아무데나 가지, 뭐.

춘향: 우리 무엇을 먹을까?

몽룡: 아무것이나 먹지, 뭐.

미지 지시대명사는 **어디**나 **무엇**처럼 알지 못할 때 쓰는 말이고, 부정 지시대명사는 **아무데나 아무것**처럼 정하지 않고 결정했을 경우에 쓰는 말입니다.

하나 둘 셋―수사

여기서 주의할 것이 하나 있어요.

숫자와 관련된 것이라고 무조건 수사가 아닙니다.

수사는 숫자를 가리키는 말이 아닙니다. 숫자는 명사입니다! 잊지 마세요.

여기에 3(삼)이 셋이 있다.

이 문장에서 3(삼)은 숫자이므로 명사이고, 셋은 **수량**이므로 수사입니다.

조금 헷갈린다고요? 그럼 다음 문장을 보세요.

여기에 5(오)가 셋이 있다.
여기에 8(팔)이 셋이 있다.
여기에 9(구)가 셋이 있다.

어때요? 앞에 있는 5, 8, 9는 숫자의 이름이니까 자기 이름 그대로 쓰입니다. 그러니까 **명사**예요. 그런데 셋은 앞에 있는 숫자가 무엇이든지 간에 개수가 같으니까 셋입니다. 숫자가 무엇이든 상관없이 개수를 나타내는 것이 수사예요.

졸졸졸—조사

명사를 졸졸 따라다니는 조사

조사는 격조사, 보조사, 연결조사, 특수조사가 있어요.

격조사는 명사에 붙어서 그 명사가 문장에서 일정한 자격을 가지게 하는 조사입니다. 이미 앞에서 살펴보았어요. 격조사에는 주격조사, 목적격조사, 서술격조사, 보격조사, 부사격조사가 있지요.

> 춘향이가(주격조사) 저고리를(목적격조사) 향단이에게(부사격조사)
> 주었다.
> 춘향이가(주격조사) 스타가(보격조사) 되었다.
> 방자가(주격조사) 하인이다(서술격조사).

보조사는 격조사에 붙거나 부사 뒤에 붙어 뜻을 보조해 주는 조사이고요.

대표적인 보조사로는 '-는/-도/-만'이 있습니다.

> 춘향이는 저고리도 향단이에게만 주었다.
> 춘향이도 저고리만 향단이에게는 주었다.
> 춘향이만 저고리는 향단이에게도 주었다.

> 향단이는 떡을 빨리는 먹는다.
> 향단이는 떡을 빨리도 먹는다.
> 향단이는 떡을 빨리만 먹는다.

이렇게 보조사는 격조사나 부사 뒤에 붙지요.

그런데 주의해야 할 것이 하나 있었지요? 주격조사나 목적격 조사 뒤에 보조사가 붙을 때는 격조사가 생략된다는 거 말예요.

연결조사는 접속조사라고도 해요. 접속이나 연결은 같은 말이에요.

우리말에서 대표적인 연결조사는 '-의'입니다. '-의'는 명사와 명사를 연결(접속)해 주는 연결조사(접속조사)예요.

　향단이가 춘향이의 저고리를 입었다.

'-의'는 춘향이와 저고리를 연결해 줍니다.

'-의' 이외의 연결조사 중에는 '-와/-과'가 있습니다. '-와/-과'는 문장에서 서술어가 어떤 것이냐에 따라 연결조사가 되기도 하고, 부사격조사가 되기도 하니까 특히 주의해야 해요.

　몽룡이와 방자가 광한루에 갔다.

이 문장에서 '-와'는 연결조사입니다. 이 문장은 '**몽룡이가 광한루에 갔다.**'와 '**방자가 광한루에 갔다.**'를 연결해서 만든 문장이니까요. 그런데,

　몽룡이와 춘향이가 광한루에서 싸웠다.

이 문장에서 '-와'는 필수 부사격조사입니다. 싸우려면 두 사람이 있

어야 하기 때문이지요. **몽룡이와**를 한번 빼 볼까요?

　춘향이가 광한루에서 싸웠다.

　누구와 싸웠는지를 모르니까 완전한 문장이 되지 않아요. 이 문장에서는 **몽룡이와**가 반드시 있어야 완전한 문장이 됩니다. **몽룡이와**는 필수성분이지요. 그러니까 격조사가 붙어야 합니다. 이 문장에서 '-와'는 필수 부사격조사예요. 조금 복잡한가요?

　복잡하게 생각되는 것은 지금까지 거꾸로 배워서 그런 거예요. 우리는 지금까지 연결조사는 무엇무엇이고, 부사격조사는 무엇무엇이고, …… 이렇게 외우기만 했습니다. 그러나 언어는 외우는 것이 아닙니다. 문장에서 어떻게 쓰이는지를 따져 보아야만 알 수 있는 거랍니다.

　특수조사는 조금 특별한 데 붙기 때문에 특수조사입니다. 보통 조사는 단어에 붙지요. 지금까지 보아 온 조사들은 모두 단어에 붙었습니다. 그런데 문장에 붙는 조사도 있습니다. 이렇게 단어에 붙지 않고 문장에 붙는 조사가 바로 특수조사입니다.

　춘향, 떡 먹어.
　춘향, 떡 먹어요.

　위 문장에서 '춘향, 떡 먹어.'는 완전한 문장입니다. 그런데 그 문장 뒤에 '-요'를 붙이니까 상대를 존대하는 문장이 되었습니다. 이렇게 완전히 종결된 문장 뒤에 의미를 덧붙이는 조사가 있는데 이것이 특수조사입니다. '-요'는 상대 존대를 나타내는 특수조사예요.

다른 특수조사로는 '-시피', '-그려' 등이 있습니다.

여러분도 아시다시피,
이제 날씨가 시원해졌네그려.

조사를 생략하거나 결합시키기
격조사나 연결조사는 생략되기도 합니다.

너 춘향이 만났니?

격조사의 경우, 위 문장에서처럼 주어나 목적어가 격조사 없이도 문
장에서 그 역할이 분명할 경우에는 생략되기도 하지요.
연결조사 '-의'도 간혹 생략됩니다.

춘향이 소원은 몽룡이와 혼인하는 거래.

위 문장에서 **춘향이 소원**은 원래 **춘향이의 소원**이지요? 이렇게
'-의'는 자주 생략되는데 어떤 경우에 생략되는지는 아직 밝혀지지 않
았어요.
조사는 조사들끼리 여러 개가 결합하기도 하지요.

몽룡이가 댕기를 춘향이에게만 주었다.
몽룡이는 남원에서부터 한양까지 걸어갔다.

'춘향이에게만'에서는 '-에게'와 '-만'이 결합하였고, '남원에서부터'는 '-에서'와 '-부터'가 결합했지요? 놀랍게도 우리말에서는 조사가 수백 개 연달아 나오면 그 수백 개의 조사를 다 결합해서 붙여 써야 해요. 이론적으로 그렇지요.

줄여 쓰기

말과 글은 같은 것이지만 서로 다른 점도 있습니다.

나는 춘향이를 좋아한다.
남원에서는 춘향이의 인기가 높다.

위에 있는 두 문장을 말로 할 때는

난 춘향이를 좋아한다.
남원에선 춘향이의 인기가 높다.

라고 두 문장 다 줄여서 말할 수 있습니다.
그런데 글로 쓸 때는 첫 문장은 줄여 쓸 수 있지만, 두 번째 문장은 줄여 쓸 수 없습니다. 왜냐하면 '나는'은 '나'라는 뜻이 분명한 명사와 조사가 결합된 것이기 때문에 '난'이라고 줄여 써도 나중에 이 둘을 구별해낼 수 있지만, 조사와 조사가 결합된 '-에서는'을 줄여서 '-에선'이라고 쓰면 나중에 이 둘을 구별해 낼 수 없기 때문입니다. 조사는 실질적인 뜻을 가지고 있지 않기 때문이지요.

그러면 다음 문장은 맞는 표기일까요, 아닐까요?

사람은 마음씨가 좋은 게 좋아!

이 문장에서 '게'는 '것이'를 줄여서 쓴 것이지요. '것'이 불완전 명사이기는 하지만 명사이기 때문에 명사와 조사를 줄여 쓴 '게'는 맞는 표기입니다.

조사 정확하게 쓰기

우리말 문장은 조사에 따라 그 의미가 많이 달라지기도 합니다.

춘향이가 몽룡이에게 말했다.
춘향이가 몽룡이와 말했다.

위에 있는 두 문장은 조사만 바뀌었는데도 전혀 다른 내용을 표현하고 있습니다. 첫 번째 문장에서는 춘향이가 일방적으로 말을 하고 있고, 몽룡이는 듣기만 할 뿐입니다. 그러나 두 번째 문장에서는 춘향이와 몽룡이가 서로 말을 주고받고 하는 것을 나타냅니다.

다음 문장을 볼까요?

(X) 춘향이가 몽룡이에게 대화했다.
춘향이가 몽룡이와 대화했다.

서술어를 '대화했다'로 바꾸니까 조사 '-에게'를 쓴 문장은 말이 안 되고, 조사 '-와'를 쓴 문장만 말이 되지요? '대화하다'는 말은 서로 이야기한다는 뜻이기 때문이에요.
그럼, 다음 문장은 말이 될까요?

(X) 약은 약사에게 상의하십시오.

지금까지는 모르고 그냥 썼는데 이제 보니까 틀린 말이지요? '상의하다'는 서로 의논한다는 뜻이잖아요? 조사를 '-에게'가 아니라 '-와'를 써야 맞는 말이겠지요?

약은 약사와 상의하십시오.

이렇게 말이지요.

변화무쌍—동사와 형용사

동사와 형용사는 모두 서술어 자리에 들어가는 단어입니다. 동사와 형용사는 청유문과 명령문에 쓰일 수 있는가 없는가에 따라 구분됩니다. 동사는 서술문, 의문문, 청유문, 명령문에 모두 쓰일 수 있지만, 형용사는 서술문과 의문문에만 쓰이지요.

동사와 형용사는 다른 단어와는 달리 쓰임에 따라 그 모양이 달라집니다. 이를 '활용'이라고 하는데, 활용이란 동사나 형용사의 어미가 다양하게 바뀌는 현상을 말해요.

어미의 종류

동사나 형용사의 구성을 보면 어간과 어미로 나누어집니다. 어미는 어말어미와 선어말어미로 다시 나누어지고요. 지금 이 얘기는 이미 다 알고 있는 거죠? 문장의 종류를 이야기하면서 자세히 설명했으니까요.

그러면 이런 사실을 바탕으로 동사와 형용사의 구성을 수식으로 나타내 볼까요?

동사/형용사 = 어간 + 어미

= 어간 + 선어말어미 + 어말어미

어말어미와 선어말어미의 차이가 무엇인지 기억나나요? 선어말어미는 그것이 없어도 말이 되지만, 어말어미는 그것이 없으면 말이 안 되는 거였어요. 어말어미는 여러 가지가 있어서 문장에 따라 필요한 어말어미를 갈아 끼워 줘야 해요.

갈아 끼운다는 말을 듣고 뭐 생각나는 것 없나요? 앞서 배웠던 문장의 종류에서 주어-서술어를 문장과 결합시키거나 문장 안에 들어가게 만들 때 어말어미를 특수한 부품으로 갈아 끼웠었잖아요? 이때 갈아 끼우는 특수한 부품이 모두 어말어미입니다. 그럼 이제부터 어말어미를 쓰임에 따라 구분해 볼까요?

어말어미는 문장이 어떤 문장이냐에 따라 달리 쓰이므로 어말어미의 종류는 문장의 종류와 밀접한 관계가 있어요.

먼저 문장의 종류를 다시 한 번 볼까요?

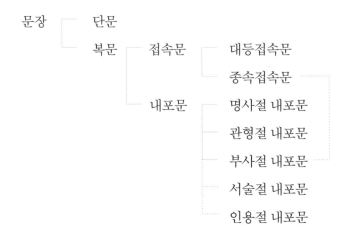

서술절 내포문과 인용절 내포문은 어말어미와 상관없으니까 어말어미의 종류를 나누는 데는 필요가 없겠지요?

어말어미에는 단문이나 복문에서 주어-서술어의 마무리를 짓는 주요한 기능이 있습니다. 어말어미 중에서 문장을 끝내는 기능을 하는 어말어미를 종결어미라고 합니다. 종결어미에는 대표적으로 서술을 나타내는 '-는다', 의문을 나타내는 '-느냐', 청유를 나타내는 '-자', 명령을 나타내는 '-어라'가 있어요. 이런 어말어미 뒤에는 마침표나 물음표, 느낌표와 같은 문장부호를 붙여 문장이 끝났음을 나타냅니다.

그러면 문장을 끝내지 못하는 어말어미는 무엇이라고 부를까요? 비종결어미라고 부르면 되겠지요? 왜냐하면, 종결하는 어미가 아니니까요. 무척 단순하지요?

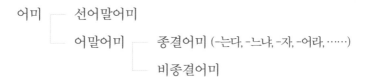

어미 ─ 선어말어미
　　 └ 어말어미 ─ 종결어미 (-는다, -느냐, -자, -어라, ……)
　　　　　　　　└ 비종결어미

　비종결어미는 주어-서술어를 문장 안에 집어넣거나 덧붙여 복문을 만들 때 문장 안에 들어가는 주어-서술어의 어말어미 자리에 갈아 끼우는 어미예요.

　복문 중에서 접속문을 만들 때 접속절에 들어가는 비종결어미를 **접속어미**라고 하고, 내포문을 만들 때 내포절에 들어가는 비종결어미를 **전성어미**라고 합니다. **전성**이란 성질을 전환시켜 준다는 뜻이에요. 그러니까 전성어미란 주어-서술어의 성질을 내포절로 전환시켜 주는 어미라는 뜻이 되지요.

어말어미 ─ 종결어미 (-는다, -느냐, -자, -어라, ……)
　　　　 └ 비종결어미 ─ 접속어미 (-고, -나, -지만, ……)
　　　　　　　　　　　 └ 전성어미

　전성어미는 주어-서술어의 성질을 내포절로 전환시켜 주는 것이라고 했잖아요. 주어-서술어의 어말어미를 전성어미로 갈아 끼워서 내포되는 절로 만든 것에는 명사절, 관형절, 부사절이 있지요. 이때, 주어-서술어를 명사절로 바꾸는 전성어미를 **명사절 전성어미**, 주어-서술어를 관형절로 바꾸는 전성어미를 **관형절 전성어미**, 주어-서술어를 부사절로 바꾸는 전성어미를 **부사절 전성어미**라고 부른답니다.

    그러면 비종결어미가 어떻게 분류되는지 정리해 볼까요? 신기하게
도 복문의 종류와 일치하지요?

비종결어미 ┬ 접속어미 (-고, -나, -지만, ……)
         └ 전성어미 ┬ 명사절 전성어미 (-음, -기)
                   ├ 관형절 전성어미 (-은, -는, -을, -던)
                   └ 부사절 전성어미 (-니까, -다가, ……)

'언'이란

문법을 공부하다 보면 명사, 대명사, 수사, 동사처럼 '사'가 붙
는 말이 있고, 주어, 목적어, 서술어, 부사어, 관형어, 보어, 독립
어처럼 '어'가 붙는 말이 있습니다. '사'가 붙는 말은 단어를 뜻
하고, '어'가 붙는 말은 문장성분을 뜻하는 어절이라는 것은 이
미 알고 있지요?

그런데 체언, 용언, 수식언, 독립언처럼 '언'이 붙는 말도 있습
니다. '언'이 붙는 말은 '사'가 붙는 명사, 대명사, 수사, 동사 등
을 그 기능에 따라 몇몇 개로 묶어서 이름을 붙인 겁니다.

명사, 대명사, 수사를 묶어서 **체언**이라고 하고, 동사, 형용사를
묶어서 **용언**이라고 하지요. 관형사, 수사를 묶어서는 수식언이

라고 하고, 감탄사는 **독립언**이라고 합니다.

체언이란 '몸이 되는 말'이라는 뜻으로 모양이 바뀌지 않는다는 의미입니다. 명사, 대명사, 수사는 그 모양이 바뀌지 않지요?

용언은 '움직이는 말'이라는 뜻으로 모양이 바뀐다는 의미입니다. 동사나 형용사를 보면 그 모양이 쓰임에 따라 바뀌지요? 이렇게 동사나 형용사가 모양이 바뀌는 것을 활용이라고 한다고 했지요? 참고로, 체언과 용언이라는 말은 성리학의 체용론에서 나온 말이랍니다. 무척 철학적이지 않나요?

수식언은 말 그대로 '수식하는 말'이라는 뜻이고, **독립언**은 '독립적인 말'이라는 뜻입니다.

보조용언의 품사는?

보조용언의 품사는 그 앞에 오는 본용언의 품사에 따라 결정됩니다.

춘향이는 떡을 먹지 않았다.
향단이는 예쁘지 않았다.

위 문장에서 보조용언인 '-지 않다'는 하나는 보조동사이고, 다른 하나는 보조형용사입니다. '먹지 않았다'에서 '-지 않다'는 보조동사인데, **먹다**가 동사이기 때문이에요. 그러나 '예쁘지 않다'에서 '-지 않다'는 보조형용사입니다. **예쁘다**가 형용사이기 때문이지요.

멋대로 바뀌는 동사·형용사

동사와 형용사는 어미가 바뀌면서 모양이 바뀌는 활용합니다. 대부분의 동사와 형용사는 규칙적으로 활용하지만 일부 동사와 형용사는 불규칙하게 활용합니다. 규칙활용이란 활용이 예측한 대로 예외 없이 일어나는 것을 말해요.

먹다—먹고—먹으니—먹어서— ……
예쁘다—예쁘고—예쁘니—예뻐서— ……

위에서 동사 **먹다**와 형용사 **예쁘다**가 활용하는 것처럼, 어간의 끝소리가 자음이면 **먹다**처럼 활용하고, 어간의 끝소리가 모음이면 **예쁘다**처럼 활용합니다. 그러므로 **작다**는 **먹다**처럼 활용할 것이고, 자다는 **예쁘다**처럼 활용할 것이라고 예측할 수 있습니다.

정말 그런지 한번 볼까요?

작다—작고—작으니—작아서— ……
자다—자고—자니—자서— ……

어떤가요? 예측한 대로 활용하지요? 이렇게 예측한 대로 활용하는 것을 **규칙활용**이라고 해요.

여기서 주의할 것이 있습니다. 위에서는 활용을 할 때 어간이 바뀌지 않았지만, 어떤 경우에는 활용할 때 어간의 모양이 바뀌기도 합니다. 이런 경우에도 어간의 모양이 바뀌는 것을 예측할 수 있으면 규칙활용이에요. 잊지 마세요! 어간의 모양이 바뀐다고 불규칙 활용이 되는 것은 아닙니다.

놀다—놀고—노니—논—놉니다— ……
날다—날고—나니—난—납니다— ……
줄다—줄고—주니—준—줍니다— ……

어간의 끝소리가 'ㄹ'인 동사나 형용사는 활용할 때 위와 같이 '-니,
-ㄴ, -ㅂ니다'와 같은 어미와 결합하면 'ㄹ'이 없어집니다. 이처럼 어간
의 끝소리가 'ㄹ'인 동사나 형용사는 모두 이렇게 활용하기 때문에 예
측이 가능합니다. 그러므로 **놀다, 날다, 줄다**와 같이 어간의 끝소리가
'ㄹ'인 동사나 형용사는 모두 규칙활용을 하는 겁니다.
　간혹 어떤 문법책에서는 **놀다, 날다, 줄다**와 같이 어간의 끝소리가
'ㄹ'인 동사나 형용사를 'ㄹ불규칙동사', 또는 'ㄹ불규칙형용사'라고
하는데 이는 잘못입니다. 이런 오해는 대부분의 불규칙동사나 불규칙
형용사가 어간의 모양이 바뀌기 때문에 생긴 거예요.
　'불규칙동사는 어간의 모양이 바뀐다.'는 말과 '어간의 모양이 바뀌
면 불규칙동사이다.'는 말은 전혀 다른 말입니다
　놀다, 날다, 줄다와 같은 동사나 형용사는 활용할 때 'ㄹ'이 없어지
므로 '**ㄹ탈락** (규칙)**동사**'나 '**ㄹ탈락** (규칙)**형용사**'라고 불러야 맞는 겁
니다.

'나르는 슈퍼맨'은 없어

우리가 흔히 틀리게 쓰는 말이 'ㄹ탈락 동사'나 'ㄹ탈락 형용사'
입니다.

'날다'와 같이 'ㄹ'이 규칙적으로 탈락하면서 활용하는 말은 표
기할 때도 그렇게 써 주어야 하는데 자꾸 'ㄹ'을 탈락시키지 않고
쓰는 잘못된 습관이 있습니다.

'날다'는

'날다 – 날고 – 나니 – 나는 – 난 – 납니다 – ……'

로 활용합니다.

그러니까 '나르는 슈퍼맨'이라고 쓰면 안 되고 '나는 슈퍼맨'이
라고 써야 합니다.

우리가 옷을 잘못 빨아서 줄었을 때, '줄은 옷'이라고 하면 안 되
고, '준 옷'이라고 하는 것도 마찬가지입니다.

이제부터 구체적으로 불규칙활용을 하는 동사와 형용사를 살펴볼까요? 불규칙활용이란 예측이 불가능한 활용을 말한다고 했지요?

이 말을 바꾸어 말해 볼까요?

동사나 형용사가 같은 조건에서 어떤 것은 예측한 대로 활용하는데 어떤 것은 그렇지 않습니다. 이 경우에 그렇지 않은 동사나 형용사를 불규칙용언이라고 하는 거예요.

ㅅ 불규칙

짓다―짓고―지으니―지어서― …… [불규칙활용]

벗다―벗고―벗으니―벗어서― …… [규칙활용]

짓다나 **벗다** 모두 어간의 끝소리가 자음 'ㅅ'입니다. **벗다**는 어간이 자음으로 끝나는 **먹다**처럼 예측 가능하게 활용하는 반면, **짓다**는 활용을 하다가 갑자기 어간의 'ㅅ'이 없어졌어요.

어간이 'ㅅ'으로 끝나는 용언 중에서 어떤 것이 'ㅅ'이 없어지는지 예측이 불가능하지요? 그래서 'ㅅ'이 언제 없어지는지 예측이 불가능한 **짓다**와 같은 용언(동사나 형용사)을 'ㅅ**불규칙용언**'이라고 합니다.

ㅎ불규칙

하얗다―하얗고―하야니―하얘서― …… [불규칙활용]

좋다―좋고―좋으니―좋아서― …… [규칙활용]

하얗다나 **좋다** 모두 어간의 끝소리가 자음 'ㅎ'입니다. **좋다**는 어간이 자음으로 끝나는 **먹다**처럼 예측 가능하게 활용하는 반면, **하얗다**는 활용을 하다가 어간의 'ㅎ'이 없어집니다. 어떤 용언이 'ㅎ'이 없어지는지 예측이 불가능하지요. 이렇게 'ㅎ'이 없어지는지 예측이 불가능한 하얗다와 같은 용언을 'ㅎ불규칙용언'이라고 해요.

ㅜ 불규칙

푸다—푸고—푸니—퍼서— …… [불규칙활용]

주다—주고—주니—줘서— …… [규칙활용]

푸다나 주다 모두 어간의 끝소리가 모음 'ㅜ'입니다. 주다는 어간이 모음으로 끝나는 예쁘다처럼 예측 가능하게 활용하는 반면, 푸다는 활용을 하다가 어간의 'ㅜ'가 없어집니다. 어떤 용언이 'ㅜ'가 없어지는지 예측이 불가능합니다. 이렇게 'ㅜ'가 언제 없어지는지 예측이 불가능한 푸다를 'ㅜ불규칙용언'이라고 합니다. 'ㅜ불규칙용언'은 '푸다' 하나밖에 없어요.

ㄷ 불규칙

(남에게) 묻다—묻고—물으니—물어서— …… [불규칙활용]

(땅에) 묻다—묻고—묻으니—묻어서— …… [규칙활용]

(남에게) 묻다나 (땅에) 묻다는 뜻은 다르지만 소리가 같은 동음이의어입니다. 그러니까 당연히 어간의 끝소리도 자음 'ㄷ'으로 같습니다. 그런데 (땅에) 묻다는 어간이 자음으로 끝나는 먹다처럼 예측 가능하게 활용하는 반면, (남에게) 묻다는 활용을 하다가 어간의 'ㄷ'이 'ㄹ'로 바뀝니다. 어떤 용언이 'ㄷ'이 'ㄹ'로 바뀌는지 예측이 불가능합니다. 이

렇게 어간이 'ㄷ'으로 끝나는 용언 중에서 어떤 용언이 'ㄷ'이 'ㄹ'로 바뀌는지 예측이 불가능한 (남에게) 묻다와 같은 용언을 'ㄷ불규칙용언'이라고 하지요.

ㅂ 불규칙

춥다-춥고-추우니-추워서- …… [불규칙활용]

씹다-씹고-씹으니-씹어서- …… [규칙활용]

춥다나 **씹다** 모두 어간의 끝소리가 자음 'ㅂ'입니다. 씹다는 어간이 자음으로 끝나는 **먹다**처럼 예측 가능하게 활용하는 반면, **춥다**는 활용을 하다가 어간의 'ㅂ'이 'ㅜ'로 바뀝니다. 어떤 용언이 'ㅂ'이 'ㅜ'로 바뀌는지 예측이 불가능합니다. 이렇게 언제 'ㅂ'이 'ㅜ'로 바뀌는지 예측이 불가능한 **춥다**와 같은 용언을 'ㅂ불규칙용언'이라고 합니다.

'ㅂ불규칙용언' 중에서 곱다와 돕다를 제외하고는 모두 'ㅂ'이 'ㅜ'로 바뀝니다. 곱다와 돕다는 'ㅂ'이 'ㅗ'로 바뀝니다.

여 불규칙

하다―하고―하니―하여― …… [불규칙활용]

먹다―먹고―먹으니―먹어― …… [규칙활용]

막다―막고―막으니―막아― …… [규칙활용]

먹다나 **막다**처럼 대부분의 동사와 형용사는 어간의 끝 모음이 'ㅓ'나 'ㅜ'이면 어미가 '-어'가 붙고, 'ㅏ'나 'ㅗ'이면 '-아'가 붙습니다. 그런데 동사 '하다'는 어간의 끝모음이 'ㅏ'인데도 '-아'가 붙지 않고 '-여'

가 붙습니다. 왜 '하다'에만 '-여'가 붙는지 설명할 방법이 없어요. 이렇게 어미에 '-어'나 '-아'가 붙지 않고 '-여'가 붙는 '하다'를 '여 불규칙동사'라고 합니다.

앞에서 보았던 다른 불규칙용언들은 어간이 불규칙하게 활용했는데, '여 불규칙동사'는 어미가 불규칙하게 활용합니다.

러 불규칙
이르다(至)―이르고―이르니―이르러― …… [불규칙활용]

먹다―먹고―먹으니―먹어― …… [규칙활용]

막다―막고―막으니―막아― …… [규칙활용]

먹다나 막다처럼 대부분의 동사와 형용사는 어간의 끝 모음이 'ㅓ'나 'ㅜ'이면 어미가 '-어'가 붙고, 'ㅏ'나 'ㅗ'이면 '-아'가 붙지요. 그런데 '어디에 다다르다'라는 뜻의 '이르다(至)'는 어미가 '-아'나 '-어'가 붙지 않고 '-러'가 붙습니다. 이렇게 어미에 '-어'나 '-아'가 붙지 않고 '-러'가 붙는 '이르다(至)'와 같은 용언을 '러 불규칙용언'이라고 합니다.

'러 불규칙용언'도 '여 불규칙동사'와 같이 어미가 불규칙하게 활용하는 예입니다.

르 불규칙
이르다(至)―이르고―이르니―일러― …… [불규칙활용]

이르다(謂, 루)는 앞에서 살펴본 '러 불규칙용언' 이르다(至)와 동음이의어인데, 이 이르다(至)와는 또 다르게 활용합니다.

이르다(謂, 早)는 누구에게 말하다(謂)의 뜻을 가진 동사이기도 하고, 시간이 빠르다(早)는 뜻을 가진 형용사이기도 합니다. 이르다(謂, 早)는 먹다나 막다처럼 '-어'나 '-아'가 붙지도 않고, 이르다(至)처럼 활용하지도 않아요. 이르다(謂, 早)는 활용할 때 어간인 '이르'에서 '-으'가 없어지고 어미는 '-러'가 붙어 '일러'가 되지요. 이렇게 이르다(謂, 早)와 같이 활용하는 용언을 '르 불규칙용언'이라고 합니다.

'르 불규칙용언'은 어간과 어미가 모두 바뀌면서 활용하는 특성이 있습니다.

꾸며 주자-관형사

관형사는 명사 앞에서 그 명사를 꾸며 주는 역할을 하는 단어예요. 관형사는 자기 뒤에 오는 명사만 꾸며 줄 뿐이지 다른 단어의 꾸밈을 받거나 조사가 붙지 않지요.

왕관의 종류

관형사는 지시관형사, 수관형사, 성상관형사로 구분할 수 있어요. **지시관형사**는 사물을 가리키는 관형사로, '이, 그, 저'가 있습니다.

춘향이가 몽룡이를 만나서 자기 식구들을 소개시켜 주고 있습니다.

"이분은 어머니이고, 저 아이는 동생이야. 그리고 그때 너와 마주쳤던 그 사람이 삼촌이고……."

이렇게 지시관형사 '이, 그, 저'는 명사를 꾸며 주면서 그 명사를 가리키는 역할을 합니다.

수관형사는 사물의 수를 나타내는 관형사로, '한, 두, 세, 네, 다섯……, 모든' 등이 있습니다.

> 몽룡이가 혼자 앉아 있던 정자에는 저녁 시간이 되자 한 사람,
> 두 사람, 세 사람, …… 사람들이 모여들기 시작했습니다.

수관형사 중에서 '한, 두, 세, 네'와 같은 것은 수사와 형태가 다르지만, '다섯, 여섯, 일곱'과 같은 것은 수사와 형태가 똑같은 특색이 있습니다. 구별하기 위해서는 문장에서 어떻게 쓰이는지를 잘 관찰해야겠지요?

성상관형사는 사물의 모양이나 성질을 나타내는 관형사로, '새, 헌, 웬, 무슨, ……' 등이 있지요. 성상관형사는 관형사 가운데 가장 다양한 관형사예요.

> 춘향이가 새 저고리를 샀다.
> 월매가 춘향이가 입던 헌 저고리를 향단이에게 주었다.
> 광한루에는 웬 사람들이 그렇게 많던지.

관형사의 자리

관형사는 다른 관형사를 꾸며 주지는 못하지만 명사 앞에 여러 개의 관형사가 연달아 나올 수는 있지요. 이렇게 여러 개의 관형사가 연달아 나올 때는 지시관형사, 수관형사, 성상관형사의 순서로 배열됩니다.

춘향아, 저 새 가마 좀 봐. [지시-성상]

춘향아, 이 두 사람이 몽룡이 친구야. [지시-수량]

저 모든 새 비단이 전부 내 것이었으면 좋겠다. [지시-수량-성상]

어떻게-부사

부사는 주로 서술어를 꾸미지만, 간혹 부사를 꾸미기도 하고, 명사를 꾸미기도 해요.

춘향이가 몽룡이보다 빨리 <u>왔다</u>.

몽룡이는 춘향이보다 더 <u>빨리</u> 왔다.

몽룡이는 춘향이 바로 <u>옆에</u> 앉았다.

첫 번째 문장에서 부사 **빨리**는 서술어 **왔다**를 꾸미고 있고, 두 번째 문장에서 부사 **더**는 뒤에 있는 부사 **빨리**를 꾸미고 있습니다. 그리고 세 번째 문장에서 부사 **바로**는 뒤에 오는 명사 **옆**을 꾸미고 있지요.

부사에는 서술어를 꾸미는 **성분부사**와 문장을 꾸미는 **문장부사**가 있어요. 위에 있는 문장에 쓰인 부사 **빨리, 더, 바로**는 모두 성분부사이지요. 문장부사는 '만일, 비록, 제발' 등과 같이 문장 앞에 위치하면서 문장 전체를 꾸며 줍니다.

만일 <u>몽룡이가 춘향이와 광한루에 간다면</u> 나도 갈 거야.

비록 <u>몽룡이가 춘향이와 광한루에 간대도</u> 나는 안 갈 거야.

제발 <u>춘향이와 광한루에 가라</u>.

이렇게 문장부사는 주어-서술어 전체를 꾸며 주지요.

문장과 문장을 연결해 주는 '그러나, 그리고, 그러면서, ……' 등도 문장부사예요(부사를 좀 더 세분할 때, '그러나, 그리고, 그러면서, ……' 등과 같은 부사를 **접속부사**라고 하기도 하지요).

똑같은 단어가 문장부사도 되고 성분부사도 되는 예를 가지고 성분부사와 문장부사의 차이를 살펴볼까요?

변 사또가 이상하게 웃는다.

이상하게 변 사또가 웃는다.

위의 두 문장은 똑같은 것 같은데 의미가 달라요.

첫 번째 문장은 변 사또가 웃는 모습이 이상하다는 뜻으로, 부사 **이상하게**는 서술어인 **웃는다**를 꾸며 주고 있어요. 그러니까 여기서 부사 이상하게는 성분부사입니다.

두 번째 문장은 변 사또가 웃는 사실이 이상하다는 뜻이에요. 방금 전 방자한테서 변 사또가 춘향이 때문에 속이 몹시 상해 화를 냈다는 얘기를 들었습니다. 그런데 변 사또가 웃고 있으니 이상할 수밖에요. 그래서 변 사또가 웃는 사실 자체가 이상하다는 말을 하는 겁니다. 그러니까 두 번째 문장에서 부사 이상하게는 문장 전체인 변 사또가 웃는다를 꾸며 주는 문장부사이지요.

그런데 두 번째 문장을 가만히 들여다보면 첫 번째 문장에서처럼 변 사또가 웃는 모습이 이상하다는 뜻도 발견할 수 있습니다. 이런 현상은 첫 번째 문장에서 서술어 앞에 있던 성분부사 **이상하게**가 문장 앞으로 이동했기 때문에 생긴 거예요.

부사는 이동이 자유롭다는 특성이 있지요? 그래서 성분부사인 **이상하게**가 문장 앞으로 이동해서 마치 문장부사처럼 보이는 거예요. 성분부사가 자리를 이동해서 문장부사 자리에 들어갔다고 해도 성분부사는 성분부사랍니다.

정리해 보면, 두 번째 문장은 **이상하게**를 문장부사로 보고 해석할 수도 있고, 성분부사가 문장 앞으로 이동한 것으로 보고 해석할 수도 있습니다.

우리말은 앞에서 뒤로 꾸며 주지

우리말에서 꾸며 주는 말은 관형사와 부사가 있습니다. 둘 다 꾸밈을 받는 말 앞에서 꾸며 줍니다.

'뭐 다 아는 걸 가지고 새삼스럽게 이야기하는 거지?'

이런 생각이 들지 않나요?

맞습니다. 아주 당연한 얘기입니다. 그런데 우리말의 이런 특성 때문에 간혹 뜻하지 않게 오해를 불러일으키는 문장을 쓰기도 합니다.

바이러스와 같은 미생물은 보통 현미경으로 볼 수 없다.

위 문장은 두 가지로 해석됩니다.

첫 번째는 '바이러스는 평범한 현미경으로는 볼 수 없고 특수한 현미경으로만 볼 수 있다.'는 뜻으로 해석되고, 두 번째는 '바이러스는 현미경으로는 일반적으로 볼 수 없다.'는 뜻으로 해석됩니다.

이런 현상이 나타나는 것은 보통이 명사이기도 하지만 부사이기도 해서 생기는 것입니다. 보통이 명사이면 옆에 '-의'를 붙여 관형어가 되어 뒤에 오는 명사를 꾸며 줄 수 있습니다. 그런데 이때 명사 옆에 붙는 '-의'는 생략될 수 있기 때문에 보통이 그대로 뒤에 오는 명사인 현미경을 꾸며 줄 수 있습니다. 이렇게 되면 첫 번째로 해석됩니다.

만일 보통이 부사라면 뒤에 오는 서술어 볼 수 없다를 꾸며 줍니다. 부사는 원래 자리가 서술어 앞이지만 문장 안에서 이동이 자유롭기 때문에 그 앞에 있는 현미경 앞으로 자리를 옮긴 것입니다. 이렇게 되면 두 번째로 해석됩니다.

이런 문제를 해결하려면 원칙대로 써 주면 됩니다.

첫 번째 해석처럼 쓰려면 보통 옆에 '-의'를 붙여서 '보통의'라고 써 주면 됩니다. 그렇게 하면 **보통**은 절대 부사로 해석되지 않습니다. 부사에는 '-의'가 붙지 않거든요.

바이러스와 같은 미생물은 보통의 현미경으로 볼 수 없다.

다음으로 두 번째 해석처럼 쓰려면 보통을 원래 자리인 서술어 앞으로 되돌려 놓으면 됩니다. 보통이 서술어 앞에 자리를 잡으면 서술어만 꾸며 주지 그 앞에 있는 명사인 현미경을 꾸며 줄 수 없게 됩니다.

바이러스와 같은 미생물은 현미경으로 보통 볼 수 없다.

왜냐하면 꾸며 주는 말은 반드시 앞에서 뒤로만 꾸며 주지 뒤에서 앞으로 꾸며 줄 수 없기 때문입니다.

참을 수 없어-감탄사

감탄사는 말하는 사람이 자신의 느낌이나 의지를 나타내는 단어예요. 감탄사는 감정 감탄사와 의지 감탄사, 그리고 간투사가 있어요.

감정 감탄사: 허허, 아이고, 후유, 아뿔싸, 이키, ……
의지 감탄사: 자, 여보세요, 이봐, 그래, 웅, 오냐, 아니오, 예, ……
간투사: 어, 에, 음, 머, ……

 단어의 종류

단어는 크게 단일어와 복합어로 나눌 수 있어요.

단일어는 형태소 분석이 더 이상 안 되는 단어를 말해요. 동사와 형용사 중에서는 어간이 더 이상 형태소 분석이 안 되는 것이 단일어입니다.

하늘, 노을, 길, 책; 가다, 먹다 ……

위에 있는 단어들은 더 이상 형태소 분석이 되지 않습니다. 그러니까 모두 단일어입니다.

복합어는 형태소 분석이 되는 단어예요. 즉, 두 개 이상의 형태소가 결합하여 만들어진 단어가 복합어이지요.

복합어는 파생어와 합성어로 나눌 수 있습니다.

파생어는 단일어에 접사를 붙여서 만든 복합어입니다. 접사는 단일어에 의미를 더해 주거나 품사를 바꾸어 주는 형태소를 말하지요. 접사는 단일어 앞에 붙는 접두사와 뒤에 붙는 접미사로 나누어집니다. 접두사는 주로 단일어에 새로운 뜻을 더해 주지만, 접미사는 뜻을 더해 주거나 품사를 바꿔 줍니다.

접두사가 붙어 만들어진 파생어를 **접두 파생어**라고 하고, 접미사가 붙어 만들어진 파생어를 **접미 파생어**라고 합니다.

접두파생어: 개나리, 한겨울, 맨손; 치솟다, 짓밟다, ……
접미파생어: 놀이, 일찍이, 선생님; 깨뜨리다, 먹이다, 먹히다, ……

합성어는 단일어 두 개가 결합해서 만들어진 단어예요.

 산돼지, 밤낮, 봄비, 소나무, 어린이, 늦잠; 가로막다, 뛰놀다, 그
 만두다, ……

 산돼지는 산과 돼지를 합해서 만들었고, **어린이**는 어리(다)와 이를
합해서 만들었고, **가로막다**는 가로와 막다를, **뛰놀다**는 뛰다와 놀다를
합해서 만들었습니다.
 지금까지 살펴본 단어의 종류를 정리해 볼까요?

어간과 어근

동사나 형용사는 어간과 어미로 나눌 수 있다고 했습니다. 어간
은 활용할 때 변하지 않는 부분이고, 어미는 활용할 때 변하는
부분이라고 했고요.
그런데 어간 중에는 접두사나 접미사가 붙어서 파생된 것도 있
습니다.

치솟는다, 치솟겠다, 치솟았었다, 치솟았습니다, ……

깨뜨리다, 깨뜨리었다. 깨뜨리겠다, 깨뜨리셨습니다, ……

먹히다, 먹히었다, 먹히겠다, 먹히겠습니다, ……

치솟다는 접두사 '치-'가 붙어 만들어진 접두 파생어이고, 깨뜨
리다와 먹히다는 각각 접미사 '-뜨리'와 '-히'가 붙어서 만들
어진 접미 파생어예요. 이들 단어의 어간은 각각 '치솟-', '깨뜨
리-', '먹히-'입니다. 활용할 때 변하지 않는 부분이니까요.

그런데 어근이란 이렇게 파생된 어간에서 접두사나 접미사를
뺀 부분을 말합니다.

그러니까 치솟다의 어간은 '치솟-'이고, 어근은 '솟-'입니다.

깨뜨리다의 어간은 '깨뜨리-'이고, 어근은 '깨-'입니다.

먹히다의 어간은 '먹히'이고, 어근은 '먹-'이고요.

그러면 단일어로 된 동사나 형용사에서 어간은 무엇이고, 어근
은 무엇일까요?

마시고, 마시니, 마시었습니다, 마시겠습니다, ……

단일어 마시다의 어간은 '마시-'입니다. 마시다는 단일어이므

로 어근도 어간과 똑같은 '마시-'가되겠지요? 단일어에서는 어
간과 어근이 같아요.

새로운 단어 만들어 쓰기

단어는 기존에 있는 물건이나 생각에 대한 이름입니다. 그런데
세상에는 늘 새로운 것이 만들어집니다. 이렇게 새롭게 만들어진
물건이나 생각에 이름을 붙여 줘야 하는데 이럴 때는 기존에 있는
단어를 합해서 만드는 것이 쉬워요. 그래서 복합어의 수는 점점 늘
어나게 됩니다.

이렇게 새로운 말을 만들어 내는 일은 누구나 할 수 있습니다.
그렇게 만들어진 말을 여러 사람이 쓰게 되면, 그 말은 새말이 되는
것입니다. 그런데 새말을 만들려면 어법에 맞게 만들어야 생명력
을 지닐 수 있고 우리말의 언어 체계를 혼란스럽지 않게 합니다.

몇 가지 예를 들어 볼까요?

먹거리라는 말이 있습니다. 먹거리는 먹다의 어간 먹에 명사 거
리를 붙여서 만든 말입니다. 그런데 이 말은 잘못 만들어진 말입니
다. 우리말에서 단어를 만들 때 동사 어간에 직접 명사를 붙여서 만

들지 않기 때문입니다. 이 말은 **먹을거리**라고 해야 합니다. 그래서
지금은 **먹을거리**라고 쓰는 사람도 있고, 처음에 **먹거리**라고 썼기
때문에 **먹거리**로 쓰는 사람도 있습니다.

한 가지 예를 더 들어 볼까요?

우리가 자주 쓰는 '새내기'라는 말이 있습니다. 새내기라는 말은
관형사 '새'에 접미사 '-내기'가 붙어서 만들어진 말입니다. 그런
데 우리말 특징 가운데 하나가 관형사에는 어떤 것도 붙지 않는다
는 것이 있습니다. 그리고 관형사에 접사가 붙어 단어가 만들어진
예도 없고요. 그렇기 때문에 '새내기'라는 말은 잘못 만들어진 말
입니다.

"그런데 지금도 많이 쓰고 있잖아? 그럼 할 수 없는 거지 뭐?"

그렇습니다. 잘못 만들었어도 많은 사람이 쓰기 때문에 어쩔 수
가 없습니다. 그런데 이렇게 단어를 잘못 만들어 써서 굳어져 버리
면 우리 문법이 복잡해지게 됩니다. 벌써 새내기 때문에 관형사 뒤
에는 아무것도 붙지 않는다는 규칙이 깨지게 되었지요? 그러면 이
런 현상까지 설명해야 하므로 문법이 더 복잡해지겠지요? 문법이
복잡해지면 그 언어는 생명력을 잃어 가게 됩니다. 복잡해지면 아

무도 그 말을 쓰려 하지 않을 테니까 말예요.

우리는 글을 쓰면서 새로운 말을 만들어 내야 할 때가 있습니다. 이때 우리말 문법을 알고 문법에 맞게 새로운 말을 만들어 내야 그 말이 오랫동안 생명력을 가지게 되고 우리말 체계를 흔들지 않게 됩니다.

자음과 모음

 닿아서 나는 소리, 홀로 나는 소리

우리글은 소리글자라고 여러 번 이야기했지요? 소리글자는 자음과
모음으로 이루어집니다. 자음은 우리말로 '닿소리'라고 하고, 모음은
'홀소리'라고 부르지요. 닿소리란 닿아서 나는 소리를 말하고, 홀소리
란 홀로 나는 소리를 말해요.

친구가 리코더를 불고 있습니다. 친구는 손가락으로 쉬지 않고
리코더 구멍을 막았다 열었다 하면서 소리를 내고 있습니다. 리
코더는 구멍을 어떻게 막느냐에 따라 소리가 다르게 납니다. 이
렇게 리코더가 손가락으로 구멍을 막아서 여러 소리를 만들어
내는 것처럼 우리가 하는 말은 혀와 입술과 목젖이 입 안의 여

기저기에 닿아 그곳을 막아서 소리를 냅니다. 이렇게 해서 나는 소리가 닿소리, 바로 자음입니다.

리코더로 '파'보다 조금 높은 '반음 파' 소리를 낼 때는 어떻게 하는지 아세요? 혀끝으로 바람이 들어가는 리코더 구멍을 반쯤 막으면 되지요. 그러면 좁은 곳으로 바람이 들어가니까 높은 소리가 나게 됩니다. 말할 때도 마찬가지 현상이 일어나요. 폐에서 나가는 바람이 우리 입을 통과하면서 여러 소리가 나는 거예요.

입 안을 좁히거나 넓히거나 모양을 달리하거나 하면 바람이 입 안을 통과하면서 여러 소리를 만들어 내지요. 이렇게 해서 나는 소리가 홀소리, 곧 모음이에요.

설명을 듣고 보니 자음과 모음이라는 말보다 닿소리와 홀소리라는 말이 훨씬 소리의 성질을 정확하게 표현하고 있지요?

닿소리(자음)는 'ㄱ, ㄴ, ㄷ, ㄹ, ㅁ, ㅂ, ㅅ, ㅇ, ㅈ, ㅊ, ㅋ, ㅌ, ㅍ, ㅎ' 14개와 'ㄲ, ㄸ, ㅃ, ㅆ, ㅉ' 5개 이렇게 모두 19개가 있습니다. 이 말은 우리나라 사람들이 이 세상에 존재하는 수많은 닿소리를 19개 소리로 듣고 인식한다는 의미예요. 무슨 말이냐고요? 영어에서 [v] 소리와 [b] 소리는 다른 소리이지요? 그런데 우리나라 사람들은 두 소리 모두 [ㅂ] 소리로 들어요. 마치 우리가 수많은 색으로 되어 있는 무지개를 빨, 주, 노, 초, 파, 남, 보 이렇게 일곱 가지 색깔로 보는 것처럼요.

홀소리(모음)는 단모음과 이중모음으로 나누어져요.

단모음은 'ㅣ, ㅔ, ㅐ, ㅏ, ㅜ, ㅗ, ㅓ, ㅡ, ㅟ, ㅚ' 이렇게 10개가 있습니다. 단모음은 발음을 처음 시작할 때 나는 소리와 끝날 때 나는 소리가 같은 모음을 말합니다. 'ㅏ' 소리를 내 보세요. 처음에도 [ㅏ]이고, 끝날 때의 소리도 [ㅏ]이지요? 그래서 'ㅏ'는 단모음입니다.

이중모음은 'ㅑ, ㅕ, ㅛ, ㅠ, ㅒ, ㅖ; ㅘ, ㅝ, ㅙ, ㅞ; ㅢ' 11개가 있습니다. 이중모음은 단모음과 달리, 발음을 처음 시작할 때 나는 소리와 끝날 때 나는 소리가 다릅니다. 'ㅑ'를 천천히 슬로 모션으로 발음해 보세요. [ㅑ]를 발음할 때 처음에는 입 모양이 [ㅣ]를 소리낼 때와 같습니다. 그런데, 이때 [ㅣ] 소리는 나지 않습니다(매우 중요합니다). 그러다가 [ㅑ] 소리가 들리고 맨 마지막에는 [ㅏ] 소리만 들리지요? 그래서 'ㅑ'를 이중모음이라고 하는 겁니다.

이렇게 우리말에서 자음은 19개, 모음은 21개, 합해서 총 40개입니다.

24개야, 40개야?

어떤 책을 보면 우리말 자음과 모음의 개수를 24개라고 하고, 또 어떤 책을 보면 우리말 자음과 모음의 개수를 40개라고 적혀 있어요. 어느 말이 맞는 걸까요?

둘 다 맞습니다.

뭐 이런 황당한 대답이 있냐고요?

우리말에서 **글자로 표기하는** 자음과 모음은 40개입니다. 그런데 이 중에서 글자를 결합해서 글자를 만들기 위한 **기본** 글자가 자음 14개, 단모음 10개 이렇게 24개예요. 그리고 나머지 16개의 자음과 모음은 기본이 되는 자음이나 모음을 결합해서 만든 소리랍니다.

된소리인 'ㄲ, ㄸ, ㅃ, ㅆ, ㅉ'는 각각 기본 자음인 'ㄱ, ㄷ, ㅂ, ㅅ, ㅈ'을 두 번 써서 만든 글자입니다.

그러니까 자음과 모음의 개수가 24개라고 하는 것은 글자를 합해서 만들 수 있는 **기본** 글자의 자음과 모음의 개수가 그렇다는 것이고, 자음과 모음의 개수가 40개라고 하는 것은 우리말에서 소리를 표기하는 자음과 모음의 글자 수가 40개라는 뜻입니다.

 ## 자음과 모음의 법칙

자음의 소리

소리는 물리적인 것입니다. 그러므로 정해진 방식으로 입 모양을 만들면 정해진 소리가 나게 됩니다. 리코더를 불 때 모든 구멍을 막으면 '도' 소리가 나고, 한쪽 손의 손가락을 다 떼면 '솔' 소리가 나는 것처럼 입에서 나는 소리도 막는 위치에 따라 정해진 소리가 나요.

소리에 대해 공부할 때는 반드시 소리 내어 입으로 따라 해야 합니다. 언어는 자신이 낸 소리를 자신의 귀로 들어 인식할 수 있어야 제대로 익힐 수 있어요. 설명하는 대로 따라 하면서 정말 그런 소리가 나는지 자신의 귀로 확인하세요.

자음에 대해 알아보기 전에, 먼저 소리가 어떻게 나는지 살펴볼까요?

자음이 나는 위치

자음은 '닿아서 나는 소리'인 닿소리라고 했지요? '닿는다'는 말은 '막는다'는 말과 같아요. 폐에서 나오는 바람은 입과 코로 빠져나갑니다. 닿소리를 내기 위해 폐에서 나오는 바람을 막아야 하는 곳은 크게 두 군데지요. 하나는 입으로, 또 하나는 코로 나가는 바람을 막아야 해요.

자, 그럼 어떻게 바람을 막는지 그림으로 알아볼까요?

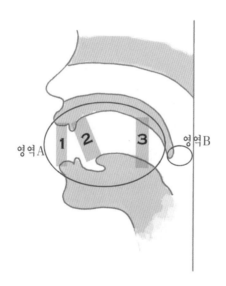

그림에서 보듯이 입으로 나가는 바람은 **영역 A**에서 막습니다. 영역 A에는 입술도 있고 혀도 있지요. 입으로 나가는 바람은 크게 입술(①)과 혀(②, ③)로 막을 수 있습니다. 그런데 입술은 움직임이 자유롭지 않지만, 혀는 자유자재로 움직입니다. 그래서 혀는 앞 혀(②)를 사용하여 막을 수도 있고, 뒤 혀(③)를 사용하여 막을 수도 있지요.

한편, 코로 나가는 바람은 **영역 B**에서 막아요. 영역 B에 있는 목젖을 목뒤에다가 붙이면 코로 나가는 바람이 막혀 콧소리가 나지 않고, 목젖을 떼면 코로 바람이 빠져나가 콧소리가 나게 됩니다. 목감기에 걸렸을 때 코맹맹이 소리가 나는 것은 목이 부어서 목젖이 완전하게 바람을 막아 주지 못하기 때문에 적은 양의 바람이 코로 빠져나가 생기는 현상이에요.

자, 그럼 19개의 자음이 어떻게 소리 나는지 살펴볼까요?

기초 자음 3개—ㅂ, ㄷ, ㄱ

자음 19개는 제각각 서로 관련 없는 소리가 아니라 혈연이나 지연으로 모여 사는 친척이나 친구들과 같아요. 제주도 사람들의 시조는 고高씨, 양梁씨, 부夫씨입니다. 그동안 제주도에 살고 있는 수많은 사람은 서로 결혼하고 이사하면서 섞여 누가 누군지 모를 정도가 되었지만, 사실 모든 제주도 사람은 이 세 성씨와 관련되어 있어요. 마찬가지로 우리말 자음도 기초가 되는 세 가지 소리를 바탕으로 서로 관계를 맺고 있지요. 물론 이렇게 관계를 맺는 것을 싫어하는 자유로운 영혼 같은 소리도 있긴 하지만요.

그 중심이 되는 기초 소리 세 가지는 무엇일까요?

바로 ㅂ, ㄷ, ㄱ입니다.

ㅂ, ㄷ, ㄱ소리는 모두 목젖을 목뒤에 붙여 코로 바람이 나가지 못하

게 하고, 각각 입술(①), 앞 혀(②), 뒤 혀(③)를 입 위쪽에 붙여 입으로 바람이 빠져나가지 못하게 하고서 내는 소리입니다.

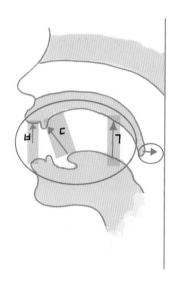

한번 소리 내 보세요.

읍!

어때요? '읍' 하니까 숨을 쉴 수가 없지요? '읍'하면, 코로 나가는 바람은 목젖이 막고, 입으로 나가는 바람은 입술이 막아서 숨을 쉴 수 없는 거예요.

이때 이 상태를 그대로 유지해보세요. 어때요? 숨이 막혀 터질 것 같지요? 터지기 직전에 목이 꽉 긴장되지요? 이것을 후두긴장음이라고 해요. 매우 중요한 소리니까 잊지 마세요!

이번에는 이 소리를 내 보세요.

은!

이번에는 어때요? '읍'할 때는 입술끼리 붙었는데, '은'하니까 앞 혀가 윗잇몸 뒤에 붙지요? '은'한 상태에서도 숨을 쉬기가 어렵지요? '은'하면 코로나가는 바람은 목젖이 막고, 입으로 나가는 바람은 앞 혀가 윗잇몸에 닿아서 막거든요. 그래서 그런 거예요. 여기서도 읍!할 때와 마찬가지로 목이 꽉 긴장되지요? 여기서도 후두긴장음이 발생한답니다.

이제 읍! 은! 읍! 은!, 읍! 은! 읍 은! 읍 은! 이렇게 여러 번 소리 내 보세요. ㅂ소리가 나는 위치하고 ㄷ소리가 나는 위치하고 다르다는 걸 알 수 있을 거예요. 두 소리가 나는 자리가 명확하게 구분되지요? 그 위치를 기억해 두세요.

나머지 한 소리도 소리 내 볼까요?

윽!

이번에는 '읍'이나 '은'하고는 다르게 뒤 혀가 뒤쪽 입천장에 붙지요? '윽'한 상태에서도 숨을 쉴 수 없지요? '윽'하면 코로 나가는 바람은 목젖이 막고, 입으로 나가는 바람은 뒤혀가 뒤쪽 입천장에 닿아서 막거든요. 절대로 숨을 쉴 수가 없지요.

여기서도 읍! 은!과 마찬가지로 후두긴장음이 발생합니다.

이제 읍! 은! 윽!, 읍! 은! 윽!, 읍! 은! 윽!, 읍! 은! 윽! 이렇게 소리 내 보세요. ㅂ소리가 나는 위치하고 ㄷ소리가 나는 위치하고 ㄱ소리가 나는 위치가 어디인지 분명하게 알 수 있어요. 그 위치를 꼭 익혀 두세요.

이것을 알면 이미 우리말 자음의 반은 정확하게 안 겁니다. 이제 이 세 소리를 중심으로 서로 관계가 있는 소리들을 알아볼까요?

발음이 부정확한가?

그렇다면 '읍! 은! 윽!, 읍! 은! 윽!, 읍! 은! 윽!, 읍! 은! 윽!'을 반복해서 소리 나는 위치를 익혀두세요.
이 세 소리가 기초가 되는 소리이기 때문에 이것들을 정확하게 발음할 수 있게 되면, 다른 소리도 정확하게 발음할 수 있게 된답니다.

기초 자음의 사촌 형제들—ㅁ, ㄴ, ㅇ

먼저 ㅂ, ㄷ, ㄱ소리를 낼 때 막았던 **목젖**을 떼고 소리를 내면 어떤 소리가 나는지 볼까요?

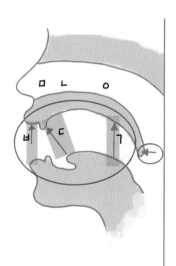

자, 한 번 소리 내 볼까요?

음!

어때요? '음'하니까 입술은 꽉 붙어 있는데 코로 바람이 빠져나가지요? 목젖이 목뒤에 붙지 않아서 코로 바람이 흘러 나가기 때문에 그래요.

다시 한 번 소리 내서 읽어 보세요.

읍! 음!

두 소리를 비교해 보세요. '읍! 음!, 읍! 음!, 읍! 음!'을 반복해 봐요.

두 소리를 낼 때 입술 모양은 똑같지요? 그런데 소리는 달라요. 두 소리가 다르게 나는 것은 목젖이 붙었다, 떨어졌다 하기 때문이에요. 두 소리 다 바람이 입으로 나가는 길은 입술로 막혀 있지만, ㅂ소리는 목젖이 목뒤에 붙어 코로 나가는 길을 막아서 나는 소리이고, ㅁ소리는 목젖이 목뒤와 떨어져 코로 나가는 길을 열어서 나는 소리이지요.

ㅁ소리는 ㅂ소리와 아주 친밀한 관계가 있는 소리예요.

장애음, 파열음, 유음, 비음

ㅂ소리처럼 입과 코로 바람이 빠져나가는 것을 방해하는 소리를 장애음이라고 합니다. 그리고 특히 ㅂ소리처럼 입과 코가 꽉 막혀 있다가 터지면서 나는 소리를 장애음 중에서도 파열음이라고 하지요.

ㅁ소리처럼 코로 바람이 흐르듯이 빠져나가면서 나는 소리는 흐를 유流 자를 써서 유음(흐르는 소리)이라고 합니다. 유음 중에서도 특히 ㅁ소리처럼 코로 흘러 나가는 소리를 비음 또는 콧소리라고 하고요.

자, 다시 발음 연습이에요. 크게 소리 내서 발음해 보세요.

은!

어때요? '은'하니까 '은'할 때처럼 혀끝이 잇몸 뒤에 붙어 있지만 코로 바람이 빠지지요? 목젖이 목뒤에 붙지 않아서 코로 바람이 흘러 나가기 때문에 그런 거예요.

다시 한 번 소리 내 봐요.

읃! 은!

두 소리를 비교해 볼까요? '읃! 은!, 읃! 은!, 읃! 은!'을 반복해 보세요.

이 두 소리도 입에서 막는 모양은 똑같은데 목젖을 붙였다, 뗐다 하면서 달라지는 소리예요. ㄷ소리는 입과 코가 모두 막혀서 장애를 받아 나는 소리이니까 장애음이면서 파열음이고요, ㄴ소리는 코로 바람이 빠지면서 나는 소리이니까 유음이면서 비음(콧소리)이지요. 이렇게 ㄴ소리는 ㄷ소리와 아주 긴밀한 관계가 있는 소리예요.

이번에는 어떤 소리를 연습해야 할지 알아맞혀 보세요.

응!

'응' 소리는 '윽'할 때처럼 뒤 혀가 입천장에 붙어 있지만 코로 바람이 빠집니다. 목젖이 목뒤에 붙지 않아서 코로 바람이 흘러 나가기 때문이지요.

한번 소리 내서 읽어 볼까요?

윽! 응!

두 소리를 비교해 볼까요? '윽! 응!, 윽! 응!, 윽! 응!'을 반복해 보세요.

이 두 소리도 입에서 막는 모양은 똑같은데 목젖만 붙였다 뗐다 하면서 나는 소리예요. ㄱ소리는 입과 코가 모두 막혀 장애를 받아 나는 소리이니까 장애음이면서 파열음이고요, ㅇ소리는 코로 바람이 빠지면서 나는 소리이니까 유음이면서 비음(콧소리)입니다. ㅇ소리는 ㄱ소리와 아주 긴밀한 관계가 있는 소리예요.

파열음 ㅂ, ㄷ, ㄱ와 비음 ㅁ, ㄴ, ㅇ의 관계를 정리해 보면 다음과 같아요.

ㅂ ── 목젖을 떼면 ──→ ㅁ
ㄷ ── 목젖을 떼면 ──→ ㄴ
ㄱ ── 목젖을 떼면 ──→ ㅇ

ㄷ의 친구인 ㄹ

ㄹ소리는 ㄷ소리의 절친한 친구(나중에 부부가 될 겁니다)입니다. ㄹ소리는 ㄷ소리와 같은 위치에서 소리가 나는데, 차이점은 ㄷ소리가 입을 완전히 막고 내는 소리인 반면에 ㄹ소리는 ㄷ소리를 낼 때 막았던 혀 옆을 열어서 그곳으로 바람이 빠지게 하면서 내는 소리예요. 그래서 ㄹ 소리를 혀옆소리 또는 설측음이라고 합니다. 또 혀를 뒤로 말아서 발음하기 때문에 권설음이라고도 합니다. '달'이라고 발음해 보세요. 혀가 뒤로 동그랗게 말리지요? 또한, ㄹ소리는 콧소리와 마찬가지로 흐르는 소리이기 때문에 유음입니다. 차이가 있다면 콧소리와는 달리 입으로 소리가 흐른답니다.

다양한 소리를 가진 ㄹ

ㄹ은 다양한 여러 가지 소리를 가집니다. 우리말에서는 크게 다음 두 가지 소리가 나타납니다.
다음 단어를 발음해 볼까요?

노래 / 달

두 단어를 발음할 때 ㄹ의 위치가 다르지요? '노래' 할 때는 ㄹ소리가 ㄷ소리가 나는 위치와 비슷하게 혀끝이 윗잇몸 뒤에 살짝 닿는데, '달' 할 때는 혀가 뒤로 말려서 혀끝이 입천장 뒤쪽으로 갑니다.
'노래'의 ㄹ소리는 영어의 R소리에 가깝고, '달'의 ㄹ소리는 영어의 L소리에 가까운 소리입니다. 그런데 이 두 소리를 우리는 ㄹ로 인식하는 겁니다. 마치 영어의 B와 V를 우리말에서 모두 ㅂ으로 인식하는 것과 같습니다.
그럼 지금까지 만들어 낸 소리를 그림으로 나타내 볼까요?

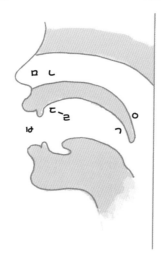

지금까지 우리가 만들어 낸 소리는 7개입니다.

이 7개의 소리는 매우 중요합니다. 이 7개 소리는 우리말에서 받침에서 나는 소리입니다. 우리말에서 받침에 오는 글자는 초성에 쓰이는 글자와 겹받침 등 20여 개가 넘지만 이들 모두는 위의 7개로 발음됩니다.

그래서 이러한 현상을 7종성법 또는 끝소리법칙, 또는 말음법칙 이라고 합니다.

기초 자음의 이웃사촌들―ㅅ, ㅈ

자, 그럼 이제는 기초가 되는 소리 이웃에 사는 소리를 살펴볼까요?

이웃 사람이 있는 소리는 ㅂ, ㄷ, ㄱ 중에서 ㄷ소리입니다. ㅂ이나 ㄱ은 움직일 수 없지만 ㄷ은 혀가 자유롭게 움직이기 때문이지요. 사교 성이 높다고 할까요?

자, ㄷ소리는 어떻게 냈지요?

응!

그래요. 혀끝을 잇몸 뒤에 붙여 입으로 나오는 바람을 막고, 목젖을 목뒤에 붙여 코로 나가는 바람을 막아서 소리를 냈지요.

이번에는 ㄷ소리를 내는 위치에서 혀끝을 조금, 아주 조금만 뗼랑 말랑하게 수직으로 내려서 소리를 낼 거예요. 한번 소리 내 보세요.

스~

이런 소리가 나나요? ㅅ소리는 이렇게 ㄷ소리를 낼 때와 같은 위치에서 혀를 수직으로 내려 뗼랑 말랑하면서 내는 소리입니다. 그렇게 해서 소리를 내면 아주 좁은 틈으로 바람이 빠져나가면서 '스~'하고 갈리는 소리가 납니다. 그래서 이 소리를 갈리는 소리 즉, 마찰음이라고 하지요. 마찰음인 ㅅ소리도 장애음입니다.

이번에는 ㄷ소리를 내는 위치에서 혀를 완전히 붙였다가 ㅅ소리를 낼 때처럼 혀를 수직으로 내려 뗼랑 말랑하는 데까지 이동하면서 소리를 내 보세요.

즈~

이런 소리가 나지요? ㅈ소리는 이렇게 ㄷ소리와 ㅅ소리를 내는 방식을 합쳐서 내는 소리예요. ㅈ소리는 파열음인 ㄷ소리와 마찰음인 ㅅ소리의 성질을 다 가지고 있어서 파찰음이라고 불러요. 파열에서 파자를 떼 오고, 마찰에서 찰을 떼어서 만든 거지요. 파찰음인 ㅈ소리도 장애음입니다.

ㅅ소리와 ㅈ소리가 나는 위치를 그림으로 볼까요?

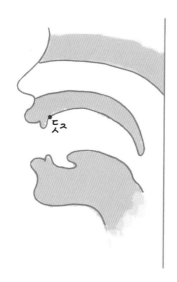

자, 입으로 소리 내 보세요.

ㄷ ㅅ ㅈ, ㄷ ㅅ ㅈ

ㄷ소리와 ㅅ소리와 ㅈ소리가 나는 위치와 소리를 내는 방법의 차이를 익혔나요?

우리말에서 'ㅈ' 소리의 위치

'ㅈ'을 발음할 때 혀끝을 'ㄷ' 자리에 붙였다가 'ㅅ'을 발음할 때처럼 수직으로 내려서 발음하라고 했습니다. 그런데 이렇게 발음하면 우리가 '자전거'를 발음할 때 위치와는 다르지요? 우리가 '자전거'를 발음할 때 혀의 위치가 'ㄷ' 자리보다 뒤쪽(그러니까 입천장 중간 앞쪽)인 것을 느낄 수 있습니다. 이 자리가 구개음 자리인데, 현대 한국어 표준발음에서는 'ㅈ'을 구개음 자리에서 발음합니다. 앞서 설명한 'ㅈ' 발음은 일본어의 'ㅈ' 발음이나 영어의 'Z' 발음에 해당합니다.

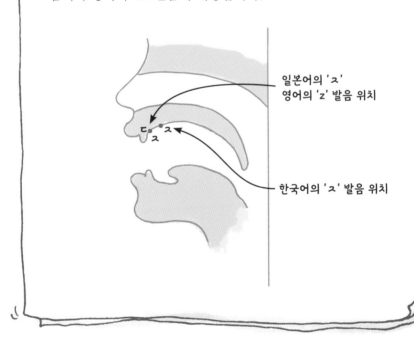

일본어의 'ㅈ'
영어의 'z' 발음 위치

한국어의 'ㅈ' 발음 위치

내 맘대로 자유 ㅎ

이제 끝으로 ㅎ소리를 내 볼까요?

그런데 ㅎ소리는 소리가 나는 곳이 일정하지가 않아요. 다음 소리를 한번 내 보세요?

하, 흐, 후

어때요?

'하~'할 때는 목구멍에서 나는 것 같고, '흐~'할 때는 입 가운데서 나는 것 같고, '후~'할 때는 입술에서 나는 것 같지요? ㅎ소리는 이렇게 모음에 따라 소리가 나는 위치가 달라요.

그렇지만 편의상 소리가 나는 기본 위치를 정했어요. ㅎ소리가 나는 기본 위치는 목구멍입니다. ㅎ소리도 ㅅ소리와 마찬가지로 소리가 갈려서 나오므로 마찰음이에요.

기초 자음의 식구들—ㅍ, ㅌ, ㅊ, ㅋ; ㅃ, ㄸ, ㅆ, ㅉ, ㄲ

식구가 딸려 있는 소리는 입에서 나는 'ㅂ, ㄷ, ㄱ, ㅅ, ㅈ' 다섯 가지 소리뿐이에요.

이들 다섯 가지 소리는 앞서 살펴본 후두긴장음과 섞여서 각각 한 개씩 소리를 만들고, 'ㅎ'과 섞여서 'ㅅ'을 제외하고 각각 한 개씩 소리를 만들어 냅니다.

입에서 나는 다섯 가지 소리를 낼 때 후두를 긴장시켜서 그 소리를 내

보세요. 그러면 어떤 소리가 나나요?

ㅂ —— 후두를 긴장시켜서 ——→ ㅃ

ㄷ —— 후두를 긴장시켜서 ——→ ㄸ

ㅅ —— 후두를 긴장시켜서 ——→ ㅆ

ㅈ —— 후두를 긴장시켜서 ——→ ㅉ

ㄱ —— 후두를 긴장시켜서 ——→ ㄲ

후두를 긴장시켜서 입에서 나는 ㅂ, ㄷ, ㅅ, ㅈ, ㄱ소리를 내면 ㅃ, ㄸ, ㅆ, ㅉ, ㄲ소리가 납니다. ㅃ은 ㅂ에 딸린 식구이고, ㄸ은 ㄷ에 딸린 식구예요.

목에다 힘을 주고 소리를 낸 ㅃ, ㄸ, ㅆ, ㅉ, ㄲ소리를 된소리 또는 경음이라고 합니다.

이제는 입에서 나는 다섯 가지 소리를 낼 때 'ㅎ~'하는 소리를 섞어서 소리를 내 보세요. 어떤 소리가 날까요?

ㅂ —— 'ㅎ~'소리를 섞으면 ——→ ㅍ

ㄷ —— 'ㅎ~'소리를 섞으면 ——→ ㅌ

ㅅ —— 'ㅎ~' 소리를 섞으면 ——→ 불가능

ㅈ —— 'ㅎ~'소리를 섞으면 ——→ ㅊ

ㄱ —— 'ㅎ~'소리를 섞으면 ——→ ㅋ

'ㅎ~'소리를 섞어서 ㅂ ㄷ ㅈ ㄱ소리를 내면 ㅍ, ㅌ, ㅊ, ㅋ소리가 납니다. 그러니까 ㅍ은 ㅂ에 딸린 식구이고, ㅌ은 ㄷ에 딸린 식구예요. 그런데 이때 ㅅ소리는 'ㅎ~'소리와 섞이지 못합니다. 'ㅅ'소리와 'ㅎ'소리는 소리 나는 위치만 다를 뿐 방법이 같기 때문에 같은 자리에서 두 소리가 날 수 없습니다. 그래서 ㅅ소리한테는 'ㅎ~'소리가 섞인 식구가 없지요.

이렇게 'ㅎ~'소리를 섞어서 낸 ㅍ, ㅌ, ㅊ, ㅋ소리는 거센소리 또는 격음이라고 합니다.

이제 우리말 자음 19개를 모두 살펴보았습니다. 19개 자음 모두를 그림으로 정리해 볼까요?

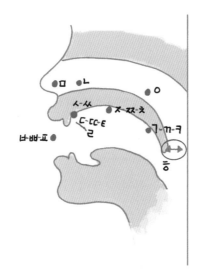

방법 \ 자리		입술	앞 혀		뒤 혀	목구멍
			혀끝	혀 중간 앞		
장애음	예사소리	ㅂ	ㄷ	ㅅ	ㅈ	ㄱ	
	된소리	ㅃ	ㄸ	ㅆ	ㅉ	ㄲ	
	거센소리	ㅍ	ㅌ		ㅊ	ㅋ	ㅎ
유음	혀 옆소리			ㄹ			
	콧소리	ㅁ		ㄴ		ㅇ	

표로 정리해 보니까 소리들이 가로 세로로 서로 관련을 맺고 있는 것을 알 수 있지요?

발음만 잘하면 맞춤법은 OK

우리말에서 자음과 모음이 소리 나는 위치와 방법을 정확하게 알면 여러 가지 좋은 점이 있어요. 먼저 발음이 정확해지지요.

우리말 발음을 정확하게 할 줄 알면 말하기에 자신이 붙어요. 말하기에 자신이 붙게 되면 글쓰기에도 자신이 붙지요. 말하기나 글쓰기 모두 자신의 생각을 표현하는 것이기 때문이에요.

또한 우리말 발음을 정확하게 하면 외국어 발음도 좋아져요. 외국어를 배울 때 우리말 자음과 모음이 나는 위치와 비교해서 외국어 소리가 나는 정확한 위치를 찾아 발음할 수 있기 때문이지요.

그런데 글쓰기와 관련지어 무엇보다 중요한 좋은 점은 우리말을 정확하게 발음할 수 있게 되면, 우리말 맞춤법을 쉽게 익힐 수 있다는 거예요. 우리말 맞춤법은 소리 나는 대로 표기하는 것이 원칙이기 때문에, 정확하게 발음하고 여기에다 간단한 어법 지식만 갖추면 우리말 맞춤법은 따로 외울 필요가 없어집니다. 맞춤법 이야기만 나오면 외울 게 많아서 골치가 아프다는 친구들도 안심하세요. 정확한 발음만 익히면 맞춤법은 식은 죽 먹기예요.

모음의 소리

　우리말에서 모음(홀소리)은 단모음 10개(ㅣ, ㅔ, ㅐ, ㅏ, ㅜ, ㅗ, ㅓ, ㅡ, ㅟ, ㅚ)와 이중모음 12개(ㅑ, ㅕ, ㅛ, ㅠ, ㅒ, ㅖ; ㅘ, ㅝ, ㅙ, ㅞ, ㅢ; ㅢ)가 있습니다 (우리말에서 모음 소리는 단모음 10개, 이중모음 12개 그래서 22개이고, 모음 글자는 단모음 10개, 이중모음 11개 그렇게 21개입니다). 이중모음은 단모음 두 개로 발음되는 것이니까 단모음이 어떻게 발음되는지를 알면 이중모음은 저절로 알 수 있겠지요?

　폐에서 나오는 바람은 입을 통해서 밖으로 나옵니다. 그러므로 입 안의 공간을 넓히거나 좁히면 바람이 입 안을 빠져나오면서 다른 소리를 내게 됩니다. 이렇게 나오는 소리가 단모음입니다. 그런데 바람이 입 안을 빠져나올 때 입 모양을 움직이면 소리가 중간에 변합니다. 이렇게 소리를 내는 동안 입 모양이 변할 때 나는 소리가 이중모음이에요.

단모음 10개

　단모음 10개는 각각 어떻게 발음할까요?

　모음을 소리 내기 위해서 입 안의 공간을 넓히거나 좁히는 일은 혀가 합니다. 혀를 위로 올려 입천장 가까이 가져가면 입안의 공간이 줄어들고, 혀를 아래로 내리면 입 안의 공간이 넓어집니다. 이렇게 혀를 위아래로 움직여 입 안의 공간 넓이를 조정합니다.

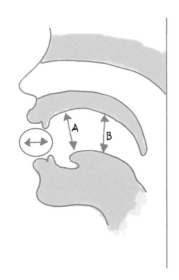

혀는 앞쪽과 뒤쪽을 따로 움직일 수 있어요. 앞 혀(A)를 위아래로 움직여 입 안의 공간을 조정할 수 있고, 뒤 혀(B)도 위아래로 움직여 입 안의 공간을 조정할 수 있지요.

한번 소리 내 볼까요?

이~ 우~ 이~ 우~

혀가 앞뒤로 움직이지요? '이~'할 때는 앞 혀가 움직이고 '우~'할 때는 뒤 혀가 움직입니다.

이번에는 다른 소리를 한번 내 볼까요?

이~ 아~ 이~ 아~

앞 혀가 위아래로 움직이지요? '이~'할 때는 앞 혀가 위로 올라가고,

'아~'할 때는 혀가 아래로 내려갑니다.

다시 다른 소리를 내 볼까요?

우~ 아~ 우~ 아~

이번에는 뒤 혀가 위아래로 움직이지요? '우~'할 때는 뒤 혀가 위로 올라가고, '아~'할 때는 혀가 아래로 내려가지요?

이렇게 앞 혀와 뒤 혀를 위아래로 움직여 여러 소리를 만들어 낸답니다. 그런데 '이~'할 때와 '우~'할 때의 입 모양이 바뀌는 게 하나 더 있는데 뭔지 알겠어요?

잘 모르겠으면 소리를 내 볼까요?

이~ 우~ 이~ 우~

혀가 앞뒤로 움직이는 것 말고, '이~'할 때는 입술이 그대로 있는데, '우~'할 때는 입술이 동그래지지요? 이렇게 뒤 혀를 움직일 때는 자동으로 입술이 동그래져요.

기초 모음

위에서 모음이 어떻게 소리가 나는 건지를 설명하면서 예로 든 소리가 기초 모음이에요.

이~ 아~ 우~

이렇게 3개! 단모음 10개 중에서 기준이 되는 소리가 [ㅣ], [ㅏ], [ㅜ] 이 세 소리예요. 나머지 7개 소리는 이 세 소리를 기준으로 입 모양만 조정하면 자동으로 만들어지지요.

그럼 입 안에서 단모음 10개가 소리 날 때 입 모양이 어떻게 바뀌는지 살펴보겠습니다.

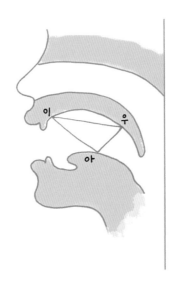

그림에서 입 안에 그려진 삼각형은 모음을 소리 낼 때 혀가 움직이는 위치를 나타냅니다. 모음을 소리 낼 때 기본이 되는 모음 [ㅣ], [ㅏ], [ㅜ] 가 삼각형의 세 꼭짓점이 되지요. 이 세 소리가 기준점이 되어서 나머지 소리가 만들어져요.

이때 눈여겨볼 점이 있어요. [ㅏ]의 꼭짓점이 입에서 뒷쪽이라는 점이에요. 매우 중요한 사실이랍니다.

앞쪽 모음
먼저, 모음 'ㅣ'와 'ㅏ' 사이에 같은 간격으로 점을 두 개 찍어 보겠습니다.

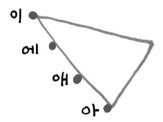

이렇게 모음 'ㅣ'와 'ㅏ' 사이에 같은 간격으로 찍힌 점이 있는 위치로 앞 혀를 움직이면 위에서부터 [ㅔ]와 [ㅐ] 소리가 납니다. 한번 해 볼까요?

이~ 에~ 애~ 아~

앞 혀가 '이'부터 '아'로 내려오면서 입 안이 단계별로 조금씩 넓어지지요? 입 안에서 앞쪽에서 소리 나는 모음은 이렇게 발음합니다.

이때 주의할 점이 있어요. '아~'를 발음할 때 턱을 뒤로 빼 주어야 합니다. '아~'는 뒤쪽 모음이기 때문입니다.

뒤쪽 모음

이번에는 뒤 혀를 움직여 보세요.

이번에는 모음 'ㅜ'와 'ㅏ' 사이에 같은 간격으로 점을 두 개 찍어 보겠습니다.

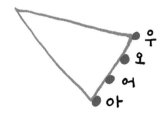

이렇게 모음 'ㅜ'와 'ㅏ' 사이에 같은 간격으로 찍힌 점이 있는 위치로 뒤 혀를 움직이면 위에서부터 [ㅗ]와 [ㅓ] 소리가 납니다. 한번 해 볼까요?

우~ 오~ 어~ 아~

이번에는 뒤 혀가 '우'부터 '아'로 내려오면서 입 안이 단계별로 조금씩 넓어지지요? 우리 입 안에서 뒤쪽에서 소리 나는 모음은 이렇게 발음합니다.

이때 '아~'는 앞에서와는 달리 발음하기 편하지요? 네, 맞아요. '아~'가 뒤쪽에서 나는 모음 소리이기 때문이에요.

가운데 모음

자, 이제 입 가운데 뒤쯤에서 나는 소리를 살펴볼까요?

모음 'ㅣ'와 'ㅜ' 사이에('ㅣ'보다는 'ㅜ'쪽에 가깝게요.) 점을 한 개 찍어 보겠습니다.

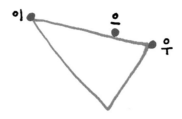

'ㅣ'와 'ㅜ' 사이에 있는 부분까지 혀를 올리면 [ㅡ] 소리가 납니다. 한번 해 볼까요?

으~

단모음 [ㅣ], [ㅔ], [ㅐ], [ㅏ], [ㅜ], [ㅗ], [ㅓ], [ㅡ] 8개 소리는 이렇게 납니다.

변형된 모음

그러면 10개의 단모음 중에서 남은 2개, 'ㅟ'와 'ㅚ' 소리는 어떻게 나는지 알아볼까요?

앞에서 '이~'할 때는 입술이 그대로 있는데, '우~'할 때는 입술이 동그래진다고 했지요? 앞 혀를 움직일 때는 혀가 그대로 있고, 뒤 혀를 움직일 때 '우'와 '오'는 자동으로 입술이 동그래졌어요

그런데 입술을 강제로 움직일 수도 있어요. 앞 혀로 모음을 발음할 때 강제로 입술을 동그랗게 만드는 거예요. 그러면 소리가 달라져요.

[ㅣ]소리를 낼 때 입술을 강제로 동그랗게 만들면 [ㅟ]소리가 되고, [ㅔ]소리를 낼 때 입술을 강제로 동그랗게 만들면 [ㅚ]소리가 납니다. 한번 소리 내 볼까요?

이~ —— 입술을 강제로 동그랗게 하면 ——→ 위~
에~ —— 입술을 강제로 동그랗게 하면 ——→ 외~

입 안에서 혀는 그대로 [ㅣ]와 [ㅔ] 위치에 있는데 입술 모양만 동그랗게 바뀌었지요? [ㅟ]와 [ㅚ]소리는 이렇게 나오는 거예요.

이것으로 단모음 10개가 어떻게 소리 나는지 다 알아봤어요. 그림과 표로 정리해 보겠습니다.

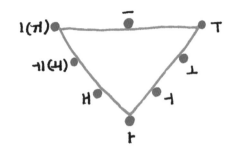

	앞 혀		뒤 혀	
	입술 그대로	입술 둥글게	입술 그대로	입술 둥글게
혀가 맨 위로	ㅣ	ㅟ	ㅡ	ㅜ
혀가 중간으로	ㅔ	ㅚ	ㅓ	ㅗ
혀가 아래로	ㅐ		ㅏ	

그런데 단모음을 그림으로 정리할 때와 표로 정리할 때가 조금 다르네요. 왜 그럴까요?

표로 만들 때는 규격화된 네모 안에 들어가야 하기 때문에 그림이랑 조금 달라진 거예요. 그림은 입 안에서 10개의 모음이 소리 나는 위치를 실제로 보여 주는 것이고, 표는 그런 소리를 개념적으로 보여 주는 것이라서 그렇습니다.

이중모음

이중모음은 단모음 두 개를 가지고 내는 소리입니다. 단모음 두 개를 어떻게 소리 내냐고요?

단모음 두 개를 소리 낸다는 것은 두 소리를 동시에 낸다는 것이 아니

346

고, 하나의 단모음이 소리 나는 위치에서 다른 하나의 단모음이 소리 나는 위치로 입 모양을 바꾸면서 소리를 내는 거예요.

이중모음 중에서 '야'소리가 어떻게 나는지 알아볼까요?

먼저 '이'소리를 내보세요. 그 상태에서 '이' 소리는 내지 말고(매우 중요합니다.) 입 모양을 '아'소리가 날 때처럼 크게 벌리며 소리 내 보세요. '야'소리가 나지요? 그리고 소리가 끝날 때쯤에는 '아'소리만 남지요? 입 모양이 '이'에서 '아'로 바뀌면서 '야'소리가 난답니다. 이렇게 이중모음은 입 모양이 바뀌면서 중간에 나는 소리입니다.

모든 단모음으로 이중모음을 만들 수 있는 것은 아니에요. 이론적으로는 '단모음 10개×단모음 10개' 빼기 같은 모음 짝 10개 하면 90개의 이중모음이 만들어져야 하는데 실제로 발음되는 이중모음은 12개뿐이지요.

	ㅣ	ㅔ	ㅐ	ㅏ	ㅜ	ㅗ	ㅓ	ㅡ	ㅟ	ㅚ
		ㅖ	ㅒ	ㅑ	ㅠ	ㅛ	ㅕ			
ㅣ										
ㅔ										
ㅐ										
ㅏ										
ㅜ	(ㅟ)	ㅞ					ㅝ			
ㅗ			ㅙ	ㅘ						
ㅓ										
ㅡ	ㅢ									
ㅟ										
ㅚ										

*'ㅟ'는 단모음이기도 하지만 이중모음으로도 발음할 수 있습니다.

이중모음을 만들 때 처음에 시작되는 단모음의 위치는 'ㅣ'와 'ㅗ/ㅜ', 그리고 'ㅡ'뿐입니다. 이 세 가지 모음 중에서 'ㅣ'가 가장 많은 이중모음을 만들 수 있고, 'ㅡ'는 이중모음 'ㅢ' 한 개만 만들 수 있어요.

각각의 이중모음이 어떻게 소리 나는지 살펴볼까요?

'ㅣ'계통	'ㅗ/ㅜ'계통	'ㅡ'계통
ㅑ: ㅣ ~ ㅏ	ㅘ: ㅗ ~ ㅏ	ㅢ: ㅡ ~ ㅣ
ㅕ: ㅣ ~ ㅓ	ㅝ: ㅜ ~ ㅓ	
ㅛ: ㅣ ~ ㅗ	ㅙ: ㅗ ~ ㅐ	
ㅠ: ㅣ ~ ㅜ	ㅞ: ㅜ ~ ㅔ	
ㅖ: ㅣ ~ ㅔ	ㅟ: ㅜ ~ ㅣ	
ㅒ: ㅣ ~ ㅐ		

이중모음은 이렇게 앞소리에서 뒷소리로 입 모양이 바뀌면서 이동하는 사이에 나는 소리입니다. 이때 앞 소리는 소리 나지 않습니다.

 음운 규칙

음운 규칙은 소리와 소리가 연이어 나면서 서로에게 규칙적인 영향을 주고받는 것을 말합니다. 소리는 물리적인 것입니다. 물리적으로 소리와 소리가 부딪치면 예측할 수 있는 일정한 현상이 나타나지요. 이것이 음운 규칙이에요. 그러므로 소리 나는 위치와 방법을 정확히 알고 있으면 음운 규칙은 자연히 알 수 있어요.

이중모음이 12개라고요? 11개 아냐?

"어, 이상하네. 앞에서 이중모음은 11개라고 했는데?"

이런 의문이 들지 않나요? 맞습니다. 실제로 발음되는 이중모음은 12개이지만 글자로 표기되는 이중모음은 11개입니다. 왜 그런가 하면, 단모음인 'ㅟ'가 이중모음으로도 발음될 수 있기 때문이에요.

'ㅟ'는 원래 단모음으로 발음해야 합니다. 그런데 발음하기가 쉽지 않기 때문에 이중모음으로도 발음할 수 있지요. 그래서 이중모음으로 발음하는 것도 표준발음으로 인정하기로 했어요. 그러나 'ㅟ'라는 글자(음소)는 단모음에 속하기 때문에 이중모음에는 그 글자가 포함되지 않습니다.

그러면, 'ㅚ'는 반드시 단모음으로만 발음해야 할까요? 'ㅟ'와 마찬가지로 발음하기가 쉽지 않은데 말이에요. 'ㅚ'도 단모음으로 발음하는 것이 원칙이지만 이중모음으로 발음할 수도 있습니다. 'ㅚ'를 이중모음으로 발음하면 [ㅞ]가 됩니다.

왜냐하면, 'ㅚ' 소리는 'ㅔ'에서 강제로 입술을 동그랗게 해서 발음하는 것이기 때문이지요. 처음에 입술이 동그란 'ㅜ' 자리에서 원래 발음되는 자리인 '에'로 이동해야 하기 때문에 [ㅞ]로 소리가 납니다.

두음법칙

두음은 단어의 첫소리를 말합니다. 두음법칙은 단어 첫소리에 올 수 없는 자음에 대한 법칙으로, ㄴ 두음법칙과 ㄹ 두음법칙이 있지요.

ㄴ 두음법칙

우리말 단어에서 첫소리에 'ㄴ'이 오지 못하는 경우가 있습니다. 모음이 'ㅣ, ㅑ, ㅕ, ㅛ, ㅠ'일 때 'ㄴ'은 첫소리에 나타나지 못합니다. 'ㅑ, ㅕ, ㅛ, ㅠ'는 모두 'ㅣ'에서 시작하는 이중모음입니다. 그러니까 단어 처음에서 [ㅣ]로 시작하는 모음 앞에는 'ㄴ'이 나타날 수 없다는 말과 같아요.

남녀 / 여자

모음 'ㅕ'는 'ㅣ'로 시작하는 이중모음이므로 'ㅕ' 앞에 'ㄴ'이 나타날 수 없습니다. 단 단어 처음에서만 그런 거예요. 단어 처음에 쓰인 '녀자'에서는 'ㄴ'이 사라져서 '여자'로 발음되지만, 단어 처음에 쓰인 것이 아닌 '남녀'에서는 '녀'가 그대로 쓰이지요.
예외도 있습니다.

냠냠, 년年

맛있게 음식을 먹는 소리를 나타내는 '냠냠'이나 '몇 년'처럼 쓰이는

'년年'은 두음법칙을 적용하지 않아요.

ㄹ 두음법칙

ㄹ 두음법칙은 단어 첫소리에 'ㄹ'이 오지 않는 법칙이에요. 입을 다물고 있다가 처음부터 'ㄹ'소리를 내기 어렵기 때문에 'ㄹ'을 첫소리로 두지 않은 거예요.

몇몇 외래어나 새로 생긴 말 중에는 첫소리에 'ㄹ'을 쓰기도 하지만 이것은 아주 비정상적인 현상이지요. '라디오'나 '라면'을 발음해 보세요. [라디오], [라면]! 어때요? 발음하기가 쉽지 않지요? 그래서 편안하게 발음하면 [나지오], [나면]이 되는 겁니다.

우리말에서 첫소리에 나오는 'ㄹ'은 반드시 'ㄴ'으로 바뀝니다.

낙원樂園 / 쾌락快樂

락樂은 쾌락快樂[ㅋ괘ㄹㅏㄱ]처럼 말 중간에서는 제대로 발음되는데, 단어 처음에서는 락원樂園[ㄹㅏㄱ둬ㄴ]으로 발음되지 않고 'ㄹ'이 'ㄴ'으로 바뀌어 '낙원'으로 발음됩니다.

ㄹ 두음법칙에도 예외가 있어요.

몇 리里냐?
그럴 리理가 없다.

리里, 리理는 두음법칙의 영향을 받지 않습니다.

어떤 단어는 'ㄹ 두음법칙'과 'ㄴ 두음법칙' 두 가지가 적용되기도 합니다. 이때는 먼저 'ㄹ 두음법칙'의 영향을 받은 다음에 다시 'ㄴ 두음법칙'의 영향을 받습니다.

양심良心 / 선량善良

　량良은 선량善良[ㅅㅓㄴㄹㅑㅇ]처럼 말 중간에서는 제대로 발음되는데, 양심良心처럼 단어 처음에서는 'ㄹ'이 사라집니다. 그런데 이런 현상은 '량심良心'이 ㄹ 두음법칙의 영향을 받아 '냥심良心'이 되고, '냥심良心'이 다시 'ㅑ' 앞에 'ㄴ'이 올 수 없다는 'ㄴ 두음법칙'의 영향을 받아 '양심良心'이 된 거예요.

량심良心―――――→ 냥심―――――→ 양심
ㄹ 두음법칙　　　　ㄴ 두음법칙

말음법칙

　말음법칙이란 받침에서는 ㄱ, ㄴ, ㄷ, ㄹ, ㅁ, ㅂ, ㅇ 이렇게 7개의 소리만 난다는 규칙이에요.
　우리말에서 받침에 올 수 있는 **글자는 자음** ㄱ, ㄴ, ㄷ, ……, ㅌ, ㅍ, ㅎ 14개와 두 개 이상의 자음(겹받침: ㄺ, ㄻ, ㅄ, ……)이지요. 그러나 이들 받침은 ㄱ, ㄴ, ㄷ, ㄹ, ㅁ, ㅂ, ㅇ 이렇게 7개로만 소리 납니다.

낙[낙], 난[난], 낟[낟], 날[날], 남[남], 납[납], 낫[낟], 낭[낭], 낮[낟],

낯[낟], [녁]녁, 낱[낟], 잎[입], 낳[낟], 닭[닥], 삶[삼], 없[업], ……

그래서 말음법칙을 7종성법 또는 끝소리법칙이라고도 하지요.

외래어 받침 표기하는 법

　외래어는 우리 귀에 들리는 소리대로 표기하는 게 원칙이므로, 받침도 우리 귀에 들리는 'ㄱ, ㄴ, ㄷ, ㄹ, ㅁ, ㅂ, ㅇ' 이렇게 일곱 가지로 적어 주어야 합니다.

　그런데 외래어 받침을 표기할 때, 우리 귀에 들리는 대로 받침을 'ㄷ'으로 적으면 엉뚱하게 소리 나는 경우도 있습니다. 예를 들어, 'rocket'은 [로켇]으로 들리기 때문에 '로켇'으로 적으면 될 것 같은데, 문제는 '로켇' 뒤에 조사 '이'나 '을'을 붙이면 소리가 바뀝니다. '로켇이'는 [로케지]로, '로켇을'은 [로케들]로 소리가 나지요. 원래 [로케시], [로케슬]로 소리 나야 하는데 말이죠.

　이런 문제를 해결하기 위해 외래어 받침을 표기할 때는 'ㄷ'으로 소리가 나도 'ㄷ' 대신 'ㅅ'을 씁니다. 그러면 두 마리 토끼를 다 잡을 수 있거든요. '로켓'으로 표기하면 '로켓'은 [로켇]으로 소리 나고, '로켓이'나 '로켓을'은 각각 [로케시], [로케슬]로 소리 나기 때문

353

에 표기와 소리가 일치하게 되는 거지요. 그러므로 외래어 받침 표기는 'ㄱ, ㄴ, ㄹ, ㅁ, ㅂ, ㅅ, ㅇ' 이렇게 일곱 개를 씁니다.

비음화

비음화는 우리말로 '콧소리되기'라고 합니다. 비음이 콧소리니까 한자어를 그대로 우리말로 풀어쓴 거예요.

'콧소리되기'라는 말에서도 알 수 있듯이, 비음화는 콧소리(비음)가 아닌 소리가 콧소리(비음)로 바뀌어 나는 것을 말하지요.

겹눈 ───→ [겸눈]

닫는다 ───→ [단는다]

국물 ───→ [궁물]

'겹눈'을 발음하려면 'ㄱㅕ ㅂㄴㅜㄴ'을 순서대로 소리 내면 됩니다. 그런데 ㅂ 다음에 ㄴ을 소리 내기가 쉽지 않습니다. ㅂ은 코와 입을 다 막아야 나는 소리이고, ㄴ은 입만 막고 코는 열어야 나는 소리입니다. 짧은 시간에 이 두 소리를 연달아 내기가 쉽지 않겠지요? 어차피 뒤에서 나는 ㄴ소리를 발음하기 위해서는 목젖을 떼야 하니까 아예 ㅂ을 발음할 때 목젖을 붙이지 말고 뗀 채로 발음하는 것이 편하겠지요?

사이시옷 쓰기

사이시옷은 표기와 소리를 일치시키기 위해 넣습니다.

두 단어가 합해져서 새로운 단어를 만들었는데, 처음에는 없었던 'ㄴ'소리가 나타나면 사이시옷을 넣습니다. 예를 들어 '깨'와 '묵'을 합치면 글자는 '깨묵'이 되는데, 소리는 [깬묵]이 됩니다. 없었던 'ㄴ' 소리가 나타났습니다. 이럴 때 '사이시옷'을 넣어 주면 표기와 소리가 일치하지요.

'사이시옷'을 넣어 주면 어떻게 표기와 소리가 일치하는지 살펴볼까요?

사이시옷을 넣은 '깻묵'은 [깬묵]으로 소리가 납니다. '깻'은 말음법칙 때문에 [깬]으로 바뀌거든요. 그런데 [깬묵]은 발음하기가 너무 어렵습니다. [ㄷ]은 발음할 때 코와 입을 모두 막아야 하지만

[ㅁ]은 입만 막고 코로는 공기를 내보내야 하기 때문이지요. 어차피 [ㅁ]을 발음하려면 목젖을 붙이지 않아야 하니까, 아예 [ㄷ]을 발음할 때 목젖을 붙이지 않고 발음하는 겁니다. 그러면 [ㄷ] 소리가 [ㄴ] 소리로 바뀌지요.

이렇게 '깨'와 '묵' 사이에 사이시옷을 넣으면 비음화 현상이 일어나 자동으로 [깬묵]으로 소리가 납니다.

ㅂ을 발음할 때 목젖을 떼면 ㅁ 소리가 납니다. 그래서 '겹눈'이 [겸눈]으로 발음되는 거예요. 이렇게 비음이 아닌 ㅂ이 비음인 ㅁ으로 소리가 바뀌는 것을 비음화라고 합니다.

같은 이유와 같은 방식으로 '닫는다'에서 'ㄷ'이 'ㄴ'으로 바뀌고, '국물'에서 'ㄱ'이 'ㅇ'으로 바뀝니다.

가만히 살펴보니까 비음 'ㅁ'은 기본 자음 'ㅂ'의 사촌 형제이고, 'ㄴ'은 'ㄷ'의 사촌 형제이며, 'ㅇ'는 'ㄱ'의 사촌 형제네요!

구개음화

구개음화는 구개음이 아닌 소리가 구개음으로 소리가 바뀌는 것을 말해요. '구개'란 입천장을 말하지요. 그래서 구개음화를 '입천장소리되기'라고 하는 거예요.

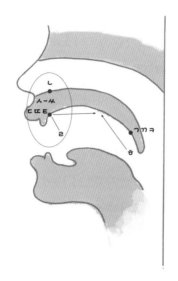

그림에서 보듯이 입 안에서 구개음이 아닌 [ㄴ], [ㄷ], [ㅅ], [ㄹ], [ㅎ] 등이 구개음 쪽으로 끌려와서 발음이 되는 것이 구개음화예요.

냠냠, 굳이, 시금치, 달력, 형

위에 있는 단어를 발음해 보면 [ㄴ], [ㄷ], [ㅅ], [ㄹ], [ㅎ]이 원래 발음이 아니지요? '굳이'는 [ㄷ]이 [ㅈ]으로 바뀌니까 원래 발음이 아니라는 것은 알겠는데, 나머지는 잘 모르겠다고요?

그럼 서로 비교해 볼까요?

나비-냠냠
사람-시금치
하루-달력
하루-형

어떤가요? 똑같은 [ㄴ]소리가 아니고, 똑같은 [ㅅ]소리가 아니며, 똑같은 [ㄹ]소리가 아니고, 똑같은 [ㅎ]소리가 아니지요? 그런데 느낌은 같지 않나요? 모두 원래 위치에서 입천장 쪽으로 끌려와서 소리가 난다는 느낌이요.

그러면 왜 입천장 쪽으로 끌려와서 소리가 나는 걸까요? 냠냠의 '냠'과 '시금치'의 '시'와 '달력'의 '력'과 '형'을 보세요. 모두 [ㅣ]모음을 발음할 때 입 모양을 가지고 있지요? [ㅑ]는 [ㅣ] + [ㅏ]이고, [ㅕ]는 [ㅣ] + [ㅓ]잖아요? 'ㅣ'모음이 입천장 쪽에서 나니까 그 앞에 오는 소리가 입천장 쪽으로 끌려와서 소리가 나는 거지요.

그런데 왜 '굳이'에서 'ㄷ'은 'ㅈ'으로 변하는데 다른 것은 변하지 않는 걸까요? 그것은 'ㄷ'이 입천장으로 끌려가서 나는 소리를 우리가 'ㅈ'으로 인식해서 그런 겁니다. ㄴ, ㅅ, ㄹ, ㅎ도 다른 소리로 변하는 것은 ㄷ이나 마찬가지인데, ㄴ, ㅅ, ㄹ, ㅎ은 ㄷ과는 달리, 입천장으로 끌려가서 나는 소리를 다른 소리로 구분해서 인식하지 않기 때문이지요.

| 모음 역행동화

ㅣ모음 역행동화란 뒤에 있는 ㅣ모음의 영향을 받아 그 앞에 있는 모음의 소리가 바뀌는 것을 말해요. 소리는 원래 앞에 있는 소리의 영향을 받아서 뒤에 있는 소리가 바뀌는데, 반대로 뒤에 있는 소리 때문에 앞에 있는 소리가 지레 겁먹고 바뀌는 것을 역행동화라고 합니다. ㅣ모음 역행동화를 '움라우트(Umlaut)'라고도 해요.

뒤에 있는 'ㅣ'모음 때문에 바뀌는 앞에 있는 모음은 뒤 혀를 움직여 소리 내는 모음입니다. 이런 모음들이 'ㅣ'모음의 영향을 받아 앞 혀를 사용해서 소리 내는 모음으로 바뀝니다. 앞에서 모음을 공부할 때 'ㅣ' 모음은 앞 혀를 사용해서 내는 소리라고 했지요? 그러니까 어차피 뒤에서 'ㅣ'모음을 발음하려면 앞 혀를 사용해야 하니까 그 앞에서 아예 뒤 혀를 사용하는 모음을 미리 앞 혀를 사용해서 소리를 내는 거예요.

먹이다 ⟶ 멕이다

아비 ⟶ 애비

토끼 ⟶ 퇴끼

죽이다 ⟶ 쥑이다

뒤에 있는 'ㅣ'소리 때문에 앞에 있는 뒤 혀에서 나는 소리가 앞 혀에서 나는 소리로 바뀌었습니다.

이렇게 소리가 바뀌는 모양을 표로 살펴볼까요?

	앞 혀		뒤 혀	
	입술 그대로	입술 둥글게	입술 그대로	입술 둥글게
혀가 맨 위로	ㅣ	ㅟ	ㅡ	ㅜ
혀가 중간으로	ㅔ	ㅚ	ㅓ	ㅗ
혀가 아래로	ㅐ		ㅏ	

표에서 보듯이 뒤 혀를 사용해서 나는 모음들이 똑같은 위치, 똑같은 방법으로 앞 혀로 이동해서 소리가 나고 있어요.

'ㅣ'모음 역행동화로 나는 소리는 표준발음이 아니랍니다.

설측음화

설측음은 혀옆소리인 'ㄹ'을 말합니다. 설측음이 아닌 소리가 설측음인 'ㄹ'로 소리가 바뀌는 것이 설측음화예요.

신라 [실라]
칼날 [칼랄]

위에 있는 두 단어가 발음되는 것처럼 ㄴ과 ㄹ이 붙어 있으면 ㄴ이 어느 쪽에 있든지 ㄹ로 소리가 바뀌게 됩니다. ㄴ은 ㄷ과 관련이 있는 소리이고, ㄹ도 ㄷ과 관련이 있는 소리이지요? 그리고 ㄴ은 코에서 흐르는 소리이고, ㄹ은 입에서 흐르는 소리입니다. 이래저래 ㄴ과 ㄹ은 ㄷ을 매개로 서로 얽혀 있고, 또 비슷한 점도 있어서 같은 소리인 ㄹ로 쉽게 바뀌는 거예요.

렬과 열, 률과 율

한자어는 원음 그대로 적어 주는 것이 우리말 맞춤법 표기의 원칙입니다. 그러나 그렇게 적는 것이 우리말 발음 법칙에 어긋난다면 한자 표기를 바꾸어 줍니다. 소리가 표기보다 더 중요하기 때문이지요.

先烈, 旋律, 推進率

위의 한자를 원음 그대로 적으면 선렬, 선률, 추진률입니다. 그런데 이렇게 적으면 우리나라 사람들은 발음할 때 설측음화를 일으켜 [설렬], [설률], [추질률]로 소리 내게 됩니다. 이렇게 소리를 내면 아무도 알아듣지 못하게 되겠지요? 그래서 우리가 알고 있는 소리가 나도록 위 한자어를 '렬'과 '률'로 적지 않고 'ㄹ'을 떼어내서 '열'과 '율'로 적는 거지요.

선열先烈, 선율旋律, 추진율推進率

어떤가요? 이제 우리가 알고 있는 소리로 발음할 수 있지요?

모음조화

모음 중에서 ㅏ, ㅗ, ㅐ는 밝고 가벼운 느낌을 가지는 양성모음이고, ㅓ, ㅜ, ㅔ는 상대적으로 어둡고 무거운 느낌을 가지는 음성모음입니다. 'ㅏ'는 'ㅓ'와 반대 짝이고, 'ㅗ'는 'ㅜ'와 반대 짝이에요.

단모음을 표로 나타낸 것을 보면 이런 사실을 금방 알 수 있지요.

	앞 혀		뒤 혀	
	입술 그대로	입술 둥글게	입술 그대로	입술 둥글게
혀가 맨 위로	ㅣ	ㅟ	ㅡ	ㅜ
혀가 중간으로	ㅔ	ㅚ	ㅓ	ㅗ
혀가 아래로	ㅐ		ㅏ	

서로 반대되는 짝이 위아래로 분포되어 있지요?

이 중에서 'ㅣ'는 중성모음입니다. 그래서 'ㅣ'는 음성이나 양성모음 모두하고 잘 어울릴 수 있겠지요?

'ㅣ'모음은 옛날부터 중성모음이었습니다.

다음으로, 'ㅔ'와 'ㅐ', 'ㅟ'와 'ㅚ'는 최근에 생긴 단모음이기 때문에 서로 반대가 되는 짝이기는 하지만 모음조화에서 대립되어 나타나지 않습니다. 'ㅡ'는 옛날에 'ㆍ'와 반대되는 짝이었으나 'ㆍ'가 없어지면서 짝이 없어져 모음조화에는 쓰이지 않게 되었고요.

모음조화는 같은 느낌을 가지는 모음들끼리 어울리는 현상으로 양성모음은 양성모음끼리, 음성모음은 음성모음끼리 어울리는 것을 말해요.

우리말 문법 범주 중에서 과거를 나타내는 선어말어미 '-었-'은 앞

에 오는 어간이 양성이면 '-았-'으로, 음성이면 '-었-'으로 형태가 바
뀝니다.

춘향이가 떡을 먹었다.
변 사또가 몽룡이 주먹을 막았다.

이렇게 같은 느낌을 가지는 모음끼리 어울리면 발음하기도 편하고
일관된 느낌을 전달할 수 있지요. 그러나 예전에는 잘 지켜졌던 모음조
화가 요즘에는 많이 깨지고 있어, 이제는 규칙이라고 하기가 어렵게 되
었어요.

모음조화가 깨지다!

예전에는 잘 지켜지던 모음조화가 현재에는 깨지고 있습니다.
ㅂ불규칙용언들은 예전에는 모두 모음조화를 지켜서 어말어미
'-어'가 붙을 때, 어간이 양성모음이면 '와'로 적고, 음성모음이면
'워'로 적었지만, 이제는 두 가지 단어만 제외하고는 모두 '워'로
적습니다.

집에 가까워지자 춘향이는 몽룡이에게 잘 가라고 인사했다.

"정말 너무 즐거웠어."

양성모음이 들어 있는 '가깝다'나 음성모음이 들어 있는 '즐겁다' 모두 어말어미 '-어'가 붙을 때 '워'로 쓰였어요.

ㅂ불규칙용언 중에서 '워'가 쓰이지 않고 '와'가 쓰이는 단어는 '곱다'와 '돕다'뿐입니다. 이 두 단어에 '와'를 쓰는 이유는 '곱다'와 '돕다'는 절대로 '고워'와 '도워'로 소리 나지 않고 '고와'와 '도와'로 소리 나기 때문입니다. 우리말은 소리 나는 그대로 쓰는 것이 대원칙이거든요.

춘향이는 몽룡이를 도와주었다.
춘향이 얼굴은 무척 고왔다.

ㅂ불규칙용언 중에서 '돕다'와 '곱다'를 제외하고는 모두 모음조화와 상관없이 어말어미에 음성모음을 쓴다는 사실을 잊지 마세요!

경음화

경음은 된소리를 말합니다. 우리말에서 된소리는 ㄲ, ㄸ, ㅃ, ㅆ, ㅉ 이렇게 다섯 개이지요. 경음화란 경음이 아닌 소리가 경음으로 바뀌는 것을 말하므로, ㄱ이 ㄲ으로 소리가 바뀌고, ㄷ이 ㄸ으로, ㅂ이 ㅃ으로, ㅅ이 ㅆ으로, ㅈ이 ㅉ으로 소리가 바뀌는 것을 말해요.

경음(된소리)은 목에 힘을 주고 있다가 터트리면 나는 소리입니다. 목에 힘을 준다는 말은 코와 입으로 나가는 바람을 온전히 막아서 목 안의 압력을 높인다는 말입니다. 그렇게 압력을 높인 다음에 ㄱ, ㄷ, ㅂ, ㅅ, ㅈ를 발음하면 이 소리들이 터지면서 경음(된소리)이 되지요.

국수[국쑤], 학교[학꾜], 닫다[닫따], 업다[업따]

위 단어들에서 모두 된소리가 나는 것은, 된소리로 바뀌는 소리 앞에 있는 자음이 모두 코와 입을 막아서 소리를 내는 파열음(ㄱ, ㄷ, ㅂ)이기 때문입니다. ㄱ, ㄷ, ㅂ소리를 내려면 코와 입을 막아야 하고, 그렇게 하면 자연히 입 안의 압력이 높아지므로 다음 소리를 발음할 때 터지면서 그 소리를 된소리로 바꾸어 주는 거예요.

사이시옷 넣기

　우리말 맞춤법에서 가장 어려운 것 가운데 하나가 사이시옷을 표기하는 것입니다. 우리말 표기의 가장 큰 원칙은 소리 나는 대로 쓰고, 쓴 글을 보고 같은 소리를 만들어 내야 합니다. 다시 말해 소리와 표기가 일치해야 하지요.

　그런데 '나루'와 '배'를 합쳐 새로운 단어를 만들면 소리가 [나루뻬]로 납니다. 그런데 표기를 '나루배'라고 하면 소리가 [나루배]로 나서 우리가 알고 있는 [나루뻬]와 소리가 다르게 됩니다. 이 문제를 해결하기 위해 '나루'와 '배' 사이에 사이시옷을 넣어 '나룻배'로 적는 것입니다. '나룻배'로 적으면 사이시옷이 [ㄷ]소리로 바뀌는데, [ㄷ]소리는 코와 입을 다 막는 소리로 뒤에 오는 소리를 된소리로 바꾸어 주지요.

　이렇게 두 단어를 합해서 새로운 단어를 만들 때, 뒤에 오는 소리가 경음(된소리)으로 바뀌는 경우에 두 단어 사이에 사이시옷을 넣어 주면 표기와 소리가 일치하게 됩니다. 사이시옷이 [ㄷ]소리가 되면서 입과 코를 막아 목 안의 압력을 높여 주게 되어 뒷소리를 된소리로 만들어 주기 때문입니다.

맞춤법에서 된소리로 표기하는 경우

앞에서 '국수'나 '학교'는 [국쑤]나 [학꾜]로 된소리가 나지만, 표기는 그대로 '국수', '학교'로 합니다. 이는 된소리로 바뀌는 소리 앞에 있는 자음이 파열음이기 때문에 자동으로 뒷소리가 된소리로 바뀌기 때문이지요.

그런데 앞에 오는 소리가 파열음인 [ㄱ], [ㄷ], [ㅂ]이 아닌데도 된소리가 날 경우에는 그냥 소리 나는 대로 된소리로 적습니다.

산뜻하다, 살짝, 움찔, 몽땅

위의 단어를 보면, 된소리 앞에 오는 소리 ㄴ, ㄹ, ㅁ, ㅇ은 모두 흐르는 소리입니다. [ㄴ], [ㅁ], [ㅇ]은 코로 흐르는 소리이고, [ㄹ]은 입으로 흐르는 소리입니다. 바람이 막히지 않고 입과 코로 흘러 나가기 때문에 뒤에 오는 소리는 절대로 된소리가 될 수 없는데도 된소리로 발음되기 때문에 된소리 그대로 표기해 준 거예요. 왜냐하면 우리말은 소리 나는 대로 적는 것이 대원칙이거든요.